ON THE BLACK HILL

黑山之上

Bruce Chatwin
〔英〕布鲁斯·查特文 著
徐玉虹 译

人民文学出版社
PEOPLE'S LITERATURE PUBLISHING HOUSE

著作权合同登记号　图字 01-2022-3489

ON THE BLACK HILL By BRUCE CHATWIN
Copyright © 1982 BY BRUCE CHATWIN
This edition arranged with AITKEN ALEXANDER ASSOCIATES LTD.
through BIG APPLE AGENCY, INC., LABUAN, MALAYSIA.
Simplified Chinese edition copyright :
2022 SHANGHAI 99 READERS' CULTURE CO., LTD.
All rights reserved.

图书在版编目（ＣＩＰ）数据

黑山之上 /（英）布鲁斯·查特文著；徐玉虹译 .
-- 北京：人民文学出版社, 2022
ISBN 978-7-02-017408-9

Ⅰ.①黑… Ⅱ.①布… ②徐… Ⅲ.①长篇小说－英国－现代 Ⅳ.①I561.45

中国版本图书馆 CIP 数据核字 (2022) 第 153916 号

责任编辑　卜艳冰　何炜宏　邰莉莉
封面设计　李苗苗

出版发行　人民文学出版社
社　　址　北京市朝内大街 166 号
邮　　编　100705

印　　刷　山东新华印务有限公司
经　　销　全国新华书店等

字　　数　200 千字
开　　本　889 毫米 ×1194 毫米　1/32
印　　张　10　插页 2
版　　次　2022 年 10 月北京第 1 版
印　　次　2022 年 10 月第 1 次印刷

书　　号　978-7-02-017408-9
定　　价　59.00 元

如有印装质量问题，请与本社图书销售中心调换。电话：010-65233595

献给弗朗西斯·温德姆

和戴安娜·梅利

"既然我们不住在这里,只是暂留一天,我们的年纪跟一只苍蝇相仿,与一只葫芦处于同一时代,我们得另找一处长久栖息之所,去另一个国家安置我们的房舍……"

——杰瑞米·泰勒①

---

① 杰瑞米·泰勒(Jeremy Taylor, 1613—1667),英国作家。

一

　　四十二年间，刘易斯和本杰明·琼斯并排睡在他们父母的床上，他们生活在那个叫作"幻影"的农场上。

　　有四根橡木床柱的床架，是他们的母亲在一八九九年成亲之时从布林德诺加的娘家带来的。它那印着飞燕草和玫瑰的印花棉质床幔已经褪色了，却还能挡住夏天的蚊子和冬天的气流。亚麻床单被粗糙的床柱磨出了破洞，拼布的被子也磨损了好几个地方。在鹅毛床垫的下面，又铺着一张马鬃床垫，这张床垫已经凹陷出了两条槽，在两个入睡者之间形成了一道分水岭。

　　屋子永远是黑漆漆的，有一股薰衣草和樟脑丸的味道。

　　樟脑丸的味道来自堆放在脸盆架边上的一堆帽盒。床头柜上放着一只针垫，上面还别着琼斯夫人的帽针；端墙上挂着装在乌木画框内的霍尔曼·亨特的《世界之光》版画。

　　从屋子的一扇窗户可以俯瞰英格兰的绿色田野；从另一扇则可以越过黑山上的一片落叶松回望威尔士。

　　两兄弟的头发甚至比枕套的颜色还要白。

　　每一天早上铃声总在六点钟敲响。他们在洗漱和穿衣时听着农民广播。下楼后，他们轻敲气压表，点着炉火，煮一壶水喝茶。接着，在早饭之前，他们挤奶和给牲口喂食。

　　房子的外墙上涂着粗灰泥，屋顶是长满苔藓的石瓦片，它坐落在院子尽头的一棵老苏格兰松的阴影下。牛棚下方有一座果园，里面有些发育不良的苹果树；紧挨着的是田野，倾斜着延伸到峡谷；河边上长着一些桦树和赤杨木。

许久以前，这个地方曾被叫作克拉多克①（这里的人仍然称之为卡拉克塔库斯）。但是在一七三七年，一位叫艾丽斯·摩根的生病的女孩看见圣母显灵在一块大黄地里，她跑回厨房，病居然就好了。为了庆祝这个奇迹，她的父亲为他的农场重新取名为"幻影"，并且把姑娘姓名的首字母"A. M."、日期和一个十字符号刻在了门廊的梁上。拉德诺郡和赫里福德的边界据说刚好位于这里的楼梯间的中央。

兄弟俩是同卵双胞胎。

在孩提时代，只有他们的母亲才能够把他们区分开来。现在，年龄和遭遇把他们刻画成不同的形象。

刘易斯高高瘦瘦，三角形的肩膀，迈着阔步。即使是八十岁的时候，他仍然可以在山上走上一天或者用斧头劈上一天而不感到劳累。

他的身上有股很浓的味道。他的眼睛——灰色、恍惚、散光，深深地嵌在头颅里，他戴着镜片又厚又圆的白色金属框架的眼镜。他的鼻子上有一道因为一次骑车事故而留下的伤疤，从那时起，他的鼻尖就向下弯曲，并且在寒冷的天气里总是变成紫色。

他的头在他说话的时候总是晃动着，他总是不知道该把手放在何处，除非他摸着自己的表链。有人的时候，他总是一副

---

① 原文为威尔士语。

迷茫的神情；假如有人对一件事情发表声明，他会说"谢谢您！"或者"您心地真是太好了！"。每个人都认为他伺候牧羊犬很有一套。

本杰明要矮一点，肤色更粉一点，更干净，也更能说会道。他的下巴很长，但是他的鼻型还是保持得很好，这可以作为他谈话时的有利武器。他的头发更少。

他操持所有的煮饭、织补和熨烫工作；并且他管账。没有人比他更会讨价还价，他会絮絮叨叨几个小时，直到卖货的举起双手说："好吧，你这个老吝啬鬼！"他会笑着说："您这是什么意思？"

方圆几英里都知道这对双胞胎是难以置信地吝啬——但情况并不总是这样。

比如说，他们拒绝在干草上赚钱。他们说干草是上帝赋予农民的礼物，假如幻影农场有多余的干草，他们愿意提供给那些更为贫困的邻居。即使是在艰难的一月份，只要那个小丘农场的老法菲尔德小姐让邮递员带个口信，刘易斯就会开着拖拉机送一堆包好的干草过去。

本杰明最喜欢干的活就是替羊羔接生。整个长长的冬季他都在等待三月的末尾，到了那时候，杓鹬开始鸣叫，羊就开始产仔了。是他，而不是刘易斯，一直不睡守护着母羊。是他在难产时把羊羔给拉出来。有时候，他得把前臂伸进子宫去捋顺一对双胞胎，在这之后，他会坐在炉边，不加冲洗却心满意足，并让猫咪替他舔去手上的胞衣。

冬天和夏天，兄弟俩都穿着颈部用铜纽扣紧的条纹法兰绒衬衫工作。他们的夹克衫和马甲是用棕色的马裤呢做的，裤子是用颜色深一点的灯芯绒做的。他们戴着鼹鼠皮帽子，帽沿翻了下来，但是因为刘易斯总是向每一位陌生人举帽子，他的手指头把帽顶上的绒毛都给蹭光了。

时不时地，带着一股嘲弄的庄严，他们会看一眼自己的银手表，不是看时间而是看谁的手表走得更快。星期六的晚上，他们轮流在炉火前面坐浴；他们是为了怀念母亲而活着。

因为互相了解对方的想法，他们甚至都不用讲话就可以吵架。不过有时候（也许是在某场安静的吵架之后，当他们需要他们的母亲加入他们的时候），他们就会站在她那拼布做的被子上，凝视着黑色的天鹅绒材质的星星和从前曾是她裙子的六角形印花棉布。不说一句话，他们就能再次看见她：穿着粉色的衣服，穿过橡树林为收割者送去一罐鲜苹果酒，或者穿着绿色的衣服和剪羊毛工人一起吃午饭；或者穿着蓝色条纹围裙弯腰坐在火炉旁。但是黑色的星星带来了他们对父亲棺材的记忆，它就放在餐桌上；脸色煞白的女人们哭泣着。

自他的葬礼之后，厨房里的一切都没有改变。印着冰岛罂粟和黄褐色蕨类植物的墙纸因为烟熏了一层树脂而变暗了；虽然黄铜把手跟从前一样闪亮，门上和踢脚板上的棕色油漆却已经剥落了。

双胞胎从没有想过要更换这些老旧的装饰，因为他们害怕这样做会抹去他们记忆中那个明媚的春天的早晨。那是七十多年前，他们帮着母亲搅拌一桶面粉和水做的面糊之后看着她围巾上的白色粉团。

本杰明把她的石板地刷洗得干干净净，用黑铅光亮剂把铁壁炉擦得闪闪发亮，一只铜水壶总是在铁架上嘶嘶作响。

星期五是他的烘焙日——就像从前曾是她的。星期五的下午，他会卷起袖管做威尔士饼或者农家面包。他如此用力地摔打面团以至于桌面油布上的矢车菊都被磨掉了。

在壁炉台上放着一对斯塔福德郡史宾格犬、五只黄铜烛台、一只瓶中船和一只画了位中国女人的茶叶罐。一只正面是玻璃的柜子（其中一个格子用思高牌胶带修过）里装着瓷器饰物、镀银的茶壶以及纪念每个加冕礼和周年的杯子。一块培根被挂在椽子的支架上。那架乔治王朝时期[①]的钢琴是那些悠闲日子和过往成就的证明。

刘易斯把一支十二发猎枪架在落地摆钟边上，两兄弟都害怕小偷和古董商。

他们父亲唯一的爱好——事实上，是除了农活和《圣经》之外唯一感兴趣的事，是为那些占据了每一片空墙的图画和家庭照雕刻木框。对于琼斯夫人来说，有着她丈夫那样的脾气和笨拙双手的男人居然有耐心干这种复杂的活真是一种奇迹。然而，在他拿起凿子的那个时刻，在那些细小的白色刨花四处飞舞的时候，所谓的平庸都在他身上消失了。

他曾经刻了一个"哥特式"画框，为了一幅宗教主题的彩色画作《宽窄路径》；他曾经创作了一些"与《圣经》相关的"的毕士大池的水彩画图案；当他的兄弟从加拿大寄来一幅彩色

---

① 指英王乔治一世、二世及四世时代，从1714年至1830年。

石印画的时候,他用亚麻油涂抹它的表面,使它看上去像一幅绘画大师的作品,并且花了整一个冬天给它的周围添上枫叶。

正是这幅图画上的印弟安人、桦树皮、松树林以及深红色的天空——更不用说它跟传说中的埃迪伯伯有关——第一次激发了刘易斯想去远方的渴望。

除了一九一〇年在海边的一次度假,兄弟俩谁都没有去过比赫里福德更远的地方。但是这些有限的范围点燃了刘易斯对地理的热爱。他会纠缠客人说出对"那些非洲野人"的看法,谈论关于西伯利亚、萨洛尼卡或者斯里兰卡的新闻。当有人提及卡特总统解救德黑兰人质的行动失败时,他抱着手臂果断地说:"他应该从敖德萨那里去解救他们。"

他对于外面世界的认识源自一九二五年的《巴塞洛缪地图集》,那时候两个伟大的殖民帝国被涂成粉色和淡紫色,苏联却是阴暗的灰绿色。它扰乱了他的秩序感,因为他发现这个星球上现在到处都是星星点点的小国家,他甚至连它们的名字都读不好。因此,似乎这就是在暗示,他真正的旅行只存在于想象中;也可能是用来炫耀,他会闭上双眼吟诵母亲教他的句子:

> 向西,向西,海华沙
> 驶入火烧似的落日里
> 驶入紫色的水雾里
> 驶入夜晚的暮色中 [1]

---

[1] 出自美国诗人朗费罗(1807—1882)创作于1885年的长篇叙事诗《海华沙之歌》。海华沙是印第安人的传奇领袖。

双胞胎经常会为了没有后代而烦躁不安——但是，他们只要看一看墙上的照片就会打消这种最令人郁闷的想法。他们知道所有画像中人的名字，也从不对找出出生相差一百年的人之间的相似之处而感到厌倦。

在他们父母结婚照的左边挂着一幅他们自己六岁时的照片。他们像两只小仓鸮那样站得很开，穿着同样的小听差领子的衣服参加在勒金霍普庄园举行的游园会。但是令他们特别开心的是一张他们的外甥女的儿子凯文的彩色快照，也是六岁时照的，用浴巾包着头，就像基督诞生剧里的约瑟一样。

从那时起十四年过去了，凯文长成了一个高高的、黑色头发的年轻人，他的眉毛很浓密，于眉间连在一起，眼睛是石板瓦一样灰蓝色的。几个月之后，农场将会成为他的。

因此，现在当他们看着那张褪色的结婚照片，看着自己父亲脸上火红的鬓角勾勒出的脸庞（即使是在乌黑的照片中也能看出他长着明亮的红头发），看着母亲裙子上的羊角形袖子、她帽子上的玫瑰以及她花束里的春日菊，当他们将她甜美的微笑与凯文的作比较时，他们知道自己的生命没有浪费，因为时间处于它的治愈循环中，抹掉了一切的痛苦和愤怒、耻辱和贫乏，并且带着对新事物的期望闯进未来。

二

一八九九年八月那个闷热的下午,所有在鲁伦镇的红龙①酒吧外摆姿势的人中,看上去没有人比新郎阿莫斯·琼斯更有理由对自己心满意足。在一个星期中,他实现了他三个人生目标中的两个:娶了一个漂亮的老婆;签了一个农场的租赁权。

他的父亲——一个絮絮叨叨的酒鬼,拉德诺郡一带的酒吧都把他叫作"拉货车的萨姆",一开始干的是贩卖牲畜的活,后来靠拉货车过活也不行,现在跟老婆一起在鲁伦山上一个狭小的农舍里勉强度日。

汉娜·琼斯不是一个令人愉快的女人。还是一位年轻新娘的时候,她发狂地爱着她的丈夫,忍受着他的别离和不忠。因着她异常吝啬,才一次次设法阻止了法官的惩罚。

接着不幸一次次发生,把她逼成了充满苦涩的模样,那张嘴巴变得像冬青叶子那样又尖又歪。

她的五个孩子中,一个女儿死于肺病,另一个嫁给了一位天主教徒,最大的儿子死在了朗达的矿坑中,她最喜欢的埃迪,偷了她的老本悄悄逃到了加拿大——这样就剩下了阿莫斯充当她老来的依靠。

---

① 红龙是威尔士最古老的象征。根据古威尔士故事集,威尔士红龙通过不懈努力最终打败了象征入侵者的英格兰白龙。

因为他是她最后的乳臭小儿,她对他比对其他孩子更为溺爱,把他送去主日学校学识字和对主的敬爱。他不笨,但是,到了十五岁的时候,他令她对他学业上的希望破灭,因此她一脚把他踢出家门,送他自谋生路去了。

每年两次,五月和十一月,他在鲁伦的集市上转悠,帽子上插着一小撮羊毛,一件干净的星期日罩衫搭在他的手臂上,等着一位农场主来雇佣他。

他在拉德诺郡和蒙哥马利的几个农场找到过工作,在那里,他学会了怎么用犁,怎样播种、收割,剪羊毛,怎样杀猪和把羊群赶出雪堆。靴子破了的时候,他用毛毡条捆着自己的脚。他傍晚回来时浑身酸痛,晚饭只吃培根汤和土豆,外加一点点不新鲜的面包皮。那些农场主吝啬得连杯茶都不供应。

他睡在谷仓或者马厩顶的干草堆上。冬天的夜晚,他躺在湿冷的毯子下面瑟瑟发抖难以入睡,没有火可以烘干他的衣服。一个星期一的早上,他的雇主用马鞭抽了他,因为他趁他们全家去教堂①时偷了几片冷羊肉。其实这不是他干的,而是猫咪偷的。

他跑了三次,失去了三次工资。但是他仍然昂首阔步,潇洒地把帽子斜戴着,并且,梦想着吸引一位漂亮的农场主女儿,他把多余的钱用来买颜色艳丽的手帕。

他第一次引诱行动失败了。

为了叫醒女孩,他朝女孩的卧室窗户扔了一根细枝,她把钥匙丢给了他。接着他踮起脚尖走过厨房,小腿被一只凳子

---

① 原文为"Chapel",指非英国国教的或者天主教的教堂。

绊到了,他摔倒了。一只铜壶"嘭"地倒在了地上,狗叫了起来,一个男人深沉的声音喊了起来——当他逃离房子的时候,她的父亲已经站到了楼梯上。

二十八岁的时候,他提出要移民去阿根廷,传说那里富有土地和马匹,这使他母亲感到恐慌,立马为他找了新娘。

她是一位相貌平平、呆头呆脑的妇人,比他大了十岁,整天坐着看她的双手,对她的家人来说她已经是一个负担。

汉娜磨了三天才让新娘的父亲同意阿莫斯带走她,同时到手的还有三十头育种母羊、一个叫作"希姆夸能特"的小型农场的租赁权以及鲁伦山上的放牧权。

但是土地是酸性的。它位于阳光很少的坡面,雪化的时候,冰水从山上冲向农房。然而,凭在这儿租一块地、那里租一块地,凭着和其他农场主一起购买家畜,阿莫斯设法糊口度日,期待能过上好日子。

那段婚姻毫无快乐可言。

蕾切尔·琼斯用一种被动的机械行动来遵从她的丈夫。她穿着用麻线系着的破旧花呢大衣清理猪圈。她从不笑。在他打她的时候从不哭喊。她用咕哝声或者单音节词来回答他的问题,甚至在临盆的痛苦时刻,她也紧咬牙关不发出一丝声响。

那是个男孩。没有奶,她把他送给别人喂养,但是他死了。一八九八年十一月,她停止饮食撒手人寰。在他们埋葬她的时候,墓地里开出了雪花莲。

从那一天起,阿莫斯·琼斯开始定期去教堂[①]。

[①] 原文为"Church",指英国国教的教堂。

三

离葬礼过去还不到一个月的某个礼拜天早课时，鲁伦英国国教圣公会教堂的牧师宣布他得去参加兰达夫主教座堂的礼拜，因此下个礼拜天由布林德诺加的教区长来布道。

那是拉蒂默牧师，一位《旧约》学者，他从印度的布道工作中退了下来，在这个遥远的山里教区和女儿以及书本一起生活。

时不时地，阿莫斯·琼斯看见他在山里，胸膛凹陷着，白色的头发像羊胡子草一样被风吹乱，他大步踏在帚石楠上，冲着自己大喊大叫，连羊都被吓得四处逃窜。他没有看到过那个女儿，听说是个忧伤的美人。他坐在教堂长椅的最后。

在赶来的路上，拉蒂默父女躲了一阵暴雨，因此等他们的两轮马车停在教堂外面的时候，他们已经迟到了二十分钟。当牧师在祭衣室换衣服的时候，拉蒂默小姐走向唱诗班席位，她低着头，眼睛避开盯着她看的会众。她擦过阿莫斯·琼斯的肩膀，停了下来。她上前迈了一小步，又朝边上迈了一步，接着坐了下来，在他前面的长椅上，只是隔着过道。

水滴在她的黑色河狸绒帽子和栗色的假髻上闪闪发亮。她灰色的哔叽大衣上也淌下雨水来。

在一扇布满灰尘的窗户上贴着先知以利亚和他的乌鸦的画

像。外面，一对鸽子在窗台上窃窃私语，在窗格子上啄食。

第一首赞美诗是《引领我，噢，伟大的主耶和华》。随着合唱队的声音越来越响，阿莫斯听到了她清晰、颤抖的女高音；她也感觉得到他的男中音就像一只大黄蜂一样在她的后颈处喃喃诵唱。整个主祷文期间，他都盯着她修长、白皙、尖尖的手指。在第二课后，她冒险向旁边瞄了一眼，看见他红色的双手放在祈祷书的硬封面上。

她迷惑地涨红了脸，戴上了自己的手套。

接着她的父亲拧着嘴巴来到了讲坛：

"'你们的罪虽像朱红，必变成雪白。虽红如丹颜，必白如羊毛。你们若甘心听从……'"

她盯着自己的跪垫，感到自己的心快要碎了。礼拜过后，阿莫斯在停柩门里从她身边走过，但是她眨了眨眼睛转过身凝视着一棵紫杉的树枝。

他忘了她——他努力忘记她，直到四月的某个星期四，他去鲁伦集市卖一些公猪，顺便交换一下新闻。

沿着布老德街，从乡下进城的农民系好他们的小马，一群群地聊着天。马车都是空的，它们的轴挂在半空。从面包房里飘出烤好的新鲜面包的味道。在市政厅前面有撑着红色条纹凉篷的售货摊，黑色的帽子在它们的周围晃动。在城堡街，人群还要密集，人们挤向前察看威尔士牛和赫里福德牛。羊和猪都被关在栏杆里。空气中有一丝寒意，水汽从牲口的侧翼凝结成云朵升了起来。

在红龙酒吧外面有两个灰胡子喝着苹果酒，抱怨着"议会里那些十足的流氓"。一个鼻音很重的声音叫喊着柳条凳的价格；一个长着一张紫色脸庞的牲畜交易商拍打着一个戴着棕色圆顶礼帽的瘦子的手。

"您最近怎么样？"

"马马虎虎。"

"您妻子呢？"

"不咋地。"

两辆蓝色的农用马车，铺着稻草，堆着杀好处理过的家禽，停在市政大钟的边上。它们的主人——两位披着格子披肩的妇女，正说着闲话，装出一副对那个伯明翰买家很冷淡的样子。那个买家转动着他的马六甲手杖，一直在她们身边转来转去。

当阿莫斯经过她们的时候，他听到其中一个说道："真是可怜！想想她以后要孤身一人了！"

那个星期六，一个骑着马的羊倌在山上发现拉蒂默牧师的尸体脸朝下躺在池子里。他在泥炭沼泽地滑倒淹死了。星期二他们把他埋在了布林德诺加。

阿莫斯把他的公猪卖了个好价钱，在他把钱装入马甲口袋的时候，他看见自己的手在颤抖。

第二天早上，喂好饲料以后，他拿了根木棍，走了九英里去布林德诺加山。在到达那些盘踞在山顶的岩石带的时候，他坐下来躲了躲风，重新系了系一根鞋带。头顶上，厚厚的云从威尔士飘过来，它们将阴影投射在长满荆豆花和帚石楠的山坡上，在经过冬麦田的时候速度慢了下来。

他的脑袋晕乎乎的，似乎很快乐，好像自己的生活也马上要翻开新的一页。

东边是瓦伊河,一条银色的带子透迤穿过水草地,整个乡村点缀着白色或者红色砖头的农舍。盖着茅草的屋顶在一片苹果树花中露出一块黄色,阴郁的针叶林围绕绅士们的家。

几百码以下,太阳晒到了布林德诺加教区长住宅的石板瓦上,将一块平行四边形的敞开的天空反射到山顶。两只秃鹰在蓝色的天空中时而翱翔时而下降,在明亮的绿色田野里,有羊羔和乌鸦。

墓地里,一位穿着黑色衣服的妇女在墓碑前走来走去。接着,她走过边门,走向杂草丛生的花园。她走过草地一半的时候,一只小狗跳出来迎接她,在她的裙边又叫又抓。她朝着灌木林扔了一根棍子,小狗跑开去又折回来,没有找到棍子,却又在她的裙子下抓了起来。似乎有什么东西在阻止她进入房子。

他跑下山,他的鞋后跟在松动的石头上发出"啪啪"的声音。接着他斜靠在花园篱笆上,气喘吁吁的;她还站在那里,在月桂树林里呆若木鸡,小狗在她的脚边静静地躺着。

"噢!是你!"她转向他的时候对他说。

"你父亲,"他结结巴巴地说,"我很难过,拉蒂——"

"我知道,"她打断了他,"请进来吧。"

他抱歉说靴子上有泥巴。

"泥巴!"她笑了。"泥巴不会弄脏这所房子。再说,我得从这儿搬走了。"

她把他带到她父亲的书房。房间很灰暗,里面满是书籍。窗外,智利南美杉的苞叶遮住了太阳光。一簇簇的马毛从沙发上垂下来,一直垂到一块破土耳其地毯上。书桌上到处都是发黄的文件,在一个能旋转的架子上,放着些《圣经》和《圣经评注》。在黑色大理石壁炉台上,放着些燧石斧头和几只罗马陶器。

她走向钢琴,抓起花瓶里的东西,把它们扔到壁炉里。

"这些是多么可怕的东西!"她说,"我真是讨厌干花!"

她定睛看着他,他正看着一幅水彩画——白色的拱门,一棵椰枣树,几个举着水罐的妇人。

"这是毕士大池,"她说,"我们去了那里。我们从印度回来的路上去了圣地所有的地方。我们去看了拿撒勒、伯利恒和加利利海。我们去看了耶路撒冷。这是我父亲的梦想。"

"我想要些水。"他说。

她领着他走过一段过道来到厨房。桌子擦过了,空无一物,没有任何食物的痕迹。

她说:"看看,我都拿不出一杯茶给你。"

再一次站在太阳底下,他看见她头发夹带着一缕缕的灰色,颧骨上长了鱼尾纹。但是他喜欢她的微笑,那双棕色的眼睛在长长的黑睫毛下闪闪发亮。在她的腰部,紧紧地系着一条黑色的漆皮腰带。他那饥渴的目光从她的肩膀移到了她的嘴唇。

"我还不知道你的名字。"她说着,伸出了手。

"阿莫斯·琼斯是个好名字。"她继续道,和他一起踱到了花园门口。接着她挥了挥手,跑回房子去了。他看到她的最后一眼,她正站在书房里,智利南美杉的黑色触须的影子投射在窗户上,当她把白色的脸蛋按到窗格子上的时候,它的影子就像是把她的脸禁锢了一样。

他爬上山,接着从一个长满青草的小丘跳到另一个,他扯着嗓子喊道:"玛丽·拉蒂默!玛丽·琼斯!玛丽·拉蒂默!玛丽·琼斯!玛丽!……玛丽!……玛丽……"

两天过后,他拿着自己拔好毛、清理好内脏的鸡作为礼物来到教区长住宅。

她正在门廊上等,穿着一条长长的蓝色羊毛裙,肩上披着一条克什米尔的披肩,脖子上系着一条点缀着密涅瓦浮雕的天鹅绒带子。

"我昨天没能过来。"他说。

"但是我知道你今天一定会来。"

她仰起头大笑起来。小狗闻到了鸡肉的味道,跳上跳下,用爪子抓着阿莫斯的裤子。他把鸡从背包里拿了出来。看见那个已经冷了的疙里疙瘩的肉体,她脸上的微笑消失了,呆呆地站在门阶上,浑身颤抖。

他们试图在门厅里谈话,但是她拧着自己的手盯着红色瓷砖的地面;他从一只脚换到另一只脚,感觉自己从脖子红到耳朵。

两个人都绞尽脑汁想跟对方说什么。两个人都觉得:在这个时候说什么都是多余的了;他们的碰面不会有什么结果;他们的不同口音不会形成一个声音;他们都宁可爬回各自的壳里——就好像教堂里遇到的那一刹是命运的捉弄,或者是魔鬼用来毁灭他们的诱惑。他们结结巴巴地说着话,渐渐地他们的话语把他们推到了沉默的边缘。在他向后挪出去跑向山的时候,他们的眼睛并没有看对方一眼。

她饿了。那天傍晚,她把鸡烤熟,想要强迫自己吃下去。在吃了第一口之后,她把叉子和刀放下,把盘子放在地上给狗,旋即冲到楼上自己的房间。

她脸朝下躺在狭长的床上埋在枕头里哭泣,蓝色的裙子在她的周围铺开,风在烟囱管里呼呼地吼叫着。

临近午夜,她似乎听到了砂石地里有吱嘎吱嘎的脚步声。"他又回来了。"她大喊着,高兴地喘着气,最后却发现是一棵攀缘玫瑰的刺在窗户上挠。她想要数着栅栏里的羊入睡,却发现那些愚蠢的动物只不过唤醒了她的另一个记忆——她在印度一个肮脏小镇的另一个爱人。

他是一个欧亚混血儿——一个长着糖浆色的眼睛和满嘴抱歉的男人。她第一次碰到他是在邮电局,他是那里的文职人员。后来,她的母亲和他年轻的妻子死于霍乱,他们在圣公会墓地互表同情。之后,他们曾在傍晚相遇,一起在缓缓流动的河边散步。他把她带到自己的房子,给她喝放了水牛奶和很多糖的茶。他背诵莎士比亚书里的对话。他提到柏拉图式的爱情。他的小小的女儿戴着金耳环,鼻子里流着鼻涕。

"臭婊子!"她父亲听到邮政局长向他警告他女儿的"轻率"时咆哮着。他把她关在一间沉闷的房间里三个星期,只提供一点面包和水,直到她为自己的行为感到懊悔为止。

半夜两点钟的时候,风调整了方向,用另一种声调发出号叫。她听到一根树枝破裂的声音——噼啪!一听到木头断裂的声音,她突然坐了起来。

"噢,上帝!它被鸡骨头给噎着了!"

她摸索着走下楼梯。当她打开厨房门的时候,一阵风把蜡烛给吹灭了。她在黑暗中瑟瑟发抖。在呼啸的风声中她能听到小狗在它的篮子里打鼾。

拂晓的时候,她的目光越过床沿停留在了霍尔曼·亨特的版画上。"敲门,门会为你而开的。"他曾说。难道她没有敲门并且冲着那扇农舍门挥动她的灯笼?然而,当睡意——最终——到来,她刚刚在那里游荡的隧道似乎比往常更长更黑。

四

　　阿莫斯隐藏着自己的愤怒。整个夏天，他令自己埋头工作，就好像要抹去对那个蔑视他的女人的记忆，那个曾点燃他的希望旋即又浇灭了它的女人。一想到她那灰色的小山羊皮手套，他就会砰的一声把他的拳头砸在那张孤零零的桌子上。

　　在干草制备的季节，他去黑山上帮助一位农场主，在那里遇上了一位叫莉莎·贝文的女孩。

　　他们躺在山谷里的赤杨木下幽会。她用吻印满他的额头，用她那短而粗的手指梳理他的头发。但是他不能或者她也不能抹掉玛丽·拉蒂默的形象，抹掉那拧着眉毛痛苦地责骂他时的表情。到了晚上，无论是睡着抑或醒着时，他是多么渴望在他和那堵墙之间有她那光滑、白皙的身体。

　　一天，在鲁伦的夏季矮种马集市上，他和那位发现教区长尸体的羊倌聊了起来。

　　"他女儿怎么样了？"他故意耸着肩膀问。

　　"正打算离开，"那个男人说，"把房子里的和其他地方的所有东西打包呢。"

　　第二天早上当阿莫斯到达布林德诺加的时候，天开始下雨了。雨顺着他的脸颊淌下来，啪啪地打在月桂树的叶子上。在教区长住宅周围的山毛榉林中，小秃鼻乌鸦正在学习拍打翅膀，它们的父母在边上盘旋着,发出鼓励的叫声。在车道上停靠着一辆轻便马车。马车夫冲着这个大步走进房子的长着红色头发的陌生人挥了挥马楫。

她在书房里和一位头发稀疏凌乱、戴着夹鼻眼镜的绅士一起,这位绅士正在翻阅一本皮面的书。

"这位是格思茵·琼斯教授,"她介绍他的时候没有一丝惊讶,"这位是平头百姓琼斯先生,他是来带我去散步的。请原谅我们!请继续您的阅读!"

教授含含糊糊地挤出了几个词。他握手的时候干巴巴的,很是生硬。手上的关节里满是像岩石上爬满的树根一样的灰色静脉,他的呼吸很臭。

她脸颊通红,出去又回来,穿上了雨靴和斜纹亚麻布斗篷。

"我父亲的一位朋友,"当他们走到听不到的地方,她跟他私语道,"你知道我的痛苦了吧。他想要我把书给他——一个子都不出!"

"卖了它们。"阿莫斯说。

他们在雨中走上了一条羊肠小道。山上布满乌云,从云堤上流下来一股股白色的水流。他走在前面,推开边上的荆豆花和凤尾草,她踩着他的脚印前进。

他们在岩石边上休息,然后手挽着手顺着那条古老的马道,随心所欲地谈论着儿时的伙伴。有时候,她勉强听懂他带有拉德诺口音的单词;有时候,他会要她重复一个短语。但是两人都明白,现在,隔在他们中间的屏障已经消失。

他提到了他的野心,她谈论了她的担忧。他想要一个妻子和一座农场,以及可以继承农场的儿子们。她害怕要依靠亲戚过日子,或者被雇用。在印度,在她母亲去世之前她过得很快乐。她告诉他关于布道使命的事,以及那些在季风爆发前的可怕日子:

"太热了!我们简直要死于高温了!"

"就我来说,"他说,"我整个冬季都没有火,只有在他们雇我的酒吧里有一点。"

"也许我应该回印度?"她说,但是她的语气如此迟疑,他知道那不是她想要的。

乌云散去,一束束耀眼的光线斜着倾注到泥炭沼泽地里。

"看!"他指着他们头顶上的云雀叫道,它盘旋着越飞越高,就好像要去迎接太阳,"云雀会在附近筑巢。"

她听到一声柔和的破裂声,看到她的靴子尖上一摊黄色的黏稠物。

"噢不!"她叫道,"看看我做了什么!"

她的脚踩碎了一窝鸟蛋。她坐在了一丛草地上,眼泪流满了脸颊,在他伸出手臂抱着她肩膀的时候她才停止哭泣。

在芒池,他们在幽深的水面上玩打水漂。黑头鸥从芦苇丛里飞起来,在空中发出几声悲鸣。当他把她托起来走过一块沼泽的时候,她感到自己轻飘飘就像一团薄雾。

回到教区长住宅,似乎是为了安抚她父亲的英灵,他们用冷淡、简洁的语言称呼对方。他们没有打扰教授,他还在埋头看书。

"卖了它们!"阿莫斯离开她时在门廊里说。

她点点头,没有挥手。她现在知道他会在什么时候、为了什么再来。

星期六下午他过来了,驾着一辆威尔士柯柏马车。他的开控缰上套着阉过的花马,挂着横鞍。她一听到马蹄声就从卧室里喊他。他大叫:"快!黑山上有一个农场要出租。"

"我马上好。"她回应道,穿着一身鸽子灰的印度棉骑马装,扶着栏杆飞快跑下来。她的草帽上装点着一圈玫瑰,一条粉色的绸缎带子系在她的下巴上。

他花了一笔积蓄去买了一双新靴子,她说:"天哪!真是双漂亮的靴子!"

小路上满是夏天的气息。栅篱上,金银花和犬蔷薇在争论不休;还有天蓝色的老鹳草和紫色的毛地黄。院子里,鸭子们摇摇摆摆地走路,牧羊犬吠叫,雄鹅们伸长了脖子发出昂昂的声音。他折下了一段接骨木来驱赶马蝇。

他们经过了一座门廊上长着蜀葵和在边界上种满旱金莲的农舍。一位戴着有皱褶的帽子的老妇人停下手中的编织活,叽叽呱呱地跟游客说着什么。

"老玛丽·普罗瑟,"他在骑到他们听不到的地方跟她窃窃私语,"他们说她是个巫婆。"

他们在"小提琴手的肘"那里穿过赫里福德街,穿过铁路线,接着沿着切夫尼山陡坡上蜿蜒的采石路爬行。

在松树林的边上,他们停下来让马休息,回头看看鲁伦镇的景色——看着杂乱的石板瓦屋顶、城堡的断墙、比克顿纪念碑的尖顶和在暗淡的阳光下闪烁着的圣公会教堂的风标。教区牧师住宅的花园里燃起了一个火堆,还有一股灰色的燃烧木材冒出的烟从烟囱里飘出来,沿着河谷飘散而去。

松树林里又黑又冷。马儿们在枯死的松针上拖着脚走。蚊子在耳边嗡嗡叫着,掉落的树枝上长着黄色的真菌类植物。她看着松树林长长的过道颤抖了一下说:"这里真是死寂沉沉。"

他们骑到林子的边上,在阳光里继续前进,接着骑到一片开阔的斜坡。当马感觉到脚下的草地时,它们开始小跑起来,溅起一块块新月形的泥巴,好像一只只小燕子朝后飞去。

他们慢跑过山,接着小跑到一个散布着许多农场的山谷,穿过晚开花的山楂树林,来到勒金霍普路。每次他们经过一扇门,阿莫斯都会对主人进行评价:"城郭下农场的摩根,是个喜欢整洁的人","弗龙农场的威廉斯,娶了他的侄女",或者"格里菲思·思姆·克林琳,他父亲死于酗酒"。

在一处田野里,男孩子们正在把干草堆成圆锥形。路边,一个长着一张红色脸蛋的男人正在磨他的大镰刀,他的衬衫一直开到肚脐眼。

"你的女人真漂亮!"他们经过他的时候,他冲阿莫斯眨眨眼。他们在小溪里饮马,接着站在桥上看水草在溪流里摇摆,还有棕色的鳟鱼在溯游。半英里之外,阿莫斯打开了一扇盖满苔藓的门。在它的上方,一条马车道蜿蜒向上通往一所落叶松林里的房子。

"他们把这个地方叫作'幻影',"他说,"这里有一百二十英亩,一半长着蕨类植物。"

五

"幻影"是勒金霍普庄园外围的一座农场。勒金霍普庄园的主人是比克顿一家,他们是个古老的天主教家族,靠西印度贸易发了家。

这里的佃户于一八九六年死了,留下年老的没有结过婚的妹妹一个人过活,直到他们将她送到一家疯人院里。院子里,一棵年轻的水曲柳将它的树枝穿过运草马车的木板。房子的屋顶长满黄色的景天;粪堆上长满了青草。花园的一头有一座石砌的厕所。阿莫斯挥砍掉路上的荨麻,清理出一条到门廊的通道。

门上一条年久失修的铰链使门无法正常打开,当他抬起门的时候,一股恶臭的气味冲着他们迎面扑来。

他们走进厨房,看见一捆老妇人的物品堆在角落里腐烂。墙上的石灰已开始剥落,地面的石板上长出了一层黏泥。烟囱上寒鸦巢里的嫩枝堵住了壁炉。桌子还铺着,留着两个位置,显然是为了喝茶;但是杯子上布满了蜘蛛织的网,桌布也破碎不堪。

阿莫斯拿起一块餐巾,拂去上面的老鼠屎。

当他们听到楼上窸窸窣窣的脚步声的时候,玛丽高兴地说:"有老鼠!""我已经习惯老鼠了。在印度,你不得不习惯老鼠的存在。"

在其中一间卧室里,她发现一个旧布娃娃,笑着把它递给了他。他做一个姿势要把它扔出窗外,但是她拉住他的手说:"不,我要留着它。"

他们出去查看建筑物和果园。李子的收成肯定很好,他说,但是苹果树得重新种了。从荆棘丛中望去,她看见一排腐烂的蜂箱。

"我得,"她说,"了解蜜蜂的秘密。"

他帮她翻过了栅栏上的梯蹬,他们一起爬上山,穿过两片长满荆豆花和李树的田野。太阳已经落到了悬崖的后头,一团团铜色的云朵正在圆轮边上拖曳。刺刺痛了她的脚踝,红色的血珠从她白色的长袜上渗出来。当他想要抱起她的时候,她说:"我行的。"

他们回到马儿身边的时候,月亮已经升起来了。月光勾勒出她脖子的弧度。一只夜莺向夜空抛洒着清澈的音符。他向她伸出一只手臂抱着她的腰说:"你能住在这种地方吗?"

"我能。"在他把双手在她身后扣住的时候她转过身对着他说。

第二天早上,她拜访了鲁伦圣公会教堂的牧师,请他公布结婚预告。在她手上戴着一只用草编织的戒指。

那个正在吃早饭的牧师,把鸡蛋倒翻在了自己的长袍上,结结巴巴地说:"这不会是你父亲所希望的。"他让她等六个月再决定——她咬着嘴唇回答道:"冬天已经来了,我们不能再等了。"

稍后,一群镇上的妇女看着阿莫斯帮她登上了他的两轮轻便马车。布商的妻子愤愤地斜着眼看着,就像在看一只针眼一样,断然地说:"已经有四个月了。"另一个女人说:"真是丢人!"——这些人都好奇阿莫斯·琼斯将会发现她是怎样的一个"骚货"。

星期一的黎明,在所有人都到齐之前,玛丽站在勒金霍普庄园管理处等待比克顿家的地产代理人讨论租约条款。她独自一人。阿莫斯面对乡绅时就会控制不好自己的情绪。

代理人是一个长着双下巴和酒红色脸的男人,是他们家的一个远房侄子。他被印度军队解雇了,因此丢了他的退休金。他们付给他一点可怜的工资;但是因为他对数字很在行,又对那些"不好应付"的佃户很有一套,他们允许他打他们的野鸡,喝他们的葡萄酒。

他对自己的幽默很是骄傲,当玛丽说明她的来意时,他把他的拇指插进马甲大声笑道:

"难道你打算加入农民队伍?哈哈!我才不会呢!"

她脸红了。墙上高高地挂着一张被虫蛀掉的狐狸面具,它似乎在咆哮。他在他书桌的皮面上咚咚地敲着自己的手指。

"'幻影',"他突然说道,"不能说我已经去过'幻影'了。我甚至都不知道它在哪里!让我们来看看地图。"

他站了起来,用手领着她来到房间一端的地产地图前。他的指甲盖里满是尼古丁。

他站在她边上,呼吸声很重。"那里的山上很冷,不是吗?"

"比在平原上要安全。"她说着,从他的手里挣脱。

他又坐了下来。他没有让她坐在哪张椅子上。他咕哝着说

"名单上还有其他申请人",并让她等上四个月,等比克顿上校的回音。

"我怕到那时会太晚了。"她笑了笑,走了。

她走回北门,在那里向看门人的老婆要了一张纸。她写了一张纸条给比克顿夫人,她曾经和她父亲见过她一次。代理人很惶恐地看到一名男仆从庄园里驾车下来,邀请玛丽当天下午一起喝茶。

比克顿夫人是一位皮肤白皙的纤弱妇人,三十好几了。年轻的时候,她致力于绘画艺术,并且曾经居住在佛罗伦萨。接着,当她的天分渐渐退去,她嫁给了一位英俊但缺乏头脑的骑兵军官,可能是因为他收集的绘画大师的作品,也可能是为了气气她的艺术家朋友们。

最近,上校没向敌人发起任何攻击就自动放弃了自己的委任。他们有一个儿子叫雷吉,还有两个女儿——南希和伊索贝尔。管家带着玛丽从玫瑰园的门进入房子。

比克顿夫人正坐在一棵黎巴嫩雪松下的竹茶桌旁躲太阳。一棵粉色的攀缘玫瑰攀爬在南面,但是所有窗户的窗帘都拉上了,使城堡看上去像无人居住。这是一个"假"的城堡,建于十九世纪二十年代。从另一处草坪传来重击门球的声音以及年纪轻轻、钱财称心的笑声。

"中国的还是印度的?"比克顿夫人不得不重复她的问题。三条珍珠项链垂到了她的灰色雪纺衬衫的皱褶中。

"印度。"她的客人含糊地回答着;当一位年长的妇人从银茶壶里倒茶出来的时候,玛丽听到夫人说,"你能确定这是个正确的选择么?"

"我确定。"她咬着自己的嘴唇说。

"我喜欢威尔士人,"比克顿夫人继续道,"但是他们的确看上去会变得易怒,过了一阵子以后。这可能跟天气有关。"

"不,"玛丽重复道,"我确定。"

比克顿夫人很不高兴,脸拉长了,她的手在颤抖。她想要让玛丽成为她孩子们的家庭教师;但再争论也无济于事了。

"我会跟我丈夫说的,"她说,"你们可以靠农场过活。"

当门慢慢打开,玛丽想着:在她那一边的高高的山上,是否也可以有一株粉色的玫瑰开得如此任性?在这个月结束之前,她和阿莫斯就已经制定好了余生的计划。

她父亲的图书室有一些珍贵文献,卖给了一位牛津的古董书商,钱用来支付两年的租金、两匹挽马、四头乳牛、二十头肥牛、一把犁和一部二手割草机。租赁权协议签署了。房子被擦洗一新,刷上了白石灰,前门被漆成棕色。阿莫斯挂了一根花楸树枝来"遮挡那些不怀好意的眼睛",并为鸽子窝买了一群白色的鸽子。

有一天,他和他父亲从布林德诺加把钢琴和四柱大床给搬了过来。他们把床搬到楼上时简直费了九牛二虎之力;稍后,在酒吧里,老萨姆在他的朋友面前吹牛,说幻影农场是"上帝的私人小爱巢"。

新娘有一个担心,那就是她姐姐可能会从切尔腾纳姆过来毁了婚礼。她读到拒绝参加的信件后释然地叹了口气,当她读到"配不上你"的时候爆发出一阵无法抑制的大笑。她把信件撕了扔在火堆里,连同她父亲剩下的最后的文件。

当第一场霜降临的时候,新妇琼斯夫人已经怀孕了。

六

她用她结婚后最初几个月的时间来装扮房子。

冬天很严酷。从一月到四月,雪都覆盖在山顶上不见融化,毛地黄冰冻的叶子就像死驴的耳朵一样垂着。每天早晨,她都从卧室的窗户向外凝视,看看落叶松的叶子有没有发黑或者结满冰霜。动物在严寒中保持静默,她缝纫机的声音可以一直传到产羔围场。

她为四柱大床制作了印花棉布床幔,为起居室做了绿色的长毛绒窗帘。她把一条旧的法兰绒衬裙剪碎,做了一块上面有玫瑰图案的碎呢地毯,铺在厨房灶台前。晚餐后,她会坐在高背靠椅上,她的膝盖上铺着钩针编织物,而他则崇拜地看着他的这位聪明的小蜘蛛。

他在所有季节里都干活——犁地、树篱笆、挖沟、埋污水管或者砌干石墙。晚上六点,他又累又脏,回到家总有一罐热茶和一双焐暖的拖鞋等着他。有时候,他回来时浑身湿透,身上的蒸汽都能升到椽上。

她从来都不知道他有多顽强。

"快把这些衣服都脱了,"她会责怪他,"你会得肺炎而死的。"

"我倒是想。"他会笑着说,并且冲她的脸上吐一圈圈的烟圈。

他对待她就像是他偶然拥有的一件脆弱的物品,不小心就会在他手里打碎。他害怕伤害她,更害怕他的热血会令他冲昏头脑。只要一见到她的鲸须胸衣就足够让他完全把控不住。

在结婚前,他每周都会去浴室泡澡。现在,因为担心引起她的敏感,他坚持在卧室里洗澡。

明顿产的水罐和水盆,上面刻着常春藤叶子,放在霍尔曼·亨特的版画下面。在穿上他的睡衣之前,他会将衣服脱到腰部,在他的胸部和胳肢窝打肥皂泡。一根蜡烛点在肥皂盒边上,玛丽躺在枕头上看着红色的烛光闪烁在他的鬓角上,在他的肩膀上画出一个金色光晕,在天花板上投射出一个大大的黑影。

然而他在洗的时候感觉很尴尬,他一旦感到她在床幔后面看他,他就会挤干海绵、熄灭蜡烛,把混合着动物和薰衣草肥皂的气味带到床上。

星期天早上,他们驾车下山去勒金霍普,在英国国教圣公会的教区教堂参加圣餐礼。她非常虔诚地将圣饼在她舌上打湿:"我主耶稣基督舍身为你们……";虔诚地举起杯子放在唇边:"我主耶稣基督为你们流的血……"接着,凝视着圣坛上的十字架,她试图集中精神唱诗,但是她的思想会转向身边那个有力的、呼吸着的身体。

至于他们的邻居,大多数不是这个教堂的信众,他们对英格兰人的不信任可以追溯到清教徒① 产生之前的几个世纪,那时威尔士的男爵们在边境与英格兰人战斗。妇人们尤其怀疑玛丽,

---

① 清教徒原为英国国教圣公会内部的改革派,后又从中发展出一些脱离国教会的新宗派(如长老会、公理会等),由于他们要求"清洗"国教内保留的天主教旧制和繁琐仪文,提倡"勤俭清洁"的简朴生活,故名。

但是她很快就赢得她们的信任。

她的家务能力是山谷里的一绝。假如小路上的冰融化了的话，在星期天的喝茶时间里，有四到五辆二轮马车会来到幻影农场的院子里。鲁本·琼斯一家是常客，还有城郭下农场的露丝和戴·摩根、红色达朗农场年轻的海恩斯和"棺材"沃特金斯。沃特金斯是一个令人绝望的长满痘印的家伙，他可以无视自己的马蹄足，从克雷格伊伏德农场跛行爬山过来。

客人们一脸严肃，手臂下夹着《圣经》。但当他们大口吃着玛丽的水果蛋糕抑或肉桂吐司条抑或涂着新鲜奶油和草莓酱的司康时，他们的虔诚就会很快消失。

主持这些茶宴的时候，玛丽感到自己做一位农民的妻子已经有很多年头了。她的日常活动——搅拌牛奶、给牛犊灌药或者喂家禽，这些不是她学会的，而是她的第二属性。她很快乐，会喋喋不休地谈论关于斑点病、疝气、蹄叶炎之类的事。"真的，"她会说，"我不知道为什么今年的甜菜会长得这么小。"或者："干草这么少，冬天可怎么过呀。"

在桌子的另一头，阿莫斯会感到格外尴尬。他不想听到他聪明的妻子把自己搞得像个傻子。假如她看见他生气恼火，她会转变话题，用她的印度写生簿上的水彩画取悦客人。

她给他们看泰姬陵、高止山脉以及坐在铺满钉子的床上的瑜伽师。

"他们的大象有多大？""棺材"沃特金斯问道。

"大约有役马的三倍大。"她说。那个跛子一听，联想到这个荒诞的景象就笑作一团。

印度太远，太大，太令人迷惑了，是威尔士男人的想象力无法企及的地方。但是——因为阿莫斯从来都不对提醒他们感到厌烦，她的脚步曾踏在他的脚印中，她也曾见过真正的沙仑的玫瑰，那么对于她来说，卡梅尔、泰伯、希伯伦、加利利就跟鲁伦、格拉斯科姆或兰费汉格尔纳梅兰这些附近的地方一样真实。

大多数拉德诺郡的农民都知道《圣经》里的章节和诗歌，比起《新约》，他们更喜欢《旧约》，因为在《旧约》里有更多关于牧羊的故事。并且玛丽具有如此讲圣地故事的能力，让所有喜欢的角色似乎都能浮现在他们眼前：路得在玉米地里；雅各和以扫；约瑟穿着他拼缝的大衣；或者是那个被抛弃的夏甲，在荆棘林里的树荫下寻找水源。

当然，不是所有人都相信她，而最不相信她的是她的婆婆——汉娜·琼斯。

她和萨姆总是不请自来。她裹着一条带流苏的披肩，总是坐在桌子边上发傻，狼吞虎咽地吃着三明治，使得每个人都很不舒服。

有个星期天，她打断玛丽，问她是否"有可能"去过巴比伦？

"不，妈妈。巴比伦不在圣地。"

"不，"红色达朗农场的海恩斯重复道，"它不在圣地。"

不管玛丽怎么表现她的友好，那个老妇人一见她儿子的新媳妇就恨她。她当面叫她"贵妇人"，由此毁了婚礼早餐。第一次家庭午餐以眼泪收场，她曲着手冷笑道："已经过了怀孕的年龄，要我说。"

只要她踏上"幻影"的土地就从来不愁找不到东西嘲讽:叠得像莲花的餐巾、果酱罐或者配羊肉的续随子酱。当她笑话那个银面包架的时候,阿莫斯警告妻子放好它,"否则的话你会让我们成为笑柄。"

他害怕母亲的到来。有一次,她用她的伞柄去打玛丽的猎犬。从那一天起,小狗每次看见她就咧着嘴,试图弄坏她的裙子,咬她的脚踝。

最终的决裂是,她从媳妇手里一把夺过一些黄油并且大声叫道:"你怎么可以把这么好的黄油浪费在面团上?"玛丽的神经快要崩溃了,大声尖叫道:"那你把它浪费在哪里呢?你倒说说看。"

尽管他很爱他的妻子,尽管他知道她占着理,阿莫斯却马上捍卫起母亲来。"妈妈是好意。"他会这样说。或者"她过得很艰难"。假如汉娜把阿莫斯拉到一边抱怨玛丽的奢侈和"傲慢",他会让她骂完并表示赞同,尽管他自己不这么认为。

事实是玛丽的"改进"让他感觉更加不舒服。她一尘不染的石地板是一个障碍需要跨越。她缎子的桌布是对他的餐桌礼仪的侮辱。他非常厌倦她晚餐后大声朗读的小说——她的食物,说真心话,简直难以下咽。

作为一份结婚礼物,比克顿夫人寄了一本《比顿夫人的家庭管理书》。尽管上面的食谱很不适合农民的厨房,玛丽从头到尾读了一遍,并且喜欢事先制订菜单。

因此,代替可以想见的一圈圈的煮培根、面团子和土豆,她拿上来的菜式是他甚至都没有听说过的——炖鸡肉或者炖兔肉或花楸酱配羊肉。当他抱怨自己便秘的时候,她说"这意味着我们必须种植绿色蔬菜",并且列了一份要买的花园种子的清单。但是当她提议开垦一片芦笋苗圃时,他勃然大怒了。她以为她是谁?难道她认为她嫁给了一位贵族?

危机出现在她尝试用一种温和的印度咖喱那次。他尝了一口吐了出来。"我不想再吃你那些恶心的印度食物了。"他咆哮着,把盘子扔在地上摔碎了。

她没有捡起碎渣,而是跑到楼上把自己的脸埋在枕头里。他没有理她。他没有在早晨进行弥补。他睡不好,晚上在兜里放一瓶酒去散很长时间的步。一个下雨天,他醉醺醺地回来,坐相粗野地瞪着桌布看,一会儿握紧自己的拳头一会儿又放开。接着他站了起来摇摇晃晃地走向她。

她蜷缩着,抬起了自己的胳膊肘。

"不要打我。"她叫道。

"我不会打你。"他吼道,冲进了黑夜里。

四月的末尾,果园里发了粉色的树芽,山上飘来一片云朵。

玛丽听着无休无尽的雨声,在壁炉边瑟瑟发抖。房子像海绵一样吸收了潮气。霉斑出现在白墙上,墙纸也鼓了起来。

有些日子里,她会觉得她已经坐在同一个潮湿、阴暗的屋子里,乘同一辆马车,跟同一个坏脾气的男人生活了很多年。她看着她皲裂和长着水泡的双手,觉得自己会提前变老变糙变丑。她甚至都忘了自己曾有过父母亲。印度的颜色已经褪去,她逐渐把自己想象成那棵她能从窗户里看到的、屹立在悬崖豁口上饱受风霜的荆棘。

七

接着好天气来临。

五月十八日,虽然这不是一个星期天,他们却听到了远山那一边的国教教堂里传来的隆隆钟声。阿莫斯给小马装上了马具,他们驾马车下山到鲁伦,看见所有的窗户外都挂着米字旗,正迎风飘扬。一个铜管乐队正在演奏,一支学生队伍正举着女王和贝登堡的相片沿着布老德街往前走,即使是狗也在它们的领子上系着爱国的带子。

当游行的队伍经过时,她往他的肋骨上捅了捅,他笑了。

"是冬天让我发疯了。"他看上去是在恳求她原谅,"有些冬天似乎都不会结束了。"

"嗯,明年冬天,"她说,"我们就需要考虑另一个人了。"

他在她的额头深深地吻了一下,她伸出手环绕着他的脖子。

第二天早晨她醒来时,一阵微风正抚弄着她的窗帘;一只画眉鸟在梨树上歌唱;鸽子在屋顶上咕咕叫;一团团白色的光在床罩上跳跃。阿莫斯穿着印花睡衣还在睡觉。纽扣解开了,他的胸膛露了出来。她从旁边眯着眼睛盯着那起伏的胸膛、乳头边上红色的毛发、衬衫扣印出的粉色凹陷以及位于晒黑的脖子和乳白色的胸部交汇的那一条线看。

她把手拢在他的二头肌上,随后挪开了。

"想想我差点离开了他。"——她把话留在嘴里,脸变红了,把脸转向了墙壁。

对于阿莫斯来说,他现在不去考虑其他,只考虑他的小男孩——在他的想象中,刻画出了一个可以打扫牛棚的健壮的小家伙。

玛丽也想要个男孩,并且已经为他计划好了未来。她会想方设法送他去寄宿学校。他会获得奖学金。他会成长为一名政治家或者律师或者治病救人的外科医生。

一天,她沿着小路走下山,不小心拉到了一根水曲柳的枝条。当看着那些透明的小叶子从烟雾状黑色的树芽上掉落时,她想到他也在追逐着阳光。

她一个非常亲密的朋友是城郭下农场的露丝·摩根,一个个子小巧、相貌平平的女人,长着一张非常天真的脸,淡黄色的头发包在头巾里。她是山谷里最好的助产士,她帮着玛丽准备婴儿服。

天气晴朗的日子,她们坐在前院的柳条椅上,缝着法兰绒裤子和包裹物,装饰着马甲、衬裙和童帽,或者编织系着绸缎带子的蓝色毛线鞋。

有时候,为了练习她僵硬的手指,玛丽弹奏需要不断调音的肖邦华尔兹。她的手指在钢琴键盘上上下下滑动,一段震耳欲聋的音乐飞出了窗外,一直飞到了鸽子中间。露丝·摩根听得心潮起伏,说这是世界上最美妙的音乐。

只有当婴儿服完成后,她们才把它展示给阿莫斯看。

"但这不是男孩子的衣服。"他愤怒地说。

"哦,是的!"她们一起说,"是给男孩子的!"

两周过后,拉货车的萨姆过来帮忙剪羊毛,并且留下来帮忙收拾菜园。他播种、锄草、移植生菜幼苗、削豌豆支架和大豆架子。一天,他和玛丽给一个稻草人穿上了一套传教士的热带服装。

萨姆长着一张忧伤的老小丑的脸。

五十年的打击使他的鼻子变得扁平。他的下颌上只逗留着一颗牙齿。他的眼球布满红色的血丝,在眨眼的时候他的眼睑好像在发出沙沙声。一个有魅力的女人出现在他面前,驱使他做出些鲁莽的挑逗来。

玛丽喜欢他的殷勤,听他的故事会哈哈大笑——因为他也曾"世界各地到处跑"。每天早上,他从她自己的前院花圃里摘一个花束给她;每天晚上,当阿莫斯从他身边经过走上楼梯时,他会搓着自己的双手咯咯地笑着说:"真是只幸运狗!呵呵!要是我比现在年轻……!"

他还拥有一把小提琴——一个他赶牲口的纪念物。当他把它从盒子里拿出来的时候,他爱抚着那段发亮的木头就像爱抚着一个女人的身体。他知道怎样把自己的眉毛皱起来,就像一位音乐会上的小提琴家一样;也知道如何使乐器发出颤音和呜咽声——尽管当他拉高音的时候,玛丽的小猎犬会抬起它的鼻子吠叫。

偶尔,假如阿莫斯不在的话,他们会练习二重奏——《托马斯勋爵和美丽的埃莉诺》或者《墓地未眠》;有一次他看见他们在石板地面上跳波尔卡舞。

"不要跳了!"他说,"弄伤了孩子怎么办?"

萨姆的行为使得汉娜很恼火,她生病了。

在玛丽出现之前,她只要一喊"萨姆!",她的丈夫就会垂着脑袋,咕哝着"是,亲爱的!",并且拖着脚步去办一些小差事。现在,鲁伦的人能看到她飞奔到红龙,用低沉的嗓音满大街地吼道"萨——姆!……萨——姆!",但是萨姆正在山边为他的儿媳妇摘蘑菇呢。

在一个闷热的傍晚——那是七月的第一个星期,一阵车轮的咔哒声在小路上回响,马车夫休斯和汉娜一起驾车上来,随行的还有两只包裹。阿莫斯正在给马厩的门上一条新的铰链。他的螺丝刀掉了,问她为什么要来。

她阴郁地回答道:"我应该睡在床的边上。"

一两天之后,玛丽被一阵恶心和脊柱忽上忽下的抽痛惊醒。当阿莫斯离开卧室的时候,她拉着他的胳膊恳求道:"请让她走。她走了我就会感觉好多了。我求求你了。否则的话,我会——"

"不,"他一边抬起门闩一边说,"母亲属于这里。她必须留下来。"

这一个月里,天气都很热。风从东边吹来,天空无云,一片严酷的蓝色。水泵打不出水来了。泥土干裂了。一群群的马蝇在荨麻上嗡嗡着,玛丽脊柱上的疼痛愈演愈烈。整宿整宿,她都做同一个梦——血和旱金莲花。

她感到自己的力量已经耗尽了。她感觉身体里面有东西断裂了,孩子是个畸形儿,或者死胎,或者她自己会死。她宁愿自己为了穷人早点死在印度。靠在枕头上，她向救世主祈祷带走她的生命，但是——上帝！上帝！让他活着吧。

老汉娜待在厨房里躲着白天的酷热，她在一条黑色披肩下哆哆嗦嗦，编织着一双长长的白色羊毛短袜——织得非常慢。但阿莫斯把一条在门廊边晒太阳的蝰蛇打死的时候，她拧着嘴巴说道："这个家里要死人了！"

七月十五日是玛丽的生日，因为感觉好一点了，她走下楼来，想要跟她的婆母说说话。汉娜垂着眼睛说："给我读点什么！"

"让我读点什么，母亲？"

"献花。"

因此玛丽翻到《赫里福德时报》的葬礼专栏开始朗读：

"维奥莱特·古奇小姐年仅十七岁，于上周四不幸去世，葬礼于圣阿萨夫教堂进行——"

"我说的是献花。"

"是的，母亲。"她更正了一下，重新开始：

"维姨妈和阿瑟姨夫献上海芋百合花圈。'决不再！'……黄色玫瑰花圈。'永远的爱的回忆——波佩特、温妮、斯坦利……'装在玻璃盒子里的人造花圈。'来自胡森商业中心的友好的记忆……'第戎的荣耀玫瑰花束。'安静地睡吧，我最亲爱的。来自梅维丝姨妈，兰德林多德的莫斯廷旅馆……'野花花束。'只能道晚安，亲爱的，不要再见！爱你的姐姐，茜茜……'"

"嗯，继续！"汉娜抬起了一只眼睑。"你怎么了？继续！读完它！"

"是，母亲……'棺木是磨光的橡木做的，上面装有铜饰品，由劳埃德和普雷斯廷的劳埃德两位先生制造，上面刻有以下文字：一把竖琴！一把瑰丽的竖琴！可惜琴弦断了！'"

"唉！"老妇人说道。

为玛丽分娩做准备工作使得萨姆如此坐立不安，每个人都会认为是他，而不是他儿子，才是孩子的父亲。他总是想方设法取悦她，事实上，他是唯一一张令她微笑的面孔。他花了最后的积蓄从"棺材"沃特金斯那里买了只摇摇床。它被漆成红色，上面涂着蓝色和白色的条纹，尖顶饰雕刻着四只鸣鸟。

"父亲，你不应该……"当他在厨房的石板地上试车的时候，玛丽拍着手说。

"她需要的是棺材而不是摇篮。"汉娜低声嘀咕，继续着她的编织。

五十年以来她一直收藏着她嫁妆中的唯一一条没有洗过的白色棉质睡衣，跟她的白色袜子一起作为她死时的装裹。八月一日，她第二只袜子的脚跟开始转变方向，从那一天起，她织得越来越慢，在两针之间叹着气，并且发着牢骚："快了！"

她的皮肤，在最好时也是纸色的，现在变得透明了。她的呼吸时断时续，舌头也不灵光了。除了阿莫斯，其他人都看得出来，她是到幻影农场来赴死的。

八月八日，天气变坏了。一堆堆烟雾状银色的云朵在山后面聚了起来。晚上六点，阿莫斯和戴·摩根在收割最后一片燕麦。小鸟在暴风雨来临前的安静中保持静默。蓟花的冠毛向上飘浮，突然一阵尖叫撕裂了山谷的宁静。

生产的痛苦开始了。楼上的卧室里,玛丽躺在床上扭动着、呻吟着,踢掉了毯子,咬着枕头。露丝·摩根试图安抚她。萨姆在厨房里,烧着水。汉娜坐在靠背椅子上,数着她的针脚。

阿莫斯为矮脚马装上马鞍,从采石工的路上匆匆忙忙跑到鲁伦。

"勇敢点,男人!"布尔默医生一边把钳子分插在自己的骑马靴里,一边说。接着,他把一瓶麦角碱塞进了自己的一只口袋,把一瓶氯仿塞进了另一只口袋。他扣上了雨衣帽子的扣子,两个人一起冲进了暴风雨中。

当他们把马系在花园篱笆上的时候,雨水哗哗地打在屋顶的瓦片上。

阿莫斯想要跟着上楼。医生把他推了回来,他瘫在了摇摇椅上,就像他的胸口被击了一下一样。

"求求你上帝,得是个男孩,"他呻吟着,"以后我再也不碰她了。"当露丝·摩根拿着水罐走过的时候,他抓住她的围裙。"她还好吧?"他用恳求的语气问道。但是她推开了他的手告诉他不要傻了。

二十分钟过后,卧室的门打开了,一阵低沉的声音传了出来:

"还有没有报纸?或者油布?任何东西都可以。"

"是男孩子吗?"

"两个。"

那天晚上,汉娜织完了她第二只袜子的脚指头,三天过后,死了。

八

双胞胎最早的记忆——两个人都记得很牢的一个共同的记忆——是那一天他们被黄蜂蜇。

他们坐在餐桌边的高脚椅上。那一定是下午茶时间，因为太阳从西边照进来，在桌布上跳跃，晃了他们的眼睛。那一定是一年当中后面的时间，也许十月这么晚，那时候黄蜂昏昏欲睡。在窗外，一只喜鹊从空中飞下来，一簇簇的红色花楸在暴风中摇摆。在屋内，一块块面包加黄油闪耀着报春花的颜色。玛丽正把鸡蛋黄送进刘易斯的嘴巴。本杰明充满嫉妒地挥动自己的双手来吸引注意力，左手碰到了黄蜂被蜇了一下。

玛丽在药柜里翻找药棉和氨水，轻轻地擦在他手上，当伤口发肿变成猩红色时，她安抚道："勇敢些，小男孩！勇敢些！"

但是本杰明没有哭。他只是抿着自己的嘴巴，把他那忧伤的灰色眼睛转向自己的兄弟。因为是刘易斯而不是他自己在痛苦啜泣，刘易斯摸着自己的左手好像那是一只受伤的小鸟。他一直哭哭啼啼直到睡觉时间。直到他们互相把对方锁定在自己的胳膊里时才打起盹来——从那以后，他们把鸡蛋和黄蜂联系在了一起，对任何黄色的东西不再信任。

这是刘易斯第一次展示自己能把痛苦从他兄弟那里吸过来转化给自己的本事。

他是双胞胎中比较强壮的,也是第一个出生的。

为了显示他是第一个出生的,布尔默医生画了一个十字在他的手腕上。而即使在摇篮里,他都要强壮一点。他不怕黑,也不怕陌生人。他喜欢跟牧羊犬扭打在一起。一天,乘四周没有人,他挤过牲口房的门,当玛丽在几个小时后找到他时,他正对着公牛絮絮叨叨地说话。

与之相反,本杰明是一个糟糕的胆小鬼,他吮着自己的手指头,只要跟他哥哥一分开就尖声大叫,总是做噩梦——要么被除草机绞了,要么被马踩到了。要是他真的受伤的话——比如他摔倒在荨麻上或者踢到小腿了,总是刘易斯哭而不是他。

他们的床是一张滑轮床。他们的房间靠着楼梯平台,梁很低。在他们早期的记忆里,有一天他们早上醒来,发现天花板上有一层异样的灰色阴影。凝视着窗外,他们发现了落叶松上的白雪和旋转而下的雪花。

当玛丽进来给他们穿衣时,他们蜷缩成一团,头一直垂到脚上,躲在床的底部。

"不要傻了,"她说,"这不过是雪。"

"不,妈妈,"从毯子下面传出两个闷闷的声音,"上帝在吐唾沫。"

除了星期天驾车到勒金霍普,他们第一次远足到外面的世界是观看一九〇三年的花展。当时,在小路上,矮种马看到一只死了的刺猬时受了惊吓;他们母亲的红花菜豆获得了第一名。

他们从来没有看到过这么多人,对于那些叫声、笑声、飘扬的帆布和叮当的马具,以及让他们在展品四周骑在肩膀上的陌生人,都感到很迷惑。

他们穿着水手套装,他们严肃的灰色眼睛和留着刘海的黑色头发很快就吸引了一圈崇拜者。甚至连比克顿上校都过来了。

"呵呵!我的小水手!"他说,还在他们的下巴下面挠痒痒。

稍后,他让他们坐在他的敞篷车里转了一圈。当他问他们名字的时候,刘易斯回答本杰明,本杰明回答刘易斯。

接着,他们走丢了。

四点钟的时候,阿莫斯去鲁伦参加拔河比赛;因为玛丽要参加女士们的勺子托蛋比赛,她让格里菲思·思姆·克林琳夫人照看。

格里菲思·思姆·克林琳夫人是个块头大、好发号施令、面部发光的女人,她自己有两个双胞胎侄女,因此总认为自己是个专家。她把两个男孩子排成排,从上到下仔细检查了一遍,最后在本杰明的右耳后发现一颗小的痣。

"那里!"她大声喊道,"我发现了一个不同之处。"——这时,本杰明朝正拉着他手的哥哥投射了一个绝望的眼神,两个人赶忙挤进了旁观者的腿中间,并且藏在了天幕的下面。

他们藏在一个盖着布的支架下面,在获奖的奖品——西葫芦下面。他们是那么高兴地欣赏着女人和男人的脚,以至于一直藏着直到他们听到母亲的叫唤,那声音简直比哭泣的母羊还要沙哑和焦急。

回家的路上,他们挤在两轮马车的后面,用他们自己的秘密语言讨论他们的冒险经历。阿莫斯听了大叫:"不要胡说八道,行吗!"刘易斯回嘴道:"这不是胡说八道,爸爸。这是天使的语言。我们天生就会。"

玛丽试图把"你的"和"我的"的区别灌进他们的脑袋。她给他们买星期日套装——一件灰色的花呢给刘易斯,一件蓝色的毛哔呢给本杰明。他们穿着它们半个小时,接着溜了出去,回来时已经穿上了对方的夹克。他们坚持分享所有的东西。他们甚至把三明治掰成两半,然后交换一半。

有一次圣诞,他们的礼物是一只毛绒玩具泰迪熊和一个毛毡"矮胖子"。但是在节礼日的下午,他们决定把泰迪熊扔进篝火里,而把他们的爱集中到"矮胖子"身上。

"矮胖子"睡在他们的枕头上,他们带着它一起散步。三月的一个灰蒙蒙刮着大风的日子,那时柳絮挂在树枝上,小路上还有融雪,他们觉得连它也同样碍手碍脚。因此当玛丽一转过身去,他们就把它丢在桥上,然后扔进了河里。

"看,妈妈!"他们大叫,两张冷漠的脸看着护栏外那个黑色的东西上下浮动着漂下去了。

玛丽看见"矮胖子"被卷进了一个漩涡中,然后挂在了一根枝条上。

"待在那里!"她喊道,然后冲过去捞,却滑了一下,几乎掉进满是浮渣的棕色的洪水里。她脸色苍白、头发蓬乱着跑向双胞胎,然后一把抱住了他们。

"没关系,妈妈,"他们说,"我们从来不喜欢'矮胖子'。"

在接下来的秋天,他们也不喜欢他们新的妹妹——丽贝卡。

他们曾缠着母亲给他们一个妹妹。当这个妹妹终于来临的时候,他们爬上楼梯来到卧室,每个人手里拿着一只装满水的蛋杯,里面插着一枝铜色的菊花。当看见一个令人恼火的粉红色生物在咬玛丽的胸脯时,他们把他们的礼物掉在了地上,冲下楼去了。

"把她送走。"他们抽泣着。整整一个月,他们都用自己的密语交流,并且用了一年来接受她的存在。一天,当格里菲思·思姆·克林琳夫人来做客的时候,她发现他们正在厨房地板上抽搐着扭动着身躯。

"双胞胎怎么了?"她警觉地问道。

"不要去管他们,"玛丽说,"他们在玩生孩子呢。"

到了五岁的时候,他们开始帮助干家务活了:揉生面团,做黄油块,在海绵蛋糕上撒糖粉。睡觉之前,玛丽会奖励他们一个《格林兄弟》或者《汉斯·克里斯蒂安·安徒生》里的童话,他们最喜欢的是生活在海洋底部人鱼王国宫殿的美人鱼的故事。

到了六岁的时候,他们已经会自己阅读了。

阿莫斯·琼斯不相信课本学习,会冲着玛丽咆哮"不要宠坏孩子"。

他给他们惊鸟器,把他们单独留在燕麦田里赶林鸽。他让他们搅拌鸡食,在卖掉之前给鸡拔毛和处理内脏。无论天气好坏,他会让他们坐在他的矮脚马上,一个在前一个在后,围着羊群转。秋天的时候,他们看着母羊受精,五个月之后,他们见证了羊羔的来临。

他们总是能意识到自己与双胞胎羊羔的亲密关系。像羊羔一样,他们玩"我是城堡的国王"游戏。一个刮着微风的早上,当玛丽把洗好的衣服晒出来的时候,他们躲在她的围裙下,脑袋按在她大腿上,发出吮吸乳房的声音。

"不要这样子,你们两个,"她笑着把他们推开了,"去找找你们的爷爷!"

九

　　老萨姆搬到幻影农场来生活了，并且又变得像个孩子一样。
　　他穿一件鼹鼠皮马甲，戴一顶松软的黑色帽子，拄着一根鼠李棍子。他睡在一个跟碗柜差不多大的蜘蛛网密布的阁楼里，周围放着一些他随身带着的为数不多的物品：一把小提琴、一支烟斗、一个香烟盒、一座在他的某次旅行中得到的小瓷像——一位肥胖的绅士和一只旅行皮箱，底座上刻着"我将踏上漫长的旅程"。
　　他主要的工作是照看阿莫斯的猪。猪，他说"要比人聪明得多"。确实，他的六头母猪都很崇拜他，当他拿着泔水桶移动时，它们在他边上哼哼着，听到它们各自的名字时会作出回应。
　　他最喜欢的是一头"大黑"叫汉娜。当汉娜在苹果树下拱虫吃的时候，他会在她的耳朵后挠痒并且回忆他婚姻生活里那些惬意的时光。
　　然而汉娜并不是一位称职的母亲。她把自己的第一个幼崽给踩死了。第二次，她肿得非常厉害，生出了唯一一只公猪，双胞胎叫他霍格奇，并把他收养了。
　　有一天，那是霍格奇三个月大的时候，他们决定给他洗礼。
　　"我当牧师。"刘易斯说。
　　"我要当牧师。"本杰明说。

"好吧!那么,你当牧师!"

这是六月炽热的一天。狗躺在谷仓的阴影下喘气。苍蝇正嗡嗡地盘旋。黑色的牛在农舍下吃草。山楂树开花了。整个田野一片黑色、白色和绿色。

双胞胎偷偷溜出厨房,拿着围裙当罩衣,还有一块条纹毛巾当洗礼的长袍。在围着果园疯狂地追赶后,他们把霍格奇赶到了鸡窝边,还把一路尖叫的霍格奇带到了峡谷那里。刘易斯抱着它,本杰明弄湿了自己的手指,在它的鼻子上方划了一个十字。

但是尽管他们给霍格奇吃干虫粉,尽管他们给它塞偷来的蛋糕,尽管霍格奇用温顺的性格弥补个头小的缺点——甚至让双胞胎骑在它的背上,霍格奇还是一只小不点,小不点对于阿莫斯是没有用处的。十一月的一天早上,萨姆去放食物的棚子拿大麦,发现他的儿子在磨割肉刀的刀刃。他想要抗议,但是阿莫斯怒视着他,在磨刀石上更用力地磨着刀刃。

"留着一只长不大的猪是没用的。"他说。

"霍格奇也不行吗?"萨姆结结巴巴地说。

"我说了,留着一只长不大的猪是没用的。"

为了不让他们听到,老头带着他的孙子们到山上采蘑菇。当他们在黄昏回来时,本杰明看见放食物的棚子门边上的一摊血,通过一条裂缝,他看见霍格奇的肉身挂在一个钩子上。

两个男孩都一直忍着眼泪直到睡觉,接着,他们把枕头都哭湿了。

之后,玛丽开始相信他们再也不会原谅他们爸爸的谋杀。

如果他们的爸爸教他们一些农活,他们就装哑巴。假如他想要抚摸他们,他们就退到一边;但如果他爱抚他们的妹妹丽贝卡的话,他们就更恨他了。他们计划逃走。他们在他的身后小声地说着密语。最后,连玛丽都失去了耐心,恳求他们道:"请对爸爸好点。"但是他们的眼中充满怨恨,他们说:"他杀了我们的霍格奇。"

十

双胞胎喜欢跟他们的爷爷一起去散步。他们有两个特别喜欢的地方——"威尔士散步"是在高高的山上;"英格兰散步"是往勒金霍普庄园的方向。

"威尔士散步"只在天气好的情况下进行。他们经常在阳光照耀的时候出发,回来时已经浑身湿透。他们同样经常下山去勒金霍普,回头望西面是灰色雨雾,然而在头顶上,云朵变成了蓝色,蝴蝶在阳光照耀的峨参上翩翩飞舞。

在离村子半英里的地方,他们经过马埃斯费林的磨坊以及边上的公理会①教堂。接着是两排庄园工作人员的房子,有高高的红色砖头砌的烟囱以及长满卷心菜和羽扇豆的院子。过了村子公共草地又有第二座的浸礼会②教堂,斜对着国教圣公会③

---

① 公理宗是基督教新教主要宗派之一,16世纪下半叶由勃朗创立于英国。原属清教徒中的独立派,主张各教堂独立自主,并由各教堂的教徒公众管理,故名。不赞成涉及统管各教堂的上级行政机构,主张涉及同派教堂自由参加的联谊性机构。公理宗的教会主要有公理会等。
② 浸礼宗是基督教新教主要宗派之一,通常认为17世纪前叶产生于英国及流亡荷兰的清教徒中,原属清教徒分ές。坚持洗礼时受洗者必须全身浸入水中,故名。主张每个基督徒都是圣徒,牧师等只有特殊责任而无特殊地位,各教堂独立自主。浸礼会是浸礼宗的主要教会之一。
③ 基督教新教宗派安立甘宗的教会。16世纪欧洲宗教改革运动时期产生于英国。英王亨利八世在1534年促使国会通过法案,规定英国教会以英王为最高元首,并定圣公会为国教。后改革虽有反复,终在女王伊丽莎白一世时代获得巩固。

教堂、教区牧师住宅和核桃树旅店。围绕着国教教堂的墓地有一片古老的紫杉林，半木结构的钟楼据说代表着各各他的三个十字架。

萨姆总是在酒吧逗留，喝一品脱的苹果酒，和酒店老板戈德伯先生玩一会儿九柱戏。有时候，要是游戏时间拖延了，老戈德伯夫人会拿出大杯的柠檬汁给双胞胎喝。她让他们对着她的助听器讲话，假如她喜欢他们说的，她会给每人一个三便士的硬币，并且告诉他们不要买糖果吃——于是，他们会跑着去邮局，又跑着回来，下巴上沾满了巧克力。

再走五分钟就到了庄园西边的门房。从那里，一条车道穿过橡树林和栗子林蜿蜒下山。黇鹿在树枝下吃草，用尾巴轻轻拂去苍蝇，它们的肚子在浓荫下发出银色的光。人类的声音惊吓到了它们，它们白色的短尾巴立刻消失在蕨丛中。

双胞胎有个朋友——厄恩肖先生。他是庄园的花匠头，一个长着瓷蓝色眼睛的矮壮男人，经常来参加玛丽的茶宴。他们通常在育秧棚里找到他，他穿着皮围裙，指甲盖下满是黑泥。

他们喜欢呼吸着温室里芳香的热带空气，抚摸着白色桃树上的花朵，或者凝视着长得跟图画书上的猴子脸一样的兰花。他们从来都不会空手而归，要么是一棵瓜叶菊，要么是一棵红褐色秋海棠。直到七十年之后，本杰明还会指着一棵粉色的天竺葵说："这是从厄恩肖那里剪来的枝条插活的。"

庄园城堡的草坪一块一块地一直朝着湖延伸出去。在岸边有一座用松木建造的船库。有一天，双胞胎躲在杜鹃花丛中，看见了那条船。

那光亮的船体在睡莲丛中悄悄地驶向他们。从桨上落下一阵阵浪花。划桨的是一位穿着红色条纹上装的男孩子。在船尾,半掩在白色太阳伞下面的是一位穿着淡紫色裙子的女孩子。她美丽的头发梳成厚厚的发束,她的手指拨动着一圈圈绿色的波浪。

回到幻影农场,双胞胎向玛丽跑去。

"我们看到比克顿小姐了。"他们一起欢呼。在她跟他们吻别的时候,刘易斯悄声说:"妈妈,我长大了要娶比克顿小姐。"本杰明一听哭了起来。

为了继续"威尔士散步",他们曾经越过田野一直走到"公鸡屋"——一座牧羊人的农舍,它自从圈地运动后就被遗弃了。接着他们爬过一段石头阶梯来到了一片荒野,然后沿着向北的马道就看到左边堆着石子的山脉陡峭地升起来。越过一片桦树林,他们来到了站在一堆残墙断垣之间的谷仓和长屋[1]。一柱浓烟从烟囱里的一边升了起来。这里长着几棵弯曲的水曲柳、几棵褐色柳,泥泞的池塘边满是一堆堆鹅毛。

这是沃特金斯家的农场,它叫作克雷格伊伏德[2]——意思是"桦树之岩",当地人叫它岩石农场。

双胞胎第一次拜访这里的时候,牧羊犬狂吠着,猛扯着铁链;一个瘦弱的红发男孩跑进屋子;接着,阿姬·沃特金斯走了出来,她穿着一条长长的黑色裙子和粗麻布做的围裙,把路都堵住了。

---

[1] 英国旧式人畜共居的住宅。
[2] 原文为威尔士语。

她在太阳下眨着眼睛,一发现走路来的是谁就笑了。

"哎哟!是你,萨姆,"她说,"快进来喝杯茶。"

她是一个瘦弱的、驼着背的女人,脸上长着粉刺,肤色有点泛蓝,一缕缕松散、苔藓似的头发在微风中吹乱。

门外堆着一堆堆汤姆·沃特金斯用来做棺材的木板。

"真遗憾老汤姆不在,"她继续说道,"他和他的骡子去给可怜的生肺病死掉的威廉斯·克林戈德夫人送棺材了。"

汤姆·沃特金斯做这个郡里最便宜的棺材,把它们卖给那些吝啬鬼或者穷得连个像样的葬礼都付不起的人。

"这就是双胞胎吧!"她交叉着自己的手臂说,"他们跟阿莫斯和玛丽一样是圣公会教堂的教徒?"

"圣公会教堂。"萨姆说。

"主怜悯我们!带他们进来!"

厨房的墙刚被刷过,但是椽上布满黑烟,泥地上满是家禽的干屎。烟灰色的矮脚鸡昂首阔步走进走出,啄食着从桌子上掉落的剩饭。在上面的房间里,一只箱式床上堆满了毯子和大衣;在床的上方,挂着一段用木框框起来的话:"在旷野有人喊:预备主的道,修直他的路……"

在另一个房间(从前是个起居室),两只小母牛正在咀嚼干草,空气中弥漫着一股夹杂着泥炭和凝乳的难闻的味道。阿姬·沃特金斯在围裙上擦了擦手,然后夹了一撮茶叶到茶壶里。

"这个天气,"她说,"六月份还这么冷。"

"太冷了!"萨姆说。

刘易斯和本杰明坐在一把椅子的边缘,那个红色头发的男孩蹲在水壶边上,用一只鹅翅膀扇着火。

男孩子叫吉姆。他吐了吐舌头,还吐了口唾沫。"啊!你这个调皮鬼!"阿姬·沃特金斯抬起了她的拳头,把他吓得逃出去了。"不要理他。"她边说边打开一块干净的亚麻桌布。生活再怎么困难,她都要在喝茶时铺一块干净的白色亚麻桌布。

她是一位善良的女人,希望这个世界不像所有人说得那样糟糕。贫穷和过度劳累使她得了心脏病。有时候,她把纺车抬到山上,把从荆豆花和帚石楠中找到的小撮羊毛纺织起来。

她从来都不会忘记一次侮辱,也不会忘记一次恩德。有一次,当她卧病在床的时候,玛丽让萨姆送来了一些橘子和一包士麦那无花果。阿姬从来没有尝过无花果,对于她来说,它们就像来自天堂的吗哪[1]。

从那一天起,她从来不会让萨姆空手而归。"给她带一罐黑莓酱。"她会说。或者:"威尔士蛋糕怎么样?我知道她喜欢威尔士蛋糕。"或者:"她想要一些鸭蛋吗?"当她的一棵瘦弱的丁香开花的时候,她堆了大把的丁香枝条在他身上,就好像她的是唯一存在的丁香花一样。

沃特金斯夫妇不是国教教堂而是另一个教堂的教徒,他们无儿无女。

可能因为他们无儿无女,他们总是在寻找可以拯救的灵魂。一战后,阿姬设法"拯救"了几个孩子。假如有人说:"他是在岩石农场长大的",或者"她是岩石农场收养的",你就会知道这

---

[1] 《圣经》中,以色列人在荒野四十年里神赐的食粮。

个孩子是私生的或者是个疯子。但是在那段日子,沃特金斯夫妇只"拯救"了男孩子吉姆和一个叫埃塞尔的女孩——一个大约十岁左右的大姑娘,她会岔开她的大腿死气沉沉地盯着双胞胎看,一会儿盖住一只眼睛,一会儿盖住另一只,就像看到了重影一样。

从岩石农场这边,一条赶牲畜的道路蜿蜒而上直到黑山的北肩,在陡坡上,老人不得不停下来休息,平缓一下呼吸。

刘易斯和本杰明跳跃着向前,追赶着松鸡,用兔子屎玩手指足球,从悬崖处俯视红隼和渡鸦,时不时地爬进蕨丛躲起来。

他们喜欢假装在某片森林里迷路了,就像格林童话故事里的双胞胎一样,每一棵蕨的茎对他们来说都像林木的树杆。在绿荫下,每一样东西都是宁静、潮湿和凉爽的。伞菌从去年的残渣里长出帽子,风在他们头顶高高的地方呼啸。

他们平躺,凝视着天空中镶嵌的一块块云朵;凝视着苍蝇组成的"之"字形黑点;还有,更高的地方,另外一些黑点是燕子在盘旋。

有时候他们会冲着杜鹃鸟的唾沫吐唾沫;要是他们口渴了,他们会把额头碰在一起,每个人都消失在对方的灰色眼睛中,直到他们的爷爷把他们从想入非非中叫醒。那时候,他们会跳回到道路上来,假装他们一直待在那里。

在晴朗的夏日傍晚,萨姆会一直带他们走到"鹰石",那是一块巨大的花岗岩石柱,上面布满苔藓,在阳光的照耀下,就像一只栖息的老鹰。

萨姆说有一个"老头"埋在这里。或者这是一匹马的坟墓,或者是法利赛人跳舞的地方。他的父亲有一次看见过这些仙人——"他们就像蜻蜓一样长着翅膀",但是他记不得具体在哪里。

萨姆会把男孩们抱到石头上,指出位于山下峡谷中的农场、公理会和浸礼会的教堂和安布罗修斯神父的修道院。有几个晚上,峡谷被雾包裹着,但是上方出现了拉德诺山,它们鼓起的轮廓上层层叠叠的灰色一直延伸到世界的尽头。

萨姆知道所有的名字:温伯尔、巴克和黑色米克森——"那是我出生地附近的斯麦切"。他告诉他们卢埃林王子和他的狗的故事,或者一些更为神秘的人物,像阿瑟、默林或者黑沃恩;通过一些扩展的想象,他把威廉一世和拿破仑·波拿巴混淆在了一起。

双胞胎把到鹰石的道路看成他们自己的私有财产。假如碰巧碰到一队徒步旅行者,他们会大喊:"这是我们的路!"看见泥地里的一只靴印会令他们火冒三丈,他们会尽力用木棍把它抹去。

有一天太阳落山,他们爬到山顶时没有看见熟悉的景色,却看见一对平顶草帽。两位年轻的女士,两手交叉着,坐在石头的顶部;几步远的地方,一位穿着灰色法兰绒的年轻人在一只相机三脚架后弯着腰。

"保持这个姿势,"他从飘动的黑色布下喊道,"我说笑就笑!一……二……三……笑!"

突然,乘萨姆还来不及阻止,刘易斯抓住他的棍子朝拍照者的膝弯打去。

三脚架往前倒去，照相机摔掉了，女孩子们咯咯地笑个不停，差点从石头上掉下来。

雷吉·比克顿——他就是那个照相的人，脸色绯红，在帚石楠中追逐着刘易斯，大喊："我会活剥了这个讨厌鬼！"尽管他的姐妹大喊："不要，雷吉！不！不！不要伤害他！"他把小男孩放在他的膝盖上翻过来打他的屁股。

在回家的路上，萨姆教他的孙子用威尔士语说"肮脏的撒克逊人"，但是玛丽听到这个消息后非常沮丧。

她感到自己被压碎了，也感到耻辱——为她的儿子感到耻辱，也为他们感到耻辱而感到耻辱。她想要写个条子给比克顿夫人表示道歉，但是笔尖划来划去怎么也写不出话来。

十一

那个秋天,出于对即将要到来的严酷冬日的疲倦,玛丽经常去拜访牧师。托马斯·图克牧师是一位有着独特方式的经典学者,他选择住在勒金霍普是因为这里的地主是天主教徒①,而且牧师住宅的花园建于绿砂上———一种适合稀有的喜马拉雅灌木生长的完美土壤。

他是一个很高、很瘦的男人,长着一堆堆雪白的头发,他有个习惯,在为教民展示他的优美侧影之前要用黄褐色的眼睛盯着他们看一下。

他的房间显示他有一个富有条理的脑袋,但是,因为他的管家是一位彻底的聋子,他不太跟她说话。图书室的木架上整齐地放着经典作品。他能背出整本《荷马史诗》;每天早上,在冷水澡和早饭之间,他会自己写一些六音步诗。在楼梯的墙上有几片编成扇形的桨——他曾经是剑桥赛艇队成员;在前厅,像一群企鹅似的排列着的是几双骑马靴,他还是鲁伦山谷狩猎队的联合队长。

对于村民来说,他们的牧师是个神秘人物。大多数妇女都爱上了他——或者被他的声音所感染。但是他太忙了,无法顾及她们的精神需求,他的行为也常常冒犯她们。

---

① 英国国教内保留了一些天主教旧制。

一个星晴天,在圣餐礼之前,一些戴着装点了花朵的帽子的妇女脸上带着接受圣礼的虔诚,正走近教堂门。突然,牧师住宅的一扇窗户呼地打开了,传出牧师大喊的声音:"小心你的脑袋!"接着他冲着榆树上正低声歌唱的林鸽开了好几枪。

枪声在墓碑林中引发了阵阵震动。"血腥的异教徒!"阿莫斯低声嘀咕;玛丽却忍不住咯咯地笑起来。

她喜欢这位牧师的荒诞不经,以及他的辞藻的快速转换。她对着他(他独自一个人的时候)承认农场的生活使她抑郁,也承认她渴望交流和思想。

"不止你是这样,"他捏着她的手说,"我们最好尽力而为!"

他借给她书。莎士比亚或者欧里庇得斯,《奥义书》或者左拉。她的思维在文学的长度和宽度中间自由地游走。他说,他从来都没有遇到过一个更聪明的女人,就像这本身就是措辞的矛盾体一样。

他谈到对他年轻时决定就任圣职的痛恨。他甚至痛恨《圣经》——到了在村子里分发《奥德赛》译本的地步。

"以色列人究竟是些什么人呢?偷羊的人,亲爱的!一个流浪的偷羊民族!"

他的爱好是养蜂;他在花园的一角种了一片带花粉的花朵。

"有了!"他打开蜂箱时大声喊着,"简直是昆虫世界的雅典!"然后,指着蜂房的建筑结构,他会滔滔不绝地谈论文明的本质属性,它的统治者和被统治者,它的战争和征服,它的城市和郊区,它的工人的接替(城市赖以延续的基石)。

"还有雄蜂,"他会说,"我们是多么了解雄蜂啊!"

"是的,"玛丽说,"我一直了解雄蜂。"

他鼓励她把她自己的蜂箱都换掉。第一个季节过去了一半,其中的一只蜂箱被蜡螟攻击了,蜜蜂飞走了。

阿莫斯慢悠悠地走进厨房,被逗得咧着嘴笑道:"你的蜜蜂都聚集在西洋李子上呢。"

他越帮越忙。玛丽让男孩们看住蜜蜂以防它们逃跑,自己赶紧到勒金霍普去找牧师。本杰明永远不会忘记那位老人从梯子上下来的情景:他的手臂、他的胸部和脖子上都被嗡嗡的一团棕色的蜜蜂包围着。

"您难道不害怕吗?"当牧师用手掌捡起它们并把它们放进麻袋中的时候,他问道。

"不会!蜜蜂只叮胆小鬼!"

牧师在花园的另一个角落做了一个假山,是为了种植他从希腊旅行途中收集的开花的球茎。三月份,番红花和绵枣儿开花了;四月份是仙客来、郁金香和山慈姑;还有一棵深红色的海芋会发出难闻的腐肉味道。

玛丽喜欢想象这些花长在野外,在山上形成一片片的色彩;她为它们被放逐在一块假山上深感惋惜。

一个狂风大作的下午,当男孩们在草坪上踢足球的时候,牧师带她去看一棵从克里特岛伊达山的山坡上采来的贝母。

"在园艺中是非常稀有的,"他说,"不得不把我一半的球茎送给了邱园①!"

---

① 伦敦市郊著名植物园。

突然，刘易斯向空中把球踢了出去；一阵风把它带偏了，它落到了假山上，把那棵娇弱的喇叭状花朵打得粉碎。

玛丽跪膝在地试图把花杆扶直，她强忍着哭泣，不仅仅是为了花朵，更是为了她儿子们的未来。

"乡巴佬！"她苦涩地说，"那就是他们长大后的样子！假如按照他们父亲的教法教的话。"

"假如按照我的方法教就不会了。"牧师说着，把她扶了起来。

那个星期天晨祷后，他站在南面门廊边上跟所有的教民握手。轮到阿莫斯时，他说："请等我一会儿，好吗，琼斯？我就讲一两句。"

"好的，先生！"阿莫斯说，在圣洗池边踱来踱去，时不时紧张地望着铃铛绳。

牧师示意他走到祭衣室。"是关于你的男孩们，"他一边把白色罩衣拉过头一边说，"聪明的孩子，两个都是！到了该上学的年纪了！"

"是的，先生！"阿莫斯结结巴巴地说。他本来不想说"是的！"或者"先生！"，牧师的音调使他放弃了警戒。

"真是个好男人！那就这样决定了！周一新学期开始。"

"是的，先生！"他又说了一遍，这次有点嘲讽和愤怒的意味。他把帽子狠狠地扣在了头上，大跨步从阳光照耀的墓碑林中走过。

寒鸦在钟楼边盘旋，榆树在风中嘎吱作响。玛丽和孩子们已经爬上了两轮马车。阿莫斯在矮脚马背上猛抽，它们向前跑向街道，突然转向，冲散了一群浸礼会教友。

小丽贝卡吓得尖叫了起来。

"你为什么要跑得这么快?"玛丽拉着他的袖子。

"因为是你让我发疯啦!"

吃了一顿沉默的午餐,他出去到山上散步。他想要干活,但这是安息日。因此,他一个人散步,翻越黑山并绕着它走。他回来时天已经黑了,他还在诅咒玛丽和牧师。

十二

尽管如此,双胞胎还是动身去学校了。

早晨七点他们出发,穿着黑色的诺福克夹克和灯笼裤,浆过的伊顿领子顶着他们的脖子,上面系着罗缎领结。在潮湿的日子里玛丽给他们吃鳕鱼肝油,把他们用围巾围起来。她把他们的三明治用防油纸包好,和书本一起塞进他们的书包里。

他们坐在一个漏风的教室里,有一只黑钟报时。伯兹先生教地理、历史和英语;克利夫顿小姐教数学、科学和经文。

他们不喜欢伯兹先生。

他苍白的脸庞,他太阳穴上的静脉,他呼出的臭味和他习惯把痰吐在鼻烟手帕里——这些都留下令人讨厌的印象。无论什么时候他走近,他们都缩在一边。

尽管如此,他们学会了背诵雪莱的《致云雀》;拼写"的的喀喀"和"波波卡特佩特";大英帝国是所有可能存在的帝国中最伟大的;法国人是懦夫,美国人是叛徒;西班牙人会把新教徒的小男孩放在篝火上烤。

相反的是,他们很高兴上克利夫顿小姐的课。她是一位身材丰满的女人,拥有牛奶般的皮肤和柠檬皮颜色的头发。

本杰明是她最喜欢的。没有人知道她怎么区别不同,但是肯定的是,他是她的最爱。她弯身向前纠正他的算术,他会吸入她身上温暖的母亲的味道,并且把他的头依偎在她的天鹅绒连衣裙和金十字架链子中间。当收到他送给她的一束甜心威廉①时她高兴得脸都红了;在午前茶点时间,她把双胞胎带到她的房间,说他们是"名副其实的小绅士"。

她的偏爱并没有让他们广受欢迎。学校的恶棍——一个庄园主管家的儿子,感到他的权威受到了挑战,总是想方设法把他们拆开。

他让他们在对立的队里踢足球。但是,在比赛的中间,他们的眼睛会相遇,他们的嘴唇高兴地咧着;他们会把球沿着球场踢,一个传给另一个,不管别的球员和别人的嘘声。

有时候,在教室里,他们写下同样的答案。他们在《夏洛特姑娘》这首诗歌里犯同样的错误,因此伯兹先生骂他们作弊。他示意他们站到黑板前,让他们蹲下来,用他的桦树枝在屁股的两边各留下六条对称的红印。

"这不公平。"当玛丽用故事安慰他们入睡时他们哭泣着说。

"是的,亲爱的,这不公平。"她捏灭了蜡烛,踮着脚走向门。

不久之后,伯兹先生为了某些"不能谈论"的原因从职位上被解雇了。

圣诞节前的两个星期,加拿大的埃迪伯伯寄来了一个包裹,里面有绘有印弟安人的彩色石版画。

---

① 一种小型康乃馨。

阿莫斯的哥哥一开始是伐木工人,后来时来运转,现在是加拿大萨斯喀彻温省穆斯乔一家贸易公司的经理。他的一张戴着皮毛帽子、一只脚踩着灰熊的照片让双胞胎兴奋不已。玛丽给了他们她的朗费罗的书,他们很快就能背诵关于海华沙和明尼哈哈的生活片段。

他们和其他的孩子一起在校舍后面玩科曼奇人和阿帕奇人①的游戏。刘易斯取了个名字叫"小渡鸦",用一只旧锡桶敲科曼奇军歌;本杰明的任务是守卫阿帕奇棚屋。两人都发誓希望去死并永远成为敌人。

一天午休时,阿帕奇首领乔治·马奇发现两个人在荆棘林中议事就大喊:"叛徒!"

他召唤了自己的心腹,他们企图拉走本杰明"施以酷刑",却发现刘易斯堵住了他们的去路。在接下来的战斗中,阿帕奇人逃走了,留下他们的首领任双胞胎摆布。他们把他的手臂拧起来,把他的脸往泥土里推。

"我们把他活剥了。"当他们闯进厨房的时候,本杰明哇哇地叫着。

"是嘛?"玛丽叹着气道,一副厌恶的表情看着他们的衣服。

但这次,阿莫斯却高兴了:"这才是我的儿子!让我看你们打了他哪里!哎哟!好!好!你们拧了他的胳膊?两个都是名副其实的小打手!再来一次!好!好!哎哟!这就是对付他的办法……"

---

① 科曼奇和阿帕奇为印第安部落名。

一张一九〇九年割干草时拍的照片显示了一个站在马拉货车前的快乐、微笑的群体。阿莫斯肩上背着大镰刀；老萨姆穿着他的鼹鼠皮马甲；穿着格子棉布连衣裙的玛丽拿着一把干草耙；孩子们和年轻的岩石农场的成员——吉姆一起（他来挣点小钱）盘腿坐在地上。

双胞胎还是分不清楚，但是数年以后，刘易斯回忆是他抱着牧羊犬，而本杰明试图阻止他妹妹扭来扭去——却没有效果，因为照片上的丽贝卡看上去是发白的一团糊状。

那年夏天稍后，阿莫斯训练几匹高山矮脚马，男孩子们骑马绕着乡下跑，经常一直跑到勒金霍普锯木场。

这是一座红砖的建筑，坐落在磨坊水槽和峡谷的一面石壁之间的平地上。屋顶上的石板瓦已经吹落；蕨类植物长出了阴沟；但是水车还是推动着锯床，门外，还有一堆堆小丘似的树脂锯末和一叠叠黄色的木板。

双胞胎喜欢看锯木工鲍比·法菲尔德把木料嘎吱嘎吱地送进刀片下。但是真正吸引他们的是他的女儿——罗茜，一个十岁的淘气女孩，总是粗野地甩着自己一头金黄色的卷发。她母亲给她穿上樱桃红的连衣裙，说她像"画儿那样美丽"。

罗茜带他们去林子里秘密的藏身之处。没有人能骗过她双胞胎中哪个是哪个。她喜欢跟刘易斯待在一起，会悄悄地走过来轻声地对着他耳朵说一些甜蜜的胡话。

她把雏菊的花瓣一瓣一瓣地摘下，会喊着："他爱我！他不爱我！他爱我！他不爱我！"最后总是得到"他不爱我！"的花瓣。

"但是我确实爱你,罗茜!"

"证明给我看!"

"怎么证明?"

"从这里的荆棘林走过,我会让你吻我的手。"

一天下午,她把手合在他耳朵边悄悄说:"我知道有个地方有朵月见草。我们把本杰明给甩了。"

"好。"他说。

她从榛树中间穿过,他们来到了一个太阳照耀的空地。接着她解开她裙子的钩扣,让它掉到腰这里。

"你可以摸它们。"她说。

小心翼翼地,刘易斯把两根手指按在她的左乳头上——接着她跑了,一束红色和金色的光线从闪烁的叶子中间时隐时现。

"抓住我!"罗茜喊。"抓住我!你抓不住我!"刘易斯跑着,但是被一个树根绊了一下,他爬了起来继续跑:

"罗茜!"

"罗茜!"

"罗茜!"

他的喊声在林子里回荡。他看见她。他弄丢了她。他又被绊了一下,结结实实地摔了一跤。身侧有一阵刺痛,山下很远的地方传来的本杰明忧伤的恸哭唤回了他。

"她是只猪。"本杰明说,因为感情受伤而眯着他的眼睛。

"她不是猪。猪是很好的。"

"好吧,她是只癞蛤蟆。"

双胞胎有他们自己的藏身之处,在克雷格伊伏德下的峡谷里——一个藏在花楸和桦树之间的一个空洞,有水轻轻流在一块岩石上,还有一片被羊啃过的青草。

他们用草皮和树枝铺了一道水坝,在天热的时候,会把衣服堆在岸上,滑进冰凉的水池里。棕色的水流过他们细小白色的身体,一簇簇猩红色的花楸浆果倒映在水面。

他们躺在草上晾干,两个人不讲一句话,只有水流退去,流过他们伸在水里的脚踝。突然,他们身后的树枝分开了,他们坐了起来:

"我看到你了。"

那是罗茜·法菲尔德。

他们抓起自己的衣服,但是她跑开了,最后他们看到她那头金黄色的卷发在蕨类植物的叶子中间飞驰下山。

"她会告诉别人的。"刘易斯说道。

"她不敢。"

"她会的,"他沮丧地说,"她是只癞蛤蟆。"

十三

收获季节后,海鸥开始向内陆飞,"岩石"吉姆·沃特金斯来幻影农场当助手。

他是个瘦而结实的男孩,双手异常有力,他的耳朵凸出在帽子下,就像酸模叶子一样。他十四岁了。他长着十四岁该有的胡子,鼻子上长着很多黑头。他很高兴能离家找到工作,他刚受过洗礼。

阿莫斯教他怎么使用犁。玛丽很担心,因为马很大,他却那么小,但是他很快就学会了在矮篱笆那里调头,在田野上留下笔直的犁沟。虽然在他那个年纪他已经很聪明了,但是他总是懒得洗耙钉,因此阿莫斯叫他"懒小子"。

他睡在放干草的阁楼上,那里有一张铺着稻草的床。

阿莫斯说:"我是小伙子的时候就睡在阁楼上,他就该睡在那里。"

闲暇时吉姆最喜欢干的事就是抓鼹鼠,他用拉德诺口音呼唤它们——"昂——嗞"(鼹丘叫作"oontitump")。当双胞胎打扮整齐去学校的时候,他会靠在门上奸笑道:"你们!哈!像鼹鼠一样狡猾,不是嘛?"

他带双胞胎去捡果子。

星期六的时候,他们去勒金霍普庄园的园子里捡栗子。突然,一阵鞭子抽打声在灰色的天空中回响,南希·比克顿骑着一匹黑色的猎狐马跑上山来。他们躲在一棵树后面凝视着周围。她骑得这么近,他们看见了她兜在金色发髻上的发网。接着,大雾掩盖了马的腰腿部,他们能看到的仅仅是被踩过的青草上一堆冒着热气的粪。

本杰明常常想为什么吉姆闻上去那么臭,最终他鼓起勇气说:"糟糕,你身上有股臭味。"

"我才不臭呢,"吉姆神神秘秘地说,"是另一个。"他带着双胞胎爬上梯子,在稻草里搜寻,接着拿出一只袋子,里面有个东西在扭动。他解开带子,一只粉色的鼻子伸了出来。

"我的雪貂。"他说。

他们发誓把雪貂当作一个秘密。在学期一半的时候,乘阿莫斯和玛丽去赶集,三个人偷偷地去下布雷赫法找兔子窝。在抓住三只兔子的时候,他们太兴奋了,没有注意到翻滚在山头的黑色云朵。暴风雨来临了,夹杂着冰雹。男孩们浑身湿透,不停颤抖着跑回家坐在火旁。

"白痴!"玛丽进来看见他们的湿衣服时说。她让他们吃燕麦粥和杜佛氏散,再把他们打发到床上去睡觉。

午夜的时候,她点燃一根蜡烛悄声走进孩子们的房间。小丽贝卡正睡着,枕头上放着一个娃娃,拇指放在嘴巴里。在大一点的床上,男孩们在这个时间正鼾声四起。

"小伙子们好吗?"当她爬回里面睡在阿莫斯边上时,他翻过身体问。

"好的,"她说,"他们都挺好。"

但是到了早上，本杰明看上去有点发热，自己诉苦说胸部疼。

到了傍晚，疼痛更厉害了。第二天，他开始抽搐并咳出很浓的锈色的痰。脸色苍白得像圣餐饼一样，脸颊上长满了肺热引发的红点，他躺在一张粗糙的床上，听着他母亲裙子的沙沙声，或者他哥哥踩在楼梯上的脚步声：这是兄弟俩第一次分开睡。

布尔默医生过来诊断为肺炎。

两个星期之内，玛丽几乎没有离开床边。她舀甘草和接骨木果熬的汤给他吃，只要看到一丝丝的恢复，她就喂他吃蛋挞和涂着黄油的吐司。

他会哭着问："我什么时候死，妈妈？"

"我告诉你什么时候，"她会说，"那还要很长时间哩。"

"是的，妈妈。"他低声说，迷迷糊糊地睡着了。

有时候，老萨姆过来乞求让他替孙子去死。

接着，没有任何预兆，在十二月一日，本杰明坐了起来并且说他非常、非常饿。到圣诞节的时候，他好了——虽然他的面貌发生了一点变化。

"噢，我们知道本杰明，"邻居们会说，"看上去太可怜了。"他的肩膀陷了下去，他的肋骨凸出像六角手风琴，他的眼睛下面有黑色眼圈。在国教教堂里他两度晕倒。他被死亡困扰。

天气暖和一点的日子，他会去矮树篱那里，拾起死鸟和动物给它们一个基督教的葬礼。他在卷心菜地远的那头做了一个小型的坟地，用小树枝给每个坟地都做了个十字标记。

他现在不愿走在刘易斯的边上，而是落后一步，踩着他的脚步走，呼吸着他呼吸过的空气。在他太虚弱不去上学的日子里，他会躺在刘易斯那一半的床垫上，把自己的脑袋搁在刘易斯留在枕头上的印子里。

一个细雨蒙蒙的日子，屋子里异常安静。玛丽听到头顶上地板的嘎吱声，她走上楼。打开她卧室的门，她看见她最喜欢的儿子穿着她那绿色天鹅绒短裙一直到胳膊窝那里，她的结婚帽遮住了他的半张脸。

"嘘！看在上帝的分上，"她悄声说，"不要让你的父亲看见你！"她已经听到了厨房里鞋钉的声音。"把它们脱下来！快点！"她用一块海绵和水，把科隆香水的味道洗掉。

"发誓以后再也不这么做了。"

"我发誓。"他说，并且问他是否可以为刘易斯的下午茶烘一块蛋糕。

他把黄油搅成糊状、打蛋、筛面粉，接着等待棕色的蛋糕胚涨起来。随后，在两层蛋糕之间填满覆盆子酱，他在蛋糕表面撒上糖霜。当刘易斯饥肠辘辘地从学校回来时，他骄傲地把这个拿到桌子上去。

在刘易斯吃第一口的时候，他屏住呼吸。"很好，"刘易斯说，"这是一只很好的蛋糕。"

玛丽看到在本杰明生病期间可以给他更好的教育机会，就决定自己指导他。他们阅读莎士比亚和狄更斯；因为她懂一点点拉丁语，她从牧师那里借了语法书和字典，还有一些比较简单的文本：恺撒和塔西佗，西塞罗和维吉尔，尽管贺拉斯颂歌的难度超越了他们的程度。

当阿莫斯想要反对，她就打断他："算了吧，你总该允许家里有一个书呆子吧?"但是他耸耸肩说道:"这不会有什么好处的。"像这样的教育他是不会介意的。他烦恼的是他的儿子们长大后拖着受过教育的口音要离开农场。

为了保持和平,玛丽经常责备她的学生:"本杰明,快去帮帮你爸爸!"私底下,当她看到他头都不抬起地说"妈妈,不行!你没看见我正在看书吗?"时,她会沾沾自喜。牧师测试了他的知识并说:"我相信我们手头上有了一个学者。"这真是一个奇妙的惊喜。

他们没有一个人考虑到刘易斯的感受。他面露愠色,推脱工作;一天凌晨,玛丽听到厨房里有声音,随后发现他在烛光边红着眼睛想要从他弟弟的某本书里获得理解力。更为糟糕的是,两兄弟开始为了钱争吵。

他们把他们省下的钱放在一只陶猪里。毫无疑问,猪肚子里的钱属于他们两个,当刘易斯想要把猪打碎,本杰明摇了摇头。

几个月之前,在一场足球比赛的开始,刘易斯把他的零花钱让他的弟弟保管——对于一个久病刚愈的人来说,这一游戏太激烈了。从那时起,本杰明就控制了他的钱,本杰明拒绝让他买水枪,也很少让他用多于一个法寻①的钱。

接着,毫无征兆地,刘易斯产生了对航空的兴趣。

在科学课上,克利夫顿小姐解释了布莱里奥先生横跨英吉利海峡的航行,但是从她在黑板的图画上,双胞胎看到了一只类似机械蜻蜓的单翼飞机。

---

① 英国旧硬币,值 1/4 旧便士。

一九一〇年六月的某个星期一，一个叫阿尔菲·巴夫顿的男孩周末结束回校后带来一个爆炸性的新闻：星期六的时候，他的父母带着他去看伍斯特和赫里福德农业展，在那里他不仅看到了布莱里奥单翼飞机，更看到了一架飞机失事。

整个星期，刘易斯都在不耐烦地等待《赫里福德时报》的下一期，但是在他父亲读它之前他是不许打开它的。晚餐过后，阿莫斯会大声朗读，在他读到飞机失事前，好像过了一个世纪。

飞行员的第一次试飞惨败了。机器飞起来了几英尺，接着掉到了地上。人群发出讥讽声，大声嚷嚷着要讨回他们的钱。于是那位飞行员——机长迪亚博落慷慨陈词，说服警察清理航道进行第二次起飞。这一次机器飞得更高了点，接着它突然转向右边，一头栽在离花棚不远的地方。

"螺旋桨，"阿莫斯长长地停顿了一下，继续道，"每分钟能旋转两千七百次，被甩向左边和右边。"几名观众受伤，一位欣德利普的皮特夫人在伍斯特医院因伤去世。

"神奇的是，"他压低嗓音一个八度，"在这场灾难过后大约四十五分钟，一只天鹅低飞过表演场地。它优雅的飞翔似乎是对飞行员的不幸试飞的嘲讽。"

又过了一周，刘易斯才被允许剪掉这篇文章（连着它细长的线雕），把它粘到自己的剪贴簿中去。这本剪贴簿最后都奉献给了空难，篇幅不断增多，一册又一册，直到他死前的一个月。假如有人提到五十年代彗星坠落的事情，或者加纳利的大碰撞，他会摇摇头并且暗中低语："但是我记得伍斯特大灾难。"

一九一〇年另一件值得纪念的事情是去海边的旅行。

十四

整个春天和夏天本杰明不断咳出绿色的痰，当他咳出几丝血丝的时候，布尔默医生建议换换空气。

图克牧师有一位姐姐在彭布罗克郡的圣戴维有一座房子。由于到了他一年一度的素描假日，他问是否可以带着他的两个年轻伙伴同往。

当玛丽提到这个问题的时候，阿莫斯很不高兴："我知道你说的那种。一些在海边的花言巧语和休假。"

"所以呢？"她说，"我想你是想让你的儿子得肺结核吧。"

"嗯！"他抓了抓他脖子上的皱褶。

"那么怎么样？"

八月五日，助理牧师福格蒂先生将一群人带到鲁伦的火车站。火车站刚刷了一层棕色的漆，在站台的两根柱子之间挂着一只金属丝篮子，里面种着蔓生天竺葵。站长正在为一个醉汉烦恼。

那个男人是个威尔士人，他在来的火车上没有付费。他冲着搬运工狠狠地打了一拳。搬运工朝着他的下巴猛打了一拳，现在他脸朝下躺在过道上，身上是一件破了的粗花呢大衣。血从他的嘴里流出来。他的表玻璃碎了；看好戏的观众把碎片踩在靴子跟下。

搬运工将嘴贴到醉汉的耳朵边吼道:"起来,塔菲!"

"揍你!揍——你!"那个受伤的男人嘟囔着。

"妈妈,他们为什么要打伤他?"本杰明从一圈闪亮的棕色护腿中看到这一切时大声问道。

醉汉想要站起来,但是腿一软又跌倒了;这一次,两个搬运工抓住了他的胳肢窝把他托了起来。他的脸呈灰色,他的瞳孔深陷在颅骨里,眼白变成了红色。

"但是他做了什么?"本杰明继续道。

"我做了什么?"那个男人呱呱叫着,"他什么也没做!"接着扯着喉咙说了一连串脏话。

人群往后退了一步。有人喊:"叫警察!"搬运工又在他的脸上狠狠打了一拳,他的下巴又流下一条新鲜的血迹。

"肮脏的撒克逊人,"本杰明尖叫道,"肮脏的萨——"但是玛丽把手拢在了他的嘴上,嘘了一声。"再叫就让你回家了。"

她把双胞胎拖到站台的尾部,那里他们可以看见机器停止。那天天很热,天空呈现一种非常深的蓝色。连接在松树木头边上的火车车轨闪闪发亮。这是他们第一次乘火车。

"但是我想知道他做了什么。"本杰明跳上跳下。

"嘘,你能不能不响了?"这个时候,信号响了——"哐当哐当!"火车在弯道的地方喷着汽开过来了。这部机器有着红色的轮子,活塞伸进伸出,越来越慢,越来越慢,直到它噗嗤着停了下来。

玛丽和福格蒂先生帮助牧师把包裹堆到车厢里。哨声响起,门关上了,双胞胎站在窗口挥手。玛丽挥动着手帕,微笑着,又哭着让本杰明勇敢点。

火车经过蜿蜒的山谷,山上有着用石灰粉刷了外墙的农场。他们看着电报线在窗前上上下下地飞舞,有横跨的,也有纵横交错的,接着在顶上发出飕飕声。经过不同的车站、隧道、桥梁、教堂、煤气工厂和高架渠。隔间里的凳子让他们想起了灯芯草的感觉。他们看见一只鹭低飞在河上面。

因为他们的火车晚点了,他们错过了在卡马森转车,也错过了从哈弗福德韦斯特到圣戴维的最后一班公共汽车。幸运的是,牧师找到了一位农夫,他愿意让他们搭坐他的四轮轻便马车。

他们翻过基斯顿山顶的时候,天已经很黑了。一条缰绳脱落了,在车夫爬下去拉缰绳的时候,双胞胎站着,盯着圣布瑞德海湾看。

一阵柔和的海风吹拂着他们的脸蛋。一轮满月在黑色的水面闪闪发光。一只装有蝙蝠翼的钓鱼船滑行而过,消失了。他们听到了海滩上波浪的冲刷声,一只钟响浮标在呻吟。两座灯塔,一座在斯科莫岛,另一座在拉姆塞岛,正发出灯光。圣戴维的街道空无一人,只有轻便马车轻轻踏过鹅卵石,经过主教座堂,最后停在一扇白色的大门前。

最初的几天,双胞胎对住在里面的女士们以及房子的"艺术"风格都感到害怕。

凯瑟琳·图克小姐是一位艺术家——一位漂亮、脆弱的女人,长着一头云灰色的头发,穿着一条华丽的和服从一个房间缓缓走到另一个房间,很少看到她笑。她眼睛的颜色跟她的俄罗斯蓝猫一样。在她的工作室里,她陈列了漂流木和海冬青。

凯瑟琳小姐在那不勒斯海湾度过了冬天,在那里,她画了许多维苏威火山的景色以及经典神话里的场景。夏天,她画海景画以及模仿绘画大师的作品。有时候,在吃饭的中间,她会说"啊!",接着飞快跑去画她的图画。令本杰明着迷的油画画的是一位年轻男士,他在蓝色天空下裸着身体,微笑着,用箭刺向前。

凯瑟琳小姐的同伴是阿德拉·哈特小姐。

她是一个身量更大、充满伤感的女士,有点神经质。她把一天大多数的时光都消磨在厨房里,做她在意大利学会的各种菜肴。她经常穿同样的一件介于裙子和披肩之间的淡紫色衣服。她戴着一串琥珀珠子的项链,她还常常哭。

她在厨房里哭,她还在吃饭的时候哭。她不停地用一块蕾丝手帕擦眼泪,叫她的朋友"亲爱的!"或者"小猫咪!"或者"小天鹅!"——凯瑟琳小姐会皱着眉头,就像在说:"不要在客人面前这么叫!"但这会令事情更糟糕,因为她会像山洪暴发。"我忍不住,"她会哭着说,"我不能!"这时凯瑟琳小姐会紧闭着嘴唇说:"请回你的房间。"

"为什么她叫她'小猫咪'?"本杰明问牧师。

"我不知道。"

"哈特小姐才应该叫'小猫咪'。她长胡须。"

"不要对哈特小姐不礼貌。"

"她恨我们。"

"她不恨你。她不习惯房子里有小男孩。"

"好吧,我才不希望有人叫我'小猫咪'。"

"没人打算叫你'小猫咪'。"刘易斯说。

他们正沿着一条通往大海的白色道路走。海湾有一些白浪,金黄色大麦的麦穗在风中摇摆,一会儿朝这里,一会儿朝那里。牧师抓着他的巴拿马草帽和画架。本杰明背着画箱,刘易斯拖着虾网的把手,在他身后的尘土里留下一条就像草蛇留下的拖痕。

到达小海湾的时候,老人支起画架,双胞胎蹦蹦跳跳地跑到岩石潭玩。

他们抓小虾和鲇鱼,把手指伸到海葵身子里去,还摸着那些像黏糊糊的羊毛一样的海草。海浪一个接一个地猛拍着铺满砾石的海滩,一些抓龙虾的渔民正在补船缝。

潮落的时候,蛎鹬飞来,用火红的喙不断地搜寻着贝壳。

一艘剪刀形帆船在入口处搁浅了,它的残骸被海草捆着,被蚌和藤壶包着。

双胞胎和一位抓龙虾的渔民成了好朋友,他住在一个白色屋顶的农舍里,曾经是那艘船的船员。

年轻时,他曾在合恩角航行。他曾经看到过巴塔哥尼亚巨人和塔希提岛上的女孩。听着他的故事,刘易斯的下巴会吃惊得掉下来,他会独自一人离开去做白日梦。

他梦想着自己在一只装备完整的船只的乌鸦巢里,观察着点缀着棕榈树的海岸的地平线。或者他会躺在海石竹里,眼睛一直望向海礁,在那里海鸥就像一块块游荡的阳光,而绿色的滚浪撞击着下面的岩石,激起一层层水帘。

在平静的日子里,老水手会带着他们乘着他的小帆船去抓鲭鱼。他们会坐船一直超过海雀岛。只要一放旋式诱饵，他们就会感觉到线上有嗡嗡声，并且看见尾流有银色的闪光。当水手把鱼从钩子上取下来的时候，他的手指头都流血了。

早晨过去一半的时候，底舱里都是鱼，拍打着，扭动着，在死亡的痛苦中色彩斑斓；它们的鱼鳃让男孩子们想起了厄恩肖温室里的康乃馨。哈特小姐晚饭烧了鲭鱼，从那时起，他们都成了好朋友。

在他们离开的那一天，水手给了他们一只"瓶中船"，用火柴棍做的帆桁端，用手帕做的帆。当火车开进鲁伦站的时候，本杰明冲下站台大喊："快看——我们得到了——什么！一只'瓶中船'！"

玛丽不能相信这个微笑着的被太阳晒黑的男孩是那个她送走的生病男孩。她和阿莫斯都没怎么注意到刘易斯。他手里拿着一只捕虾网，走过来安静而又断然地说："我长大了想要当一名水手。"

十五

秋天很严酷。在盖伊·福克斯日那一天,玛丽凝视着山头上那阴暗的黄色日光说:"看上去像要下雪了。"

"下雪还早呢。"阿莫斯说,但这是雪。

晚上开始下雪,马上融化了,在碎石坡上留下长长的白色污迹。接着它又下了,下得很大,在转移羊群的过程中他们埋掉了很多羊,雪融化的时候渡鸦们饱餐了一顿。

萨姆生病了。

一开始是他的眼睛有点问题。他早上醒来时眼皮上有一层分泌物,玛丽得用温水把它们洗掉。他开始神志恍惚。他不断讲同一个故事——关于在罗斯戈切的苹果酒屋的一个女孩,以及他怎样把一只牛角杯藏在火炉边上的壁龛里。

"我想要那只杯子。"他说。

"我确定它还在那里,"她说,"有一天我们会找到它。"

到了临近十一月末的时候他们开始丢鸡。

刘易斯有一只宠物小母鸡会从他的手上啄玉米粒。但是当某天早上打开鸡窝的门时,他发现它不见了。一周之后,玛丽数着少了六只。晚上又少了两只。她想要搜寻线索,却没有发现血迹和羽毛,但在泥地里发现了一个男孩的靴印。

"天哪,"当她擦干净鸡蛋把它们放在蛋架上时,她叹口气说:"恐怕我们有了只人做的狐狸。"但是在没有找到证据前,她没有把自己的怀疑告诉阿莫斯。他的脾气已经坏到极点。

大雪过后,他将一半的羊群赶到山上,让它们吃燕麦茬。一条布满了荆棘和獾洞的灌木丛沿着燕麦地的顶部延伸,在很远的一边有一道破篱笆,这是幻影农场和岩石农场的分界线。有一天下午,玛丽去采黑刺李,回来时带来一条消息说沃特金斯的羊群冲了过来跟他们的混在了一起。

阿莫斯勃然大怒,并不是因为饲料的损失而是因为有患疥癣的风险,因为沃特金斯很少愿意涂药。阿莫斯找出了离群的羊,告诉小伙子吉姆沿着小路把它们赶回去。

"做个好小伙子,"他说,"让你父亲把他的动物看牢。"

一个星期过去了,羊群又冲了过来。但是这次,阿莫斯仔细检查了灌木丛,他从刚割过的痕迹看出有人砍出了一条通道。

"那就是了。"他说。

他拿了一把斧头和两个长柄钩镰,叫上双胞胎,出发去编树篱。

地面很硬。天空很蓝。奶白色的茬上布满了一堆堆橙色的甜菜,被吃掉了一半,沾满污垢的白羊围在它们周围。一位老人的胡须就像烟幕一样在荆棘上飘散。他们还没有砍倒第一个荆棘丛,沃特金斯他自己就从牧场一瘸一拐地走下来,手里拿着一把手枪。

他因为愤怒而结结巴巴,背对着照射过来的阳光,食指在扳机护环上抖动着。

"离开这里,阿莫斯·琼斯。"他打破了宁静。"这里的土地属于我们。"

不,阿莫斯回答道。这里的土地属于庄园,他有地图可以证明。

"不,不,"沃特金斯喊道,"这块土地属于我们。"

他们继续大喊大叫,但是阿莫斯看到了继续刺激他的危险。他让他平静了下来,两个男人同意赶集日在鲁伦的红龙碰面。

红龙的酒吧间有点太热了。阿莫斯坐在离炉火远一点的地方,透过肮脏的窗帘望向街道。酒吧男招待擦拭着柜台。两个马商正兴高采烈地用啤酒杯大口喝酒,冲铺满锯末的地板吐唾沫。从另一只桌子上传来多米诺骨牌的吧嗒声和醉醺醺的大笑声。屋外,天空是灰色和粗糙的,异常冷。时钟显示沃特金斯已经迟到了二十分钟。一只坚固的黑色草帽在酒吧窗前的街道上移来移去。

"我再给他十分钟时间。"阿莫斯又看了一眼时钟。

七分钟之后,门推开了,沃特金斯推搡着走了进来。他点点头,就像去参加祈祷会那样意气昂扬。他没有脱下帽子,也没有坐下。

"你的是什么?"阿莫斯问。

"没有什么。"沃特金斯说道,手臂交叉,脸颊吸了进去,颊骨上的皮肤因此而发光。

阿莫斯从自己的口袋里拿出一份幻影农场的租赁合同。啤酒杯在桌子上留下了一个湿的圆环。他用自己的袖子擦了擦才把地图展开。他的指甲在一个小小的粉色舌头上停了下来,上面标注着"二分之一英亩"。

"那里!"他说,"看!"

很显然,在法律上那块灌木丛林地属于勒金霍普庄园。

沃特金斯拧紧双眼看着线条、字母和数字组成的迷宫。他的牙齿缝里吹出一口气。当他把地图揉成一团并扔进屋子另一边的壁炉里时,他的整个身子骨颤抖着。

"拦住他!"阿莫斯大喊。但是当他从火里抢救出烤焦的纸张时,沃特金斯已经从门口冲了出去。那天傍晚,小伙子吉姆也消失了。

第二天早上喂好饲料之后,阿莫斯穿上了星期日套装去拜访比克顿的代理人。代理人听着他的述说,把他的下巴搁在拳头上,时不时地抬起一条眉毛。庄园的完整性受到了挑战,是时候采取行动了。

四个人被派去在两个农场之间造一堵墙。一名警察去克雷格伊伏德农场警告沃特金斯决不能碰一块石头。

在幻影农场,每一年圣诞节前一周是用来给鸭和鹅"拔毛"的。

阿莫斯拧断它们的脖子,一只一只地捆住它们的蹼,在谷仓里挂成一圈。到了傍晚的时候,这个地方就像下了暴风雪。当小丽贝卡把羽绒塞在麻袋里时,她不停地走来走去打着喷嚏。刘易斯用木棍燎这些牲畜;本杰明在拉出内脏的时候没有一丝含糊。

他们把处理好的家禽放在牛奶场里,据说这里防老鼠。阿莫斯给运货马车铺上稻草,接着催促每个人上床——凌晨四点要及时起床赶上伯明翰的买家。

那天晚上无云，月光令玛丽一直醒着。在午夜过后的某个时刻，她想她听到了院子里有动物的声音。她踮着脚尖走到窗前向外看去。落叶松在月光下拖着长长的黑色头发。一个小男孩的身影潜入牛棚的阴影里。一个门闩发出吱嘎的声音。狗没有叫。

"那么，"她低声说，"狐狸来了。"

她叫醒了她丈夫。他披上了件外套，在牛奶场里抓住了吉姆，他的麻袋里已经装了五只鹅。役马听到尖叫声发出了一阵阵嘶鸣。

"我希望你没有把他打得太厉害。"当阿莫斯爬进床的时候，玛丽说。

"肮脏的小偷！"他说，翻了一下身。

在圣诞前夜的黄昏，鲁伦又开始下雪了。在布老德街的肉店里挂着一串串的野兔、火鸡和野鸡，它们在风中摇摆着。雪花在冬青和常春藤做的花环上闪闪发光。当客人在煤气灯耀眼的灯光下经过的时候，一扇门打开了，一组更明亮的灯光从人行道上射过来，一个欢快的声音响了起来："祝您圣诞快乐！进来喝杯格洛格酒！"

一个儿童唱诗班正在唱圣诞颂歌；雪花撞在他们的防风灯上发出"嘶嘶"的声音。

"看！"本杰明捅了捅他妈妈，"沃特金斯夫人！"

阿姬·沃特金斯正在街上走着，戴着一顶黑色带子的帽子，披着一条棕色方格花呢披肩。

"新鲜的鸡蛋！新鲜的鸡蛋！"

玛丽放下她自己的篮子,带着一丝严肃的微笑冲她走过去。
"阿姬,对吉姆的事我感到很抱歉,但是——"

她跳了开去,因为一口唾沫从老妇人的嘴里吐了出来,落到了她裙子的卷边上。

"新鲜的鸡蛋!新鲜的鸡蛋!"阿姬刺耳的声音又提高了音量。她蹒跚着绕着大钟走,又走了回来:"新鲜的鸡蛋!新鲜的鸡蛋!"一个男人拦下了她,但是她的眼睛像玻璃似的盯着煤气灯转动,"新鲜的鸡蛋!新鲜的鸡蛋!"当赫里福德的买家挡在她的路前说:"来吧,沃特金斯大娘!今天是圣诞前夜!看看,让我拿什么来买你篮子里的东西呢?"——她狂怒地抬起她的胳膊,就好像他要偷走她的孩子。"新鲜的鸡蛋!新鲜的鸡蛋!"接着一阵雪飞舞着包围了她,也包围了黑夜。

"可怜的东西。"玛丽说。她爬上了两轮马车,把一条毯子盖在了孩子们的身上。"她恐怕有点疯了。"

十六

三年过后,玛丽左眼上带着很大的一块瘀伤,给在切尔滕纳姆的姐姐写信,告诉她自己为什么要离开阿莫斯·琼斯。

她没有寻找借口,也不想求得同情。她只是想找一个地方住下直到她为自己找到一份工作。然而,在写信的时候她的眼泪在信笺上留下了水渍,她告诉自己她的婚姻并没有失败;它本应该美满的;他们两个曾相爱并且还爱着对方;他们所有的烦恼都始于那场大火。

一九一一年十月二日,大约晚上十一点钟的时候,阿莫斯把他的雕刻凿子放好,看着他妻子缝刺绣样品的最后几针。突然,刘易斯跑下楼大喊:"火!起火了!"

拉开窗帘,他们看见牛奶棚的顶上有一道红光。同时,一柱火星和火苗正往上冲向黑暗。

"是干草堆。"阿莫斯说着冲到了外面。

他在房子和果园之间的一块平地上堆着两个干草堆。

风从东面吹来助长了火焰。一缕缕燃烧着的干草被吹到烟云中,然后掉下来。由于害怕火焰和噼啪声,牲畜惊慌失措:公牛大声吼叫;马儿在马厩里跺脚;在火光中变成了粉红色的鸽子,一圈一圈毫无规则地飞着。

玛丽压着水泵柄,双胞胎把晃荡的水桶拿给他们的父亲,他正站在一架梯子上,绝望地试图浇灭第二个干草堆的茅草。但是燃烧的干草越来越多地倒下来,那个干草堆很快就变成了一片火海。

火几英里外就看到了,等戴·摩根带着他的农场雇工赶来的时候,两个干草堆的边都塌陷了。

"滚开!"阿莫斯咆哮着说。当玛丽想要拉他的手臂的时候,他推开了她。

到了黎明,浓密的烟雾笼罩在建筑物上面,阿莫斯不见了。她被烟熏得无法呼吸,害怕地大声喊道:"阿莫斯?阿莫斯?回答我!你在哪里?"——发现他一脸乌黑、垂头丧气地坐在猪圈墙边的泥浆里。

"快进来吧,"她说,"你得睡了。你还能做什么呢?"他咬着牙说:"我会杀了他。"

很显然,他认为这是有人纵火。很显然,他认为沃特金斯是那个纵火犯。但是负责这个案子的警察赫德森先生(他是个乏味的、粉色脸庞的家伙)不喜欢介入邻里之间的纠纷。他认为那是干草潮湿的缘故。

"滞后燃烧,很可能是。"他一条腿竖直地站在自行车上,脱帽致敬说。

"我会让他也滞后燃烧一次!"阿莫斯在屋里踉跄地走着,踩了踩厨房里的泥。一只茶杯嗖地飞过玛丽的头顶,击碎了一片中国式储藏柜的玻璃,玛丽知道坏时期就要来了。

他的头发一把一把地掉。他的脸颊布满了一条条乌青的血管;那双曾经友好的蓝色眼睛,深深陷在眼窝里,就像瞪着一条隧道一样瞪着外面那个敌对的世界。

他不洗漱,也很少刮胡子——尽管,就它本身来说,这是一种解脱;因为当他磨他的胡子刀的时候,一种恶狠狠的神气挂在他脸上,使玛丽屏住了呼吸退回到门边。

在床上,他很粗暴地使用她。为了阻止她呻吟,他用手狠狠地按着她的嘴巴。男孩子们在楼梯平台的房间里能够听到她的挣扎,两个人紧紧地抱在一起。

他为了一点点的小错误责打他们。他甚至为了他们说话用贵族腔就打他们。他们学会了用拉德诺郡土话重新组词来表达他们的想法。

现在,他似乎只喜欢他的女儿——一个任性、眼神刻薄的小孩,她的乐趣是把长腿老爹的腿给拔下来。她长着一头向下垂的火红头发。他会把她放在膝盖上逗弄,一边还轻轻地哼着歌曲。"你是那个爱我的人。不是吗?不是吗?"丽贝卡觉察到了玛丽的冷淡,会像盯着部落敌人一样盯着她的母亲和哥哥们。

慢慢地,跟岩石农场的战斗升级到了袭击和反袭击的日常程序。让法律解决问题似乎超越了两个好斗分子任意一方的尊严。也没有一个事先策划的方案,只不过是这里有只被打死的羊,那里有只死了的小牛,或者是一只公鹅挂在了树上——所有的一切都在提示宿怨在继续。

玛丽一直以来都习惯了丈夫随着季节来去的暴怒。她甚至欢迎它们,就像暴风雨,因为在暴风雨之后,他们的旧爱就会习惯性地回归。

在其他的年份,他们有一个心照不宣的约定:暴风雨会在复活节结束。在整个圣周①她会看着他跟他的恶魔做斗争。在圣星期六,他们会出去到林子里散步,回来时带回一篮报春花和紫罗兰,为勒金霍普的教堂的祭坛做带花的十字架。

晚饭过后,她会把花撒在餐桌上,并且用紫罗兰摆成背十字架的拿撒勒人耶稣;她会把报春花的茎用线串成像铜线做的框架。他会站在她身后,爱抚着她的脖颈。接着,在最后一个字母结束的时候,他会抱起她,把她抱到床上。

但是那一年——"火烧"的那一年,他没有出去散步。他没有吃晚饭。当她焦急地摆出报春花时,他攻击了它们,像打苍蝇一样地打它们,并把它们碾成绿色的碎片。

她爆发出一阵哽咽的哭泣,跑进了黑夜中。

那一年夏天,干草腐烂了,羊毛没有剪。

阿莫斯阻止玛丽见她为数不多的朋友。他因为她多夹了一撮茶叶放进茶壶而打她。他禁止她踏足阿尔比恩布店,以防她浪费钱在带刺绣的真丝上。当图克牧师去世的时候(他在掉进鲑鱼池之后死于肺炎),他不让她给葬礼送花。

"他是我的朋友。"她说。

"他是个异教徒。"他说。

"我会离开你的。"她说,但是没有地方可去,并且她的另一个朋友——萨姆,正在死去。

整个春天,萨姆都在抱怨左边长"脓疮",虚弱得无法离开

---

① 复活节前一周。

他的阁楼。他躺在油腻的被子下面,张着嘴看着蜘蛛网,或者迷迷糊糊地入睡。有一次当本杰明拿着托盘给他送吃的,他说:

"我想要我的杯子。做个好小伙子!到罗斯戈切让她把杯子给你。"

到了六月,活着的痛苦已经不堪忍受。他为玛丽担忧,在清醒的间隙,想要跟他儿子理论。

"管好你自己的事,"阿莫斯说,"你这个愚蠢的老傻瓜!"

一个赶集的日子,只有他们在家的时候,萨姆说服他的媳妇去拜访一下阿姬·沃特金斯。

"告诉她我要走了!她是个好老太太!一个友好整洁的人,从没打算伤害别人。"

玛丽穿上了一双套鞋,扑哧扑哧地走在松软潮湿的牧场上。风吹过田野。闪烁着的草尖像一群群米诺鱼一样,还有紫色的兰花和红色酸叶草。一对千鸟尖叫着飞了出去,那只母鸟停在了芦苇边上,伸出了她"受伤"的翅膀。在玛丽打开克雷格伊伏德大门的时候,她默默地念了一段祈祷文。

狗大声吠叫,阿姬·沃特金斯来到门前。在她的脸上看不到任何情绪,也没有任何表情。她俯身向前,解开了系在水桶上的杂种狗。

"吉特。"她喊道。

狗蹲了下来,龇牙咧嘴,当玛丽转向大门的时候,它向前跳了起来,在她手上咬了一下。

阿莫斯看见了绑带并猜到了缘由,他耸耸肩说:"活该!"

到了星期天的时候伤口开始感染。星期一,她抱怨说胳肢窝里有一个肿的腺。他很不情愿地带她去夜间门诊——和小丽贝卡一起,她喉咙痛。

双胞胎从学校回来,发现他们的父亲正在给轻便马车的轮轴上轮滑油。玛丽脸色苍白但微笑着,她正坐在厨房里,胳膊上吊着绷带。

"我们正在等你们,"她说,"不要担心。做你们的作业,看好爷爷。"

到了日落的时候,双胞胎伤心得无法言语,老萨姆已经死去两个小时了。

下午五点,男孩子们正在餐桌上写算术作业。这时,楼梯平台的一声吱嘎声令他们停了下来。他们的爷爷正摸索着走下楼来。

"嘘!"本杰明说,拉了拉他哥哥的衣袖。

"他应该待在床上。"刘易斯说。

"嘘!"他重复道,并且把他拉到了后厨。那个老人蹒跚着走过厨房,出去了。天很高,有点风,小白酒草好像在跟落叶松一起舞蹈。他穿着他结婚时的衣服,一件长大衣和裤子,以及闪亮的漆皮鞋。一条红色的手帕围在脖子上,令他又年轻了——他拿着他的小提琴和弓。

双胞胎从窗帘里往外望。

"他应该回到床上去。"刘易斯悄声说。

"安静!"本杰明发出嘘声,"他要拉琴了。"

一个尖锐的声音从那把古老的乐器上传了出来。第二个音符变得甜美了一些,接下去的音符也都很甜美。他的头昂着。

他的下巴粗暴地伸出来放在共鸣箱上；他的脚在石板地面上踩着完美的步点。

接着他咳了咳，音乐停止了。一步一步地，他缓慢地爬上了楼梯。他咳了一声，又咳了一声，接着是一片寂静。

男孩子们发现他躺在被子上，手叠在小提琴上。他那张毫无颜色的脸上带着一丝自娱自乐的傲慢。一只被窗户挡住了去路的大黄蜂，正在窗玻璃上嗡嗡跳动着。

"不要哭，我亲爱的！"当他们哭着说出这个消息时，玛丽伸出了她温和的手臂抱住了他们，"请不要哭。他必须在某个时间死，而这是一个很奇特的死的方式。"

阿莫斯不遗余力地举办葬礼，从普雷斯廷的劳埃德订了一口包黄铜的棺材。

灵车由两匹闪闪发亮的黑马拉着，在顶上的四个角落里有四只装满黄色玫瑰的瓮。哀悼者在后面跟着，抬步走在水洼和车辙间。玛丽戴着一条从一位阿姨那里继承来的黑玉项链。

厄恩肖送来了一个海芋花环放在棺木的盖子上。但是当扶柩者把它放在祭坛上的时候，有很多其他的花圈像山一样堆在它的周围。

大多数的花圈都是玛丽不认识的人送的，但他们肯定认识老萨姆。她几乎一个都认不出来。她在国教教堂里四处看看，猜想这些对着手帕哭泣的老太婆到底是谁。当然，她想，他不可能有那么多的情人吧？

阿莫斯把丽贝卡放在教堂长椅上，这样她就能看清楚发生的一切。

"死神,你莫骄傲……"新牧师开始了他的演说;虽然辞藻很漂亮,虽然牧师的声音悠扬而又和善,玛丽的思想集中到了坐在她身后的两个男孩子身上。

他们长得真高啊!他们很快就要开始刮胡子了,她想。但是他们是那么瘦,那么疲惫!从学校回家已经筋疲力尽,还要被安排在农场上干活。他们穿着的那些破旧的套装是多么令人尴尬!假如她有钱,她会为他们买漂亮的新套装!还有靴子!让他们穿着小两个码的靴子到处走真是不公平。不能让他们再次去海边也是不公平的!去年夏天他们是那么健康和快乐。现在,本杰明又在咳嗽了!她必须为他再织一条围巾过冬,但是她到哪里去弄羊毛?

"尘归尘,土归土……"泥土被撒到棺材盖上。她递给教堂司事一个英镑然后跟阿莫斯一起走到停柩门,他们站在那里与吊唁者道别。

"谢谢您的光临,"她说,"谢谢您……不。他死得很安详……真是天可怜见的……是的,威廉斯夫人,感谢上帝!不,今年我们不来了。事情太多了……"——点头、叹气、微笑以及和所有那些友好的同情者握手,一个接着一个直到手指发疼。

之后,在家里,当她把帽针摘下把帽子像鼻涕虫一样放在餐桌上,转向阿莫斯用一种真诚的渴望看着他的时候,他转过身冷笑道:"我还以为你从来都没有自己的父亲呢。"

十七

那一年的十月,一个新的客人来到了幻影农场。

欧文·戈默·戴维斯先生是公理会牧师,刚从巴拉搬到鲁伦,负责位于马埃斯费林的公理会教堂。他跟他姐姐一起住,在朱比丽排屋三号,他在他的花园有只鸟澡盆,还有棵丝兰。

他是个大块头的男人,皮肤白得有点过头,领子上有一圈油腻,脸上的五官正好形成一个希腊十字架①。他尖尖的嘴在笑起来的时候就显得更尖了。他握手的姿势很僵硬,他有着动人的歌喉。

他来到这个乡村的第一件事情就是和汤姆·沃特金斯为了一口棺材的价格吵架。仅凭这就足够让他跟阿莫斯熟悉起来——虽然对于玛丽来说,他是个怪人。

他关于《圣经》的观点像个孩子。对于他那个缺乏想象力的脑袋,圣餐变体论的教义太过深奥;从他故作清高地把糖精片放进茶杯的动作,她怀疑他无法抗拒糯米蛋糕的诱惑。

一次喝茶的时候,他严肃地把拳头放在桌子上并宣称地狱是"比埃及和牙买加更热的地方"。玛丽,整个星期几乎没有笑过,急忙用餐巾遮住自己的脸。

---

① 四臂长度相等的十字架。

她戴很多珠宝的行为激怒了他。"啊!"他说,"耶洗别的罪恶!"

无论何时她开口,他都皱眉蹙额,就好像仅仅是她的英格兰口音就可以带给她永恒的诅咒。他似乎致力于改变她丈夫——阿莫斯也很容易被引导。

跟沃特金斯的宿怨折磨着阿莫斯的脑袋。他曾呼唤上帝给他指引。现在,终于,一位牧师愿意站在他这一边。他阅读(带着狂热的专注)那些传道者放在茶桌上的如山的小册子。他离开了英国国教的教堂,也让双胞胎离开了学校。他让本杰明跟他哥哥分开睡,睡在干草棚里;当他看见男孩子们带着瓶中船悄悄爬上楼梯时,他没收了它。

十个小时,十二小时,双胞胎必须整天干活直到崩溃,当然,除了星期天,一家人不干别的,只是做礼拜。

位于马埃斯费林的教堂是这个国家最古老的非英国国教的教堂之一。

一个长长的石头建筑,完全没有任何装修,只在门上装了一个日晷,它位于河流和小路之间,外面包围着一圈葡萄牙月桂组成的防风林。边上还有教堂的信众厅,一个漆成绿色的瓦楞板建筑。

在里面,教堂的墙壁被刷白了,有着橡木做的箱形长椅和简朴的橡木长凳。在小讲坛上,刻着历任牧师的名字:有姓帕里、威廉斯、沃恩和琼斯的,可以追溯到英联邦的日子。在东端有一张圣餐桌刻着一六八二年字样。

在印度,玛丽曾看到非国教传教士的工作方式,对于她来说他们的教堂①这个词代表着所有严厉、狭小和无法忍受。但是她隐瞒了自己的想法,同意去那里。戈默·戴维斯先生是个明目张胆的骗子,当然最好还是让他继续哄骗阿莫斯,也许有一天他会自己清醒过来!她给英国国教教堂的牧师递了张纸条,说明她缺席的原因。"一个过渡阶段。"她在下面加上附言,因为她实在是不能严肃地对待它。

怎样才能忍住不笑,当鲁本·琼斯夫人在呼哧呼哧的簧风琴上敲打出威廉·威廉斯的赞美诗?或者听着她颤抖的声音,看着她摇摆的羽毛帽子?或者那些男人——整个星期都是理智的农民,现在却流着汗、摇晃着并且大声喊叫"哈利路亚!"和"阿门!"以及"是的,主,对!"?当唱到第一百五十首圣歌一半的时候,希姆克琳林的格里菲思夫人伸进她的手提包拿出一只铃鼓的时候,玛丽又一次不得不闭住眼睛才能忍住不笑。

当然布道也简直是垃圾。

一个星期天,戈默·戴维斯先生列举了所有登上方舟的动物。在晚礼拜的时候,他更胜于平时。他在小讲坛的框上放了五支点着的蜡烛,因此,当他用手指点着会众的时候,他前臂的五个独立的影子会投射到天花板上。接着,他用一个低沉、适于礼拜仪式的嗓音开始:"就像夜晚的猫眼一样我看见你的罪恶……"

尽管如此,有一次她想到她竟然嘲笑这些简朴的仪式就为此感到羞耻;还有几次,那些神圣的语言似乎让墙壁都为之颤

---

① 原文为"Chapel"。英国国教的教堂的英文词为"Church"。

抖；更有一次，一个来访的传道者用他的口才征服了她：

"他是一只黑色羔羊，我亲爱的羔羊，黑得就像一只渡鸦，是上千只中的领袖。我亲爱的是一只白色羔羊，一只红润的羔羊，是一万只中的领袖。他是一只红色羔羊。谁来自以东的波斯拉，他的衣服是红色的？这难道不是一只奇妙的羊羔，我的同胞们？噢，我的同胞们，努力抓住这只羊！努力！努力抓住这只羊的一条腿……"

在布道之后，传道者叫做礼拜的人吃圣餐。他们坐在长凳上，丈夫面对着妻子。沿着桌子的长度铺着一块刚洗过的亚麻布。

传道者把面包切成大块，赐福并把它们用白镴盘子托着传递开来。接着他给装在白镴杯子里的红酒赐福。玛丽从她的邻座那里接过杯子，当她的唇接触到杯沿的时候，突然得到了启示，她懂得这**是**主的盛宴；这儿**是**马可楼①；所有伟大的主座教堂的建造与其说是为了上帝的荣耀还不如说是为了人类的虚荣；教宗们和主教们是恺撒们和王子们；假如过后有人谴责她离弃了英国国教，她会低着头简单地说："公理会教堂让我感到很舒服。"

但是阿莫斯继续疯疯癫癫、大吼大叫，饱受偏头痛和失眠的折磨。玛丽从没有碰到过这样的狂热——即使在托钵僧和自答者中间也没有。傍晚，在微弱的灯光下，他会梳理《圣经》来寻找证明他权利的证据。他读《约伯记》："'夜间，我里面的

---

① 被许多历史学家猜测为耶稣与十二门徒享用最后晚餐的地方。

骨头刺我，疼痛不止，好像啃我……'"

他威胁着说要搬走，在卡马森郡买个农场。但是他的银行账户是空的，并且他复仇的渴望也让他扎根于此。

一九一二年三月，他看见沃特金斯在砍一扇门。两个人打了起来。他跛着腿回家，他的太阳穴上有一道伤口。一周过后，邮递员看见沃特金斯的骡子躺在小路边，还在呼吸，一堆肠子流到了草地上。愚人节那天，阿莫斯醒来发现他最喜欢的狗死在了粪堆上；他崩溃了，像个婴儿一样大哭。

玛丽觉得这个悲剧没有尽头。她看着镜子里的自己，镜子中的脸比坑坑洼洼的镜子表面还要灰蒙蒙和破败。她想要去死，但是她知道她必须得为双胞胎活着。为了分散注意力，她阅读从小女孩起就喜欢读的书——不让阿莫斯看见，以他现在的情绪，一定会把书烧了的。一个冬日的下午，坐在炉火旁迷迷糊糊的，她把一本《呼啸山庄》打开着放在大腿上打瞌睡。他进来了，粗暴地叫醒了她，把书的一角扔到了她的眼睛上。

她跳了起来。她受够了。她的怯懦消失了，她又变得强大。她挺直了腰杆说："你这个愚蠢的傻瓜！"

他站在钢琴边上，浑身颤抖，他的嘴唇垂了下来——接着他走了。

现在有一条路对她是敞开的——她在切尔滕纳姆的姐姐！她姐姐有一所房子还有一份收入！从她的文具盒里她拿出两张信笺。"没有什么，"她在最后一段文字中总结，"比婚姻的孤独更令人孤独……"

在第二天早饭前，阿莫斯从奶场慢慢地搬动牛奶桶，看见她递给邮递员那个信封。他似乎知道信里的每一行字。他试图对双胞胎好,但是他们冰冷冷地瞪着他的友好示意。

随着她眼睛旁黑色的瘀伤褪去变成一种带黄色的紫色,玛丽越来越感到喜气洋洋。黄水仙已经开花了。她开始原谅他,从他感到内疚的眼神,她知道他接受了她的状况。她不想表露出洋洋得意的样子。信从切尔滕纳姆寄来了。看着她撕开信封,他非常紧张。

她的眼睛在老处女的字里行间跳跃,接着她昂起头大笑起来:

"……父亲经常说你任性、冲动……没人能说我没有警告过你……婚姻已定……是有着法律约束的圣事……无论如何艰难你都必须坚守着你的丈夫……"

她说:"我根本不会告诉你这里头写着什么。"她冲他送了个飞吻。当信在火里翻飞的时候,她的嘴唇充满温柔地颤抖着。

十八

六个月过后，本杰明突然蹿高了，比刘易斯高出三英寸。

一开始，他长出了黑色的小胡子，那些绒毛长满了他的脸颊和下巴。接着他整张脸都爆满了粉刺，他不再那么好看了。他很害羞，也很尴尬，因为他比他哥哥高了那么多。

刘易斯满怀妒忌——妒忌那个破喉咙，甚至妒忌那些粉刺，还担心他永远都长不到那么高。他们避开彼此的眼睛，吃饭的时候都沉默不语。在本杰明第一次刮胡子的早晨，刘易斯跺跺脚出去了。

玛丽拿来一面穿衣镜，在餐桌上放了一只盛满温水的脸盆。阿莫斯在皮带上磨了磨胡子刀，并教他怎么拿。但是本杰明太紧张了，他的手是那么不稳定，当他把肥皂泡刮掉的时候，他的脸上都是带血的伤口。

十天之后，他独自一人，又刮了一次。

过去，假如双胞胎中的任一个看见他自己——在镜子中，在玻璃窗里，甚至在水面上，他都会常常把自己的倒影看成他的另一半。因此现在，当本杰明抓稳了手边的胡子刀，并且抬头看着镜中的自己，他有种切开刘易斯喉咙的感觉。

在这之后，他固执地拒绝刮胡子，直到刘易斯也长得同样高并且也开始长胡子。玛丽观察着她的儿子们，她感到有一天他们都会退回到那个从前常见的互相依赖的模式。与此同时，刘易斯与姑娘们调情，因为他更灵活更英俊，**女孩们都跟他打闹。**

他跟罗茜·法菲尔德调情。他们在干草堆后面接了个令人窒息的吻，并且在一个一起合唱的晚上拉了二十分钟的手。一个没有月亮的夜晚，沿着去勒金霍普的小路散步，他与几个在矮树篱里寻找萤火虫的穿着白裙的姑娘擦身而过。他听到罗茜的笑声，在黑夜里那清脆的声音忽高忽低。他把他的手伸向她缎子做的腰带，她打了他一巴掌：

"滚开，刘易斯·阿莫斯！把你的大鼻子从我的脸上挪开！"

本杰明爱他的母亲和哥哥，他不喜欢女孩子。无论何时刘易斯离开房间，他的眼睛都会在门廊里徘徊，他的虹膜会变成更深的灰色；当刘易斯回来的时候，他的眼珠发亮了。

他们没有重新回到学校。他们在农场里干活，假如他们一前一后地干活，他们可以干四个人的活。让本杰明一个人留下——挖土豆或者把甘蓝捣碎，他的精神就会消失，他会大口喘气、咳嗽并且感觉要晕了。他们的父亲看在眼里，作为一个注重效率的农民，他知道让他们分开是没有用的。让双胞胎想出不同的分工又花了他们另外一个十年。

刘易斯还在梦想着遥远的航行，但是他的兴趣转移到了飞艇上。当一张齐柏林飞艇的照片，或者一篇提到齐柏林伯爵的名字的文章出现在报纸上的时候，他会把内容剪下来贴在他的剪贴簿里。

本杰明说齐柏林飞艇看上去就像黄瓜一样。

他从来都不想出国。他想要永远永远地跟刘易斯生活在一起:吃同样的食物,穿同样的衣服,睡同一张床,以同样的弧度挥舞斧头。有四扇大门通向农场,对于他来说,它们是四扇通往天堂的大门。

他爱羊,并且室外的空气也令他重新强壮。他的眼睛能很快找到髓样肾或者是下垂的子宫。在产羔的时候,他会手里拿着一根曲柄杖在羊群边走,检查母羊奶头以确保下奶。

他还很虔诚。

有天傍晚穿过牧场,他看见燕子在低空掠过蒲公英球;羊群在落日下显得尤为显眼,每一只都披着一圈金色的光环,这才让他明白上帝的羊为什么会有光轮。

他会花很多时间把自己关于罪恶和惩罚的想法刻画成一个庞大的神学系统,它将在某一天拯救世界。接着,当精美的印刷品使他的眼睛疲倦(双胞胎都有点散光),他会钻研阿莫斯的水彩画——《宽窄路径》。

这是从戈默·戴维斯先生那里得到的礼物,挂在火炉边上的哥特式壁龛里。

在左边,女士们和先生们正在成群结队地朝"毁灭之路"走去;门的侧面是维纳斯和喝醉的巴克斯[①]雕像;在它们上面是很多更聪明的人——他们在喝酒、跳舞、赌博、去剧院、抵押财产以及在星期天乘火车。

在高高的路上,同样一群人在抢劫、谋杀、奴役以及战斗。

---

① 罗马神话中的酒神。

最后，撒旦的仆人盘桓于一些发出火光的城垛上——它们看上去有点像温莎古堡，在给罪人的灵魂称重。

图画的右边是"救赎之路"，这里的建筑显而易见是威尔士式的。事实上，教堂、主日学校和女执事学院用的都是尖顶三角墙和石板瓦——这些令本杰明想起一本关于兰德林多德威尔斯①的插图小册子。

只有那些卑微阶级的人才被看见走在这条又窄又艰难的路上，他们做着各种虔诚的行为，直到步履沉重地走在看上去跟黑山完全一样的山边。这里，在山顶上，是新耶路撒冷的城市，锡安的羊，以及一群吹着喇叭的天使……！

这是萦绕于本杰明想象中的景象。他极其认真地认为，通往地狱的道路是那条通往赫里福德的路；而通往天堂的路则通向拉德诺山脉。

---

① 威尔士的温泉小镇，威尔士语名为"兰德林多德"。

十九

接着爆发了战争。

好多年了,鲁伦的商人都说跟德国将会有场战争,虽然没人知道战争意味着什么。自从滑铁卢战役后就一直没有真正的战争。每个人都认为因为有了铁路和现代枪支,战争要么会很残酷,要么会很快结束。

一九一四年八月七日,阿莫斯·琼斯和他的儿子们正在割蓟,一个男人在篱笆外喊着:德国人已经进入比利时,并且拒绝了英国的最后通牒;征兵办公室在鲁伦镇的市政厅设立,大约有二十名当地的小伙子参军了。

"这么多傻子。"阿莫斯耸耸肩看着山下的赫里福德郡。

三个人继续着他们的收割,但是到了回家吃晚饭的时候,男孩子们看上去心神不宁。

玛丽刚刚在腌甜菜根,她的围裙上留下了一条条紫色条纹。

"不要担心,"她说,"你们还太小不能打战。还有,到了圣诞节战争可能就结束了。"

冬天来了,战争并没有结束。戈默·戴维斯先生开始爱国布道,他在一个星期五带话给幻影,说服他们五点钟去公理会教堂的信众厅参加一个灯笼宣讲会。

天空从深红色变成铁灰色。两辆豪华轿车停在小路上,一群穿着星期天套装的农村小伙子正在跟司机讲话,或者隔着窗玻璃看着毛垫和皮的车内饰。男孩子们从来都没有这么近距离地看过这种汽车。在附近的一个棚里,一部电动发电机正在轰隆作响。

戈默·戴维斯先生站在门厅,握手欢迎每一位光临者,脸上挂着灰暗的笑容。这场战争,他说,是为了基督的"十字军东征"。

在大厅里,一只焦炭炉正在燃烧,窗户上满是雾气。电灯泡发出一片黄色的灯光,照在钉着木板和涂着清漆的墙壁上。到处都挂着国旗,还有一张基奇纳勋爵的照片。

过道的中间放着幻灯机。前面挂着一块白色的布当屏幕;穿着咔叽布衣服的少校,一只手绑着吊带,正在把他的那盒玻璃幻灯片交给女放映员。

在一片烟雾缭绕中,主要的演讲者比克顿上校已经坐在了台上,与一位布尔战争的退伍军人喋喋不休着。他向观众伸出他的瘸腿。在绿色粗呢桌布上放着一只喇叭口玻璃瓶和一只平底玻璃杯子,边上还有一顶真丝帽子。

不同教派的神职人员——在熊熊燃烧的爱国主义中掩埋了他们的不同——走上来表示对乡绅的尊敬,并且问他是否自在。

"不,我挺自在的,谢谢您。"上校的每个音节都发音完美。"谢谢您这么关心我。看上去,我觉得很振奋人心,不是吗?"

信众厅里人满了。长着年轻的、黝黑脸蛋的小伙们挤在长凳上,或者用力推着上前去好好看看比克顿的女儿——伊索贝尔小姐,她长着深褐色头发、湿润的红嘴唇和湿润的浅褐色眼睛。她坐在讲台下面,很安静,微笑着,穿着一件银色狐狸毛披肩。她娇小的帽子上插着一些涂着甘油的鸵鸟羽毛。在她的胳膊肘边蜷缩着一位长着橘红色头发的年轻人,嘴巴张得大大的。

那是"岩石"吉姆。

琼斯一家人坐在后面的一条长凳上。玛丽可以感觉到她身边的丈夫既紧张又愤怒。她很担心他会出丑。

英国国教鲁伦教区的牧师开始了会议并提议向戈默·戴维斯先生致谢,感谢他提供信众厅和电供使用。

一阵阵"说得好!说得好!"在房间里回旋。他继续讲述战争的起源。

山里人很少能听懂为什么在巴尔干刺杀一位大公会引发对比利时的入侵;但是当牧师提到"对我们亲爱的帝国的严重侵害"的时候,人们开始挺直腰身。

"不能停止我们的步伐,"他提高了声音,"直到把这个毒瘤从欧洲社会剔除。德国人会像所有的恶棍一样飞扬跋扈。但是我们不能妥协,不能跟魔鬼握手言和。对鳄鱼讲道义是没有用的。杀死它!"

听众拍起了手,牧师坐了下来。

接下来是少校,他说他曾在蒙斯受过伤。他用一个关于"让莱茵河哀号"的笑话开始讲话——这时,上校活跃了起来说:"我可不喜欢莱茵河红酒①。果汁味太浓,不是吗?"

少校接着举起了他的轻便手杖。

---

① 哀号(whine)和红酒(wine)发音一致。

"灯!"他大喊一声,接着灯全灭了。

一个接着一个,一系列模模糊糊的影像闪现在屏幕上:英国兵在营地里,英国兵在游行,英国兵在横越海峡的渡船上,英国兵在法国餐厅里,英国兵在战壕里,英国兵在装刺刀,以及英国兵在"超越巅峰"。一些幻灯片很模糊,很难看清到底是伊索贝尔小姐的羽毛的影子还是炮弹炸点。

最后一张幻灯片显示的是一个荒谬的瞪着眼睛的人物形象,他的上唇长着乌鸦的翅膀,他的头盔上装着一整只金色老鹰。

"这,"少校说,"是你们的敌人——德皇威廉二世。"

有人大声喊"吊死他"和"把他打成碎片!"——少校,也坐了下来。

比克顿上校接着站了起来,并且对他妻子因病缺席而表示歉意。

他自己的儿子,他说,正在佛兰德斯打战。在看了刚才激动人心的场景后,他希望在这个地区不要出现逃兵。

"当这场战争结束时,"他说,"这个国家会有两个阶级的人。一些是加入军队的合格的人;另一些是逃避这样做的人……"

"可耻!"一个戴着蓝色帽子的妇女尖叫。

"我是第一个!"一个年轻人喊道,举起了他的手。

但是上校向听众举起了他的袖扣,听众安静了下来。

"还有那些是那么优秀,为了他们的国王、他们的国家……以及他们的女人……而完成自己的使命。"

"是的!是的!"一只只手又优雅地举了起来,随后,听众又一次安静下来。

"最后一个提及的阶级,不需要我多说,是这个国家的贵族——事实上,是这个国家唯一的真正的贵族。这些人,在他们生命的最后日子,会因为知道他们做了英格兰期望每个男人做的事情而感到安慰,即,去完成他的使命……"

"那么威尔士呢?"比克顿小姐右边响起了一个音调起伏的声音;但是吉姆的声音被一片嘈杂声给淹没了。

志愿者冲向少校报名。有人高喊:"嘿!嘿!万岁!"还有人唱起了歌:"他们是快乐的好小伙……"戴着蓝色帽子的女人扇了她儿子一巴掌,尖叫道:"噢,是的,你会的!"——孩子似的从容展现在上校脸上。

他继续着,用一种兴奋的语调:"现在,当基奇纳勋爵说他需要你,他的意思是你们。因为每一位勇敢年轻的伙伴都是唯一的和不可或缺的。几分钟之前,我听到我左边的一个声音喊'那么威尔士呢?'"

毫无疑问,你能听到一枚针掉在地上。

"相信我,那个喊声'那么威尔士呢?'直击我的心灵。因为在我的血管里流着同样多的威尔士血液和英格兰血液。那就是……那就是为什么今天晚上我和我女儿开来了两辆汽车。那些愿意报名参加我们亲爱的赫里福德团的可以跟我的车……但是那些,忠诚的威尔士人,愿意参加另一个,最英勇的军团——南威尔士边疆卫士,可以跟着我女儿和卢埃林·斯迈思少校去布雷肯……"

这就是"岩石"吉姆参加战争的原因——为了离开家,同时也是为了一位拥有湿润嘴唇和湿润的浅褐色眼睛的女士。

二十

在印度，玛丽曾看到长矛轻骑兵骑马奔赴边境；冲锋号的声音让她感到脊背刺痛。她相信盟国事业。她也相信胜利在望，为了响应比克顿夫人的"编织衣服的号召"，她和丽贝卡用空闲时间为前线的男孩子们编织手套和巴拉克拉法帽。

阿莫斯痛恨战争，不想与之有什么瓜葛。

他对军备官员隐瞒了自己的马匹。他也不遵守政府要求在北坡上种植小麦的要求。这事关尊严，不仅作为一名男人，而且作为一名威尔士男人，他都要阻止自己的儿子为英格兰人打战。

他在《圣经》上读到了能证明他观点的内容。这场战争确实是上帝对战地城市的视察？你在报纸上读到的所有的东西——炮击、炸弹、潜艇、芥子气，这些难道不是复仇的工具？这个皇帝也许是另一个尼布甲尼撒？也许英国人会有七十年的监禁？也许有一些残余会得到赦免——像利甲族[①]的后裔，他们不喝酒，不住在城市，也不在假的偶像面前鞠躬，但是遵从永生的上帝？

他将这些观点向戈默·戴维斯先生阐述，牧师瞪着他就好像他发疯了一样，并且骂他是个叛徒。而他，反过来谴责牧师

[①] 见《圣经·旧约·耶利米书》，相传该族人民不喝酒。

掩盖第六条戒条,因此不再去公理会教堂了。

一九一六年一月,在征兵法成为法律后,他了解到利甲族后裔友好协会在鲁伦有定期的会议,因此跟出于道义原因拒服兵役者开始进行联系。

他把双胞胎也带去参加他们在南街修鞋铺上一个冷风嗖嗖的阁楼里的会议。

参加会议的大多数是手艺人和体力劳动者,但是在他们中间也有一位绅士——一个瘦长的年轻的家伙,长着一个很大的喉结,穿着破旧的粗花呢衣服,用高雅的散文格式重新誊写会议记录。

利甲族后裔认为茶是罪恶的根源,因此,点心只提供黑加仑汁饮料和一盘薄薄的竹芋饼干。发言者一个接着一个,表达了他们对和平世界的忠心,宣告了与同志共命运的诺言。很多人被军事法庭判刑或者入狱。其中的一位,一位凿石匠,当中士们试图让他负责军团的朗姆酒供给的时候,在赫里福德拘留所领导了一场抵抗饥饿运动。他死于因强行灌食而引起的肺炎。一种牛奶和可可粉的混合物,从他的鼻孔里被灌了进去,流进了他的肺部。

"可怜的汤姆!"修鞋匠说道,并且号召大家默哀三分钟。

这群人站着,光秃秃的脑袋组成了一个向一片灯光低头的弧形。接着,他们手拉手唱起了一首歌,歌词是知道的,但曲调不对:

国家连着国家,土地连着土地

> 没有武装的要大声呼喊自由
> 每个人的脑海和心中应该装满
> 同样的情谊

一开始,玛丽发现要调和她丈夫的火暴脾气和反战主义是很难的。在听说了索姆的新闻后,她承认他也许是对的。

一周两次,她走到勒金霍普去做饭给贝蒂·帕尔默吃。她是一个可怜的寡妇,在战争中失去了她唯一的儿子,再也不想吃饭了。接着,在一九一七年五月,她平息了与阿姬·沃特金斯的矛盾。

她看见一个穿着黑色衣服的孤单身影,拖着脚步走在集市货摊边,用衣袖擦着眼泪。

"一定是吉姆出事了。"她大声喊道。

阿姬的脸哭花了,她的帽子歪斜着。一阵小雨落了下来,街上的摊贩遮好了他们的货物,跑到鲁伦市政厅的拱门里躲雨。

"是吉姆,"阿姬抽泣着,"他在法国照看骡子。这张卡片寄来说'他完蛋了'。"

她把关节肿胀的手伸进装满鸡蛋的篮里,拉出一张皱成一团的卡片,递给了玛丽。

这是一张标准的野战勤务明信片,前线的战士在一场战役后可以寄回家里。

玛丽皱着眉仔细阅读,接着放心地微笑了起来。

"但是他没有死,阿姬。他很好。看!这才是十字的意思。它的意思是'我挺好'。"

老妇人的脸上一阵抽搐。她抓着卡片,满怀狐疑地怒视着。但是当她看见玛丽敞开的怀抱,以及她眼中的泪水,她把篮子一扔,两个妇人用双手抱着对方的脖子,亲吻着。

"看看你都做了些什么。"玛丽指着闪亮的湿鹅卵石上流得到处都是的蛋黄说。

"鸡蛋!"沃特金斯妇人轻蔑地说。

"看!"玛丽重新拿起卡片说,"这里有寄包裹的地址。我们给他寄个蛋糕吧!"

那天下午,她烤了一只大大的水果蛋糕,里面满是葡萄干、坚果和糖衣樱桃。她在蛋糕胚上焯过水的杏仁堆里写上"'岩石'吉姆"的字样,并放在桌上让阿莫斯看。

他耸耸肩说:"我也想要个这样的蛋糕。"一两天后,他在小路上碰到汤姆·沃特金斯。他们互相点点头,算是签了停战协定。

但是从这场伟大的战争传来的消息却越来越糟糕。

在农舍的厨房里,母亲们无助地等待着邮递员的敲门。当信从国王那里寄来,一张黑色镶边的卡片会出现在其中的一扇玻璃窗前。在去鲁伦的路上的一座农舍里,玛丽看见两张卡片系在网眼帘子前。帕斯尚尔战役后,又有了第三张卡片。

"我真的受不了,"她在他们骑马路过时抓着阿莫斯的袖子哽咽着说,"三个人!"八月份双胞胎就要十八岁了,有服役义务。整个冬天,她都做着重复的梦——本杰明站在苹果树下,额头上有个红色的洞,脸上挂着满是责备的微笑。

二月份的二十一日——一个令玛丽记忆深刻的日子,阿克赖特先生，鲁伦的法务官，开着他的汽车来到幻影农场。他是当地兵役法庭的五个成员之一。他是一个矮小精悍的男人，长着一双冰冷的眼睛和沙褐色的打过蜡的小胡子。他戴着灰色的洪堡翘边帽，穿着灰色哔叽大衣，在副驾驶座上坐着他的红色塞特母狗。

他以上帝的名义质问为什么双胞胎没有登记国家身份证？他们有没有意识到这是违反法律？接着，非常仔细地不让泥巴沾上他的鞋罩或鞋子，他匆匆记下土地的详细情况、牲畜的数量和房屋情况。最后带着法官宣读审判词的严肃表情宣布：幻影农场太小了，不能免除超过一个人的兵役。

"当然，"他补充道，"没有人喜欢让年轻人离开这块土地。毕竟有食物短缺和其他的困难！但是法律就是法律！"

"他们是双胞胎。"阿莫斯结结巴巴地说。

"我知道他们是双胞胎。我亲爱的好人，我们不能开始搞特殊……"

"他们分开了会死的……"

"你相信吗！他们这么健康的男孩子！从来没听到过这样的胡话！……莫迪！……莫迪！"红色的塞特正在树篱里对着一个兔子洞吠叫。她摇摇摆摆地跑回主人的身边，重新坐到副驾驶座上。阿克赖特先生给汽车加速，然后松开了手刹。当车子急转弯开出院子的时候，轮胎吱嘎吱嘎地压碎了水坑里的冰块。

"一文不值的暴君！"阿莫斯举起了拳头，独自一人站着，一脸忧郁的疲倦。

二十一

下个赶集的日子,阿莫斯去找赖兹潘瑟边一个大农场的管家,听说那里缺人手。那个男人同意让刘易斯犁田,在他的情况提交到法庭上时会赞助他。

本杰明听到这个新闻几乎要晕倒了。

"不要担心,"玛丽试图安慰他,"他会在战争结束后回来。另外,那里离这里只有十英里远,他会在星期天回来看我们。"

"你不了解。"他说。

当分别来临时,刘易斯故作很勇敢。他把少数几件衣服扎成一捆,吻了吻他的母亲和弟弟,跳上了阿莫斯身边的轻便马车。风撕扯着本杰明的大衣袖口,他看着他们在小路上往山下走直到消失。

他开始难过起来。

虽然他吃他的食物,但是一想到刘易斯吃着不同的食物,用不同的盘子,在不同的桌子旁,他就越来越伤心,很快就变得又瘦又虚弱。晚上,他会伸手去摸他的哥哥,但是他的手触到了冰冷齐整的枕头。他不愿洗脸,因为他担心自己会想起:在同样的时刻,刘易斯可能用着另一个人的毛巾。

"振作起来。"玛丽说。她意识到分离超过了他的承受力。

他重新来到他们孩提时代曾经玩过的地方。有时候,他叫牧羊犬:"莫特!莫特!来,让我们去找主人!他在哪里?他在哪里?"那只狗会跳起来摆动尾巴,他们会爬上黑山的碎石坡,直到看到瓦伊河——它在冬日的阳光下熠熠发光;以及赖兹潘瑟周围新鲜的棕色耕地,刘易斯可能正在那里犁地。

其他的时候,他独自一人去峡谷观看浑浊的河水冲刷着他们从前洗澡的水池。到哪里他都看到刘易斯的面孔——在牛的饮水槽里,在牛奶桶里,甚至在粪池里。

他恨刘易斯离开这里,怀疑他把他的灵魂偷走了。一天,他盯着刮胡子的镜子,看见自己的脸越来越模糊,就好像镜子在吃他的影子,直到他最终消失在一团晶莹的雾气中。

这是他第一次想到自杀。

刘易斯在星期天回来吃午饭,在徒步横越乡下十英里的土地后脸色显得粉扑扑的,他的绑腿上满是泥巴,臀部满是干的刺果。

他们兴致盎然地听他讲大农场的故事。他喜欢他的工作。他喜欢摆弄新发明的机器,还开过拖拉机。他喜欢照料优良的赫里福德牛。他喜欢管家,他教他读懂良种马记录簿的奥秘;他跟其中一个挤奶妹成了好朋友。他痛恨爱尔兰饲养员,他是个"血腥野蛮的醉鬼"。

四月末的一个星期三,管家让他带着许多肉牛乘火车去赫里福德拍卖。因为这批牛在十一点上市,所以剩下的时间就空了。

那是一个非常阴沉的日子,云朵低低地压在主教座堂的塔上。灰色的雨夹雪啪啪地打在人行道上，嗒嗒地落在马拉出租车的油布盖上。在高镇，可怜的拉出租车的马匹列成一排站在涨满水的阴沟旁；在一个漆成绿色的遮阳棚下，一些马车夫正在一只火盆边烤火。

"快进来，小伙子！"其中一个点头示意，刘易斯加入了他们。

一辆军车开过，两名中士穿着防雨斗篷趾高气扬地走了过去。

"这个日子出殡真是苦啊。"一个相貌粗劣的男人说。

"苦的。"另一人表示赞同。

"你几岁了，小伙子？"第一个男人继续道，拨着煤堆里的火棍。

"十七。"刘易斯说。

"你的生日呢？"

"八月。"

"小心，小伙子！小心了，否则的话他们会抓住你的，肯定。"

刘易斯在长凳上坐立不安。雨雪小一点的时候，他在沃特金斯啤酒厂后面迷宫一样的小路上闲逛。他站在一个箍桶匠的店门口，看见一只只崭新的木桶放在一堆堆黄色的刨花间。他从另一条街道听到一个铜管乐队的演奏，于是他走了过去。

在绿龙旅馆门外，一堆看热闹的人聚集在一起观看出殡队伍经过。

死了的人是赫里福德的一位上校，死于战伤。仪仗队前进时眼睛盯着剑刃上光秃秃的顶端看。鼓手穿着一件豹皮。奏的是《扫罗》①里的"死亡进行曲"。

炮架的车轮在碎石路上发出吱吱嘎嘎的声音;棺木外盖着一面米字旗,经过眼睑低垂的女士们。四辆黑色的汽车在后头跟着,里头坐着那个寡妇、市长大人以及哀悼者。钟声响起时,寒鸦从钟楼涌出。一个穿着狐狸皮毛的妇女抓着刘易斯的胳膊尖声大叫:

"你,年轻人,站在老百姓队伍里不感到羞耻吗?"

他赶忙跑进一个朝着市场方向的小巷里。

一阵咖啡豆的香味让他在一个凸形的窗户外停了下来。木架上放着小小的柳条编织的篮子,里面满满地堆着圆锥形的茶叶堆,标签上的名字——大吉岭、祁门、正山小种、乌龙,把他带到了一个神秘的东方。咖啡放在低一点的木架上,在每一颗温暖的棕色豆子上,他都看到了黑女人那温暖的棕色嘴唇。

他脑子里满是藤屋和慵懒的海洋,这时候一辆屠夫的马车匆匆过去,马车夫喊道:"小心,哥儿们!"一道道泥水溅了起来,弄脏了他的屁股。

在艾格恩大街,他停下来欣赏一顶犬牙织纹的粗花呢帽子。帽子陈列在帕伯里和威廉斯先生的男士内衣经销店里。

帕伯里先生自己站在门口,他是一位胖胖的男士,油腻的黑色头发缠绕在他的脑袋上。

"请进来吧,老弟!"他用一种动听的声音说话,"看看不要钱。在这个美好的春日早晨有什么令你喜欢的吗?"

---

① 宗教清唱剧。

"那顶帽子。"刘易斯说。

店里有股防水雨布和煤油的味道。帕伯里先生从橱窗里把帽子拿了出来,指着标签,标签上的价格是五先令六便士。他补充道:"我会把六便士给你减掉。"

刘易斯用他的指甲盖碰了碰口袋里弗罗林[①]破损的边缘。他刚拿了工资。他有价值一磅的银币。

帕伯里先生把帽子扣在了他头上,把他转过去面对穿衣镜。大小正好。这是顶非常漂亮的帽子。

"我要两顶那样的,"刘易斯说,"一顶给我弟弟。"

"真替你高兴!"帕伯里先生说,并且让助理拿下来一只椭圆形的帽盒。他把帽子摊开摆在柜台上,但是没有两顶是一样的。当刘易斯坚持"不,我得要两顶同样的"时,那个男人发火了,气急败坏地说:"出去,你这个狂妄小子!出去,不要再浪费我的时间了!"

一点钟的时候,刘易斯去城镇餐厅看看有没有吃得饱的。服务员说马上有个桌子空出来了,让他等五分钟。看了菜单板后,他选了牛排——肾布丁,和一份果酱布丁卷作为甜点。

下巴上满是胡子的农民正狼吞虎咽着大量的板油和黑布丁;一位绅士正在跟服务员开玩笑说没有为他服务。时不时地,盘子的叮当声打破了周围的喧闹声;一阵阵辱骂声从厨房的小窗口里传出来。油烟和香烟的味道弥漫在整个房间。一只斑猫在客人们的腿边溜进溜出;地板上铺着一块块被啤酒打湿的锯屑。

---

① 英国旧时价值两先令的硬币,相当于现在的十便士。

那个邋遢的女招待回来了,她咧着嘴笑着,把手放在她的嘴唇上说:"来吧,帅哥!"——刘易斯却溜之大吉。

他从街上的商贩那里买了一块糕饼。这时他感觉很糟糕,于是,他在妇女时装店的门口躲雨。

穿着茶会礼服的模特用蓝色玻璃眼睛盯着下雨的街道,在国王和王后的肖像边上挂着克里蒙梭的图片。

正当他想咬糕饼的时候,他开始颤抖了。他看了看自己的手指尖,在变白。他知道他的弟弟处于危险之中,因此跑向车站。

开往鲁伦的火车正在第一个站台上等待。

车厢里又热又闷,玻璃窗一片雾气。他的牙齿开始打颤。他能感到鸡皮疙瘩在摩擦自己的衬衫。

一个脸颊发亮的女孩走了进来,放下她的篮子,远远地坐在角落里。她脱下她自编的披肩和帽子,把它们放在座位上。那个下午非常黑。灯点着了。一阵哨音和猛拉后,火车开始跑了。

他用袖子擦了擦雾气蒙蒙的窗户,看着窗外的电报柱子在那个女孩玫瑰色的倒影中一闪而过,一个接着另一个。

"你发烧了。"她说。

"没有。"他说。他没有转过头。"我弟弟正在发烧。"

他又擦了擦窗户。一块田野的犁沟嗖嗖地开过,就像车轮的辐条。他看见切夫尼山种植园,还有覆盖着白雪的黑山。火车开进鲁伦站的时候,他等门一打开就马上跳了下去。

"需要我帮忙吗?"那个女孩在他身后喊。

"不。"他回答道,很快就跑下站台。

到幻影农场的时候已经超过四点,丽贝卡独自一人在厨房里,心烦意乱地织补一只袜子。

"他们出去找本杰明了。"她说。

"我知道他在哪里。"刘易斯说。

他走到门廊把他的湿斗篷换成一件干的。他用防水帽遮住脸走进了雪中。

在那天早上的十一点钟,阿莫斯看着西面说:"我不喜欢这些云朵的样子。最好还是把母羊赶下山。"

现在是产羔的最后时节,母羊和较早的一批小羊羔正在山上。连续十天的天气都很好。画眉正在筑巢,峡谷里的桦树染上了一层绿色。没有人能想到还会下雪。

"不,"阿莫斯说,"我不喜欢看它的样子。"

他的胸口感到一阵寒冷,他的腿和背很僵硬。玛丽拿来他的靴子和绑腿,她突然注意到他老了。他弯腰去系鞋带。他的脊柱里一阵痉挛,他倒在了椅子里。

"我去吧。"本杰明说。

"快点!"他的父亲说,"赶在下雪前。"

本杰明吹口哨招呼狗,接着穿过田野向公鸡屋出发。从那里他爬上了一条更为陡峭的小径到悬崖。他到达了崖边,一只渡鸦从荆棘丛中飞了出去,发出呱呱的叫声。

云朵压了下来,当他看见羊群的时候,它们就像一团团水蒸气——接着,下雪了。

雪像鹅毛一样大片大片地落下来。风刮起来了，越过小道吹来阵阵寒风。他看见边上有一团黑色的东西：那是狗把雪从背上抖下来。冰冷的水珠从脖子上落下来，他意识到自己的帽子弄丢了。他的手在自己的口袋里，但是他感觉不到它们。他的脚太沉重了，再迈一步都没必要——正在这时，雪改变了颜色。

雪不再是白色的了，而是光滑细腻的金玫瑰色。也不冷了。芦苇丛也不再刺人，而是毛茸茸的，非常柔和。他所需要的就是躺在这片美妙、温暖舒服的雪里，然后睡觉。

他的膝盖开始变得虚弱，他听到他哥哥冲着他耳朵吼叫：

"你得继续走。不能停下。你睡了我就死了。"

因此他继续前进，拖着脚一步一步地走，回到悬崖边的岩石堆。那才是个可以蜷起来的地方，风也刮不到，和狗一起睡觉。

当他醒来时看见一片白色，他花了一会儿时间才意识到这片白色不是雪而是床单。刘易斯在床边，刺眼的春日阳光从窗户透了进来。

"你感觉怎么样？"他说。

"你离开了我。"本杰明说。

二十二

本杰明的右手冻伤了。一段时间里，他似乎要失去一两个手指头；直到他复原之前，刘易斯都守在他床边。他已经有一个星期没去工作了。接着，等他回到赖兹潘瑟的时候，管家大发雷霆，说他的农场不是懒骨头的慈善机构，把他解雇了。

刘易斯满怀羞愧，在晚饭时间回到家里，双脚走得疼痛不堪，坐在桌边的位子上，他用双手抱着头。

"对不起，父亲。"他在讲了他的故事后说。

"嗯！"阿莫斯换了奶酪碟的盖子。

二十分钟过去了，屋里一片安静，只有餐具叮当的声音和落地摆钟的滴答声。

"不能怪你。"他说，伸手去拿烟袋。他从桌边站了起来，手放在男孩的肩膀上，接着走到炉火边坐了下来。

在接下去的一周，他都非常害怕兵役法庭的事，怪自己、怪刘易斯，也担心接下去该怎么办。最终，他决定跟阿克赖特先生谈谈。

法务官很少对人透露他的身世，但是人们知道他于一九一二年在鲁伦买了律师资格前一直住在切斯特。他的态度是从不向"下层人"弯腰，而他在乡绅面前却眉开眼笑的。他跟他生病的妻子住在一幢叫作"雪松"的仿都铎别墅里，并为自己的草坪不长蒲公英而感到自豪。有些人说"他是个值得怀疑的家伙"。

位于布老德街十四号他的办公室外有一块铜匾，上面用大写的罗马字母刻着他的名字。

见习文员带着阿莫斯到楼上，贴着凹凸不平的浅褐色墙纸的房间里有一叠叠黑色锡文件箱和一只塞满了《法律协会年刊》的书架。地毯上有着蓝色花朵的图案，在灰色石板材质的壁炉台上放着一只带提手的钟。

法务官根本没有打算离开他的书桌，而是靠在了他的皮椅子上，拿着他的烟斗；与此同时，阿莫斯红着脸紧张地解释着为什么他的两个儿子不是两个人，而是一个人。

"这样子！"阿克赖特先生抚摸着他的下巴。在听了暴风雪的故事后，他站了起来，拍了拍来访者的背部。

"不要多想了！"他说，"一件小事！我会跟我的同事安排的。"

"我们不是恶魔，你知道。"他继续说道，伸出一只冰冷冷、干瘪的手，把阿莫斯领到了街上。

兵役法庭开庭的那天是一个灿烂的夏日天气；五个成员中的四个都处于亢奋的状态。晨报上登着协约国在法国的"重大突破"。军事代表加蒂少校提议吃一顿"超级好的午餐以示庆祝"。埃文乔布先生，一个农产品商，表示赞同。牧师同意了；阿克赖特先生也承认自己感到"有点饿了"。

因此大家在红龙用一顿极好的午餐犒劳了自己，喝了三瓶干红葡萄酒,昏昏欲睡地回到市政厅委员会办公室,在那里等他们的主席——比克顿上校。

房间里散发着杰伊斯消毒液的味道,里头太热太闷了,连苍蝇都不愿在天窗上嗡嗡。埃文乔布先生在打瞌睡,派尔牧师兴高采烈地谈论着青春和奉献;而希望获得免除资格的应征者坐在阴暗的绿色走廊的一条长凳上,由一名警察看着他们。

上校从勒金霍普自己的午宴来时有点晚了。脸上红扑扑的,在他的扣眼上别着一朵玫瑰花蕾,在上次会议期间已经免除了他的两个狩猎仆役和他的贴身男仆的兵役,他已经没有任何心情同意免除了。

"这个法庭必须得公平,"他开始了诉讼程序,"社区的农业需求必须得到考虑。但是还有一个强大和残酷的敌人需要去消灭。为了消灭它,军队就需要男人!"

"赞同。"加蒂少校说道,仔细检查着自己的指甲盖。第一个叫到的是汤姆·菲利普斯,来自老鼠城堡的牧羊人,他嘟哝着他生病的母亲和没人照看的羊群。

"大点声,老弟,"上校打断道,"听不清你在说什么。"

但是汤姆仍然含混不清地讲着,上校发火了:"五天之内到赫里福德兵营报到。"

"好的,先生!"他说。

陪审团接下去听到的是一位脸色苍白的年轻人,他声称自己是一位社会主义者和教友派成员。没有什么可以令他把军队纪律和他自己的良知调和在一起。

"假如那样的话,"上校说,"我建议你早点上床早点起床,这样你的良知会停止折磨你。驳回案件,五天之内到赫里福德兵营报到。"

双胞胎希望上校能冲他们笑笑,毕竟他从三岁开始就认识他们。他们在门口出现的时候,他没有一点表情。

"一次一个,先生们!一次一个!你,左边的,请向前一步!另一位先生请先回避!"

当刘易斯走进陪审团的时候地板发出嘎吱嘎吱的声音。他还没有开口说,阿克赖特先生就站起来在上校的耳边低语。"啊!"上校点点头,带着一丝祝福说,"给予免除!下一位!"

但是当本杰明挤进房间的时候,加蒂少校从上到下打量着他,慢吞吞地说:"我们需要这个男人!"接下去的事本杰明只记得一个大概。但是他记得牧师身体向前问他是否信仰协约国目标的神圣性?他记得自己的声音回答道:"你信仰上帝吗?"

牧师的头就像一只受惊的母鸡一样昂起来。

"真是太无礼了!你难道不知道我是个神职人员吗?"

"那你信仰第六条戒条吗?"

"第六条戒条?"

"你不能杀戮!"

"真是放肆,不是吗?"加蒂少校抬起了一条眉毛。

"放肆!"阿克赖特先生回应道。当上校宣读标准套话的时候,即使是埃文乔布先生也从他的昏昏沉沉中惊醒过来:

"法庭认真地研究了你的实情,无法给予免除为殿下军队服务的认可。五日之内到赫里福德兵营报到。"

玛丽为了封黑加仑酱的罐子正在热蜂蜡。煮水果的香味充满了整个厨房。她听到了院子里的马蹄声。她看见刘易斯的斑斑点点的脸,心里跳了一下,知道什么事发生在他弟弟身上了。

"我会去的,妈妈,"本杰明平静地说,"战争马上要结束了。"

"我不相信。"她说。

那天傍晚又闷又潮。一团团的摇蚊在几只小母牛边上盘旋。他们听到院子里牛粪落下的声音和鹅发出的昂昂声。牧羊犬夹着尾巴偷偷摸摸地走在小道上。花园里所有的花——天人菊、倒挂金钟和玫瑰,呈现一片紫色、黄色或红色。对于玛丽来说,本杰明不会活着回来了。

她认为是阿莫斯牺牲了他们瘦弱一点的儿子,她最喜欢的儿子。她相信阿克赖特先生给了他一次机会。他选了刘易斯,那个可以自己存活的儿子。

阿莫斯把帽子挂在门廊里。他结结巴巴地想要解释,但是她转过身尖叫:"不要对我撒谎,你这个暴君!"

她想要打他,冲他的脸上吐口水。他盯着变黑的房间,目瞪口呆地想她为什么发火。

她拿了一根木条点灯笼。灯芯点着了,接着,当她换绿色玻璃灯罩的时候,一束光线落在了她的结婚照上。她猛地把它从钩子上拉下来,扔在地板上,走上楼梯去了。

阿莫斯蹲了下来。

镜框散架了,玻璃碎了,衬纸板弯了,但是照片本身没有坏。他把小块玻璃扫进了簸箕中。接着他捡起了镜框,开始把破的地方连起来。

玛丽没有脱衣服,在老萨姆的草垫上渡过了一个无眠之夜,云朵遮住了月亮。到了早饭时间,她把自己关在了牛奶场里——任何一个可以避免再次冲突的地方。本杰明发现她在毫无目的地搅动黄油搅乳器。

"不要跟爸爸过不去,"他摸着她的衣袖说,"这不是他的错。这是我的错,真的。"

她继续转动着手柄说:"你不了解。"

刘易斯想要用自己代替。他说没人能够看出来。

"不,"本杰明说,"我会自己去的。"

他很勇敢,并且有条不紊地整理好了自己的东西,放在了一只帆布包里。在他离开的早上,他冲着升起的太阳眨眨眼说道:"我会留下来直到他们来抓我。"

阿莫斯制定计划要把两个儿子藏在一个秘密的地方——在高高的拉德诺森林里。但玛丽嘲笑说:"我猜你从没听说过警犬。"

到了九月二日,克里普和班尼斯特警官开车来到幻影农场,大肆搜查了谷仓。当看见本杰明苍白着脸但仍然带着一丝微笑从房子里出来时,他们无法掩饰自己的失望。他撸起袖子戴上手铐。

在牢房里待了一晚上,他被带到了鲁伦地方执法官面前,他"断定"他应该参军,罚了他两英镑作为不尽义务的罚款。一位没有任命的官员用火车把他带到了赫里福德。

在幻影,他们等着消息,但是没有。一个月之后,刘易斯收到的一些警告信号告诉他,军队放弃了训练他弟弟的打算,开始使用暴力。

从他尾骨的疼痛,刘易斯知道军官何时反拧着本杰明的双臂绕着阅兵场走;从他手腕上的疼痛,他知道他们何时把他猛推到床架上;从胸口的一块湿疹,他知道他们何时用腐蚀物擦他的乳头。一天早上,刘易斯的鼻子开始流血并且一直流到太阳下山——那一天他们让本杰明站在拳击台用左直拳狠击他的脸。

接着,一个细雨濛濛的十一月的早晨,战争结束了。德国皇帝和他的全体随从已经"轰然倒下"。这个世界对于民主政体来说安全了。

在赫里福德的街道上,苏格兰人吹着风笛,果酱厂鸣叫着汽笛,火车头发出哨音,威尔士人演奏口风琴或者高唱《我们祖先的土地》进行游行。一名自达达尼尔战役后又聋又哑的战士,看见报社上面飘扬的米字旗后恢复了他的语言能力,虽然他的听力还是不好。

在主教座堂,主教穿着金线织的大圆衣,在圣坛上读着第一课:"向耶和华歌唱,因他大大战胜,将马和骑马的投入海中……"

在遥远的伦敦,国王出来站在白金汉宫的阳台上,陪在身边的是穿着紫貂大衣的玛丽王后。

与此同时,本杰明生病的身体躺在赫里福德军中拘留所里大口喘气。

他得了西班牙流感。

在门口,刘易斯·琼斯被大声叫进来。一名拿着刺刀的哨兵令他退缩不前。

二十三

在他被"不光荣地释放"后,本杰明就拒绝离开农场。他起得很晚,待在家里,在屋子里做一点点零碎的事情。在他的额头上有清晰的横纹,眼睛下有黑眼圈。他的脸抽搐地拧着。他好像又退回到儿提时代,只是想为他的哥哥烘蛋糕或者看书。

玛丽发出一声长叹,她看见他伏着背、不刮胡子坐在靠背椅子上。"今天你难道不能出去帮帮他们吗?今天是个好天气,他们在给羊接生,你知道。"

"我知道,母亲。"

"你以前喜欢给羊接生。"

"是的。"

"请,请你不要坐在那里什么都不做。"

"求求你,母亲,我正在阅读。"——但是他仅仅是在看《赫里福德时报》的广告。

玛丽因为他的情绪而责备自己。对于他被带走的事情她有一种负罪感,这种负罪感在他回来的那一天最强烈。

那天早上有雾,从赫里福德来的火车晚点了。长长的冰柱从遮阳棚上挂下来,融化的水滴啪啪地滴在石板地上。她站在站长边上,裹着一条大衣,戴着皮毛手筒。火车进站的时候,最后两节车厢隐藏在雾里看不清楚。门打开了又关上。乘客们——灰色的身影隐约出现在站台上,手里拿着车票在门口鱼贯而出。她满心渴望又面带微笑地把右手从暖手筒里拿了出来,准备去搂本杰明的脖子。接着,刘易斯冲向一个身形憔悴、头发剃短的男人,他正用一根粗绳拖着自己的背包。

她大喊:"那不是本——"这是本杰明。他已经听到了她。她冲向他:"噢,我可怜的孩子!"

他想要忘记——希望自己忘掉那个军中拘留所,但即使是床里的弹簧的吱吱声都能让他想起那个寝室;甚至是阿莫斯的平头钉,都能令他想起那个听到起床号来"抓他"的下士。

为了避免在公众面前露脸,他在其他人去公理会教堂的时候留下来。只有在受难节的时候,玛丽才能说服他去教堂。他坐在她和刘易斯中间,既不唱一个音节,也不抬起眼睛看超过前面长椅高度的东西。

幸运的是,戈默·戴维斯先生已经回到巴拉,新的牧师——一位叫欧文·南特雷斯·威廉斯的先生,是个好得多的人,他来自拉姆尼山谷,拥护和平主义。在集会结束后,他拉着本杰明的胳膊,领着他在房子后面走路。

"从他们嘴里得知,"他说,"你是个非常勇敢的年轻人。是我们大家学习的榜样!但是现在你必须得原谅他们。他们不知道他们在做什么。"

春天来了。苹果树上长满了鲜花。本杰明出去散步,他开始看上去好多了。接着有天傍晚,当玛丽出去采一段欧芹时,发现他正瘫坐在一些荨麻边上,用头猛敲着墙壁。

一开始,她以为他癫痫病发作了。她蹲下来,看见他的眼睛和舌头是正常的。她把他的头埋在自己的大腿上,低声哼唱着。

"告诉我!告诉我发生什么了!任何事情你都可以告诉你的母亲。"

他站了起来,拍拍身上的烂泥说:"没什么。"

"没什么?"她恳求道,但是他转过身离开了。

有一段时间,她注意到他哥哥从地里回来时他脸上仇恨的表情。晚饭过后,她让刘易斯拿着肉盘去后厨,然后严厉地盘问他:"你来告诉我本杰明怎么了。"

"我不知道。"他结结巴巴地说。

那就是了,她想。是女孩子!

阿莫斯租了两片连在一起的田野的青草看护权,在决定增加肉牛数目后,让刘易斯去格兰·埃松附近的一个种马场查看一头赫里福德公牛。

在回来的路上,刘易斯走了一条穿过勒金霍普庄园园子的捷径。他绕过湖泊,然后来到通往磨坊的峡谷。天空薄雾蒙蒙,山毛榉正长出新叶。小径的上面有个小洞,从里头飞出很多蝙蝠——故事是这么说的:比克顿家族的一位祖先在这里为了看一个头颅而向一位隐士付费。

下面有一条河流,河心的水流拍打着巨石,大的鲑鱼在深深的绿池中慵懒地划动着自己的鳍。鸽子咕咕叫着,还能听到一只啄木鸟的突突的声音。

在一些地方,冬季的洪水已经把小径给冲掉了,他得小心他的落脚点。小树枝和枯死的树干被岸边的灌木缠住。他爬上了峭壁。在向下的斜坡上长着一些从一片苔藓里脱颖而出的铃兰。他坐下来越过树枝看着河流。

河的上游有一片水曲柳的幼苗林,到现在还没长出叶子;在它们下面是一片蓝铃花、野大蒜,以及一朵开着鲜亮的绿花的大戟。

突然,在奔流的水声上面他听到一个女人的声音,在唱歌。这是一个年轻的声音,歌声又慢又忧伤。一个穿着灰色衣服的女孩正穿过蓝铃花丛走到下游来。他待在原地直到她开始爬峭壁。直到她的头爬到了他的脚的高度,他才叫了出来:"罗茜!"

"噢上帝,你吓了我一大跳!"她上气不接下气地坐在了他边上。他把他的夹克衫垫在潮湿的苔藓上。他戴着黑色的吊带,穿着一件条纹羊毛衬衫。

"我正走着去上班呢。"她说,她的脸充满着忧伤——他已经知道这两年她的不幸。

她母亲于一九一七年的冬天死于肺结核。她的哥哥在埃及死于高烧。接着,当战争结束的时候,鲍比·法菲尔德因西班牙流感而丧命。比克顿夫人听说她无家可归了,为她提供了一个做女仆的工作。但是那个大房子令她害怕——在楼梯平台上有只狮子。其他的仆人令她生活得很悲惨,管家有一次企图把她逼到食品储藏柜的角落里。

比克顿夫人不是很坏,她说。她是个淑女。但是上校真的很粗暴……还有那个南希夫人!失去她的丈夫令她那么沮丧。永远都在掐东西。掐,掐,掐!还有她的狗!真是可怕!"汪,汪,汪!"

她絮絮叨叨地说着,她的眼睛里满是怨恨。太阳下山了,水曲柳树的倒影投射到水面上。

还有雷金纳德先生!她不知道该怎么应付雷吉先生。不知道该怎么办!在战争中丢了一条腿……但是这也没能阻止他!甚至是在早餐时!她给他端早餐盘进去,他会试图把她拉到床上去……

"嘘!"刘易斯把他的手指放在他的嘴唇上。一对绿头鸭停在了他们的下面。在一块岩石下面的漩涡中,一只公鸭爬在了母鸭上面。他有个可爱的闪亮的绿脑袋。

"呵呵!它真是个美人!"她拍着手,惊跑了鸟儿们,它们飞到上游去了。

她对他提起小时候在这里玩的游戏。

他咧着嘴笑道:"还记得你在池塘边抓住我们那次吗?"

她仰起头来发出一阵剧烈的大笑:"还记得夜晚的报春花吗?"

"我们还能再找一朵,罗茜!"

她盯着他紧绷的、迷惑的脸。"我们找不到了,"她捏了捏他的手,"现在不行,我们找不到。"

她站起来把她裙子卷边上的枯叶给弹掉。她跟他约好星期五约会的地点。接着她把自己的脸轻轻贴在他脸颊上,走了。

从那以后,他们会在洞穴外一周见面一次,并在林子中散很长时间的步。

本杰明看着他哥哥来来去去,没有说什么,但是什么都知道。

在七月的中旬,刘易斯和罗茜计划好在鲁伦碰面参加全国和平庆祝会:国教的堂区教堂有一个感恩节礼拜,勒金霍普有运动会。

"你没必要来。"刘易斯边看着镜子整理领带边说。

"我也来。"本杰明说。

二十四

庆祝会那天的早晨太阳很耀眼。从很早开始,镇上的人就开始清洗他们的门槛,擦亮他们的门环,在窗户上扎彩带。到了九点,阿克赖特先生——庆祝活动的倡导者,从穿着的硬领里伸长着脖子,到处匆匆忙忙地查看活动是否按照计划进行。他对每一位陌生人都摸摸他的洪堡帽边,并祝贺他节日快乐。

在他"洞察一切的眼睛"下,鲁伦市政厅的外墙极有品位地点缀着纪念品和小旗帜。仅在一周之前,他突然想到了围绕着市政大钟种植象征着爱国主义的鼠尾草、半边莲和小杜丽;虽然看上去有点参差不齐,他的同事埃文乔布却宣称这是"天才的灵感"。

在布老德街的最远处——那个空出来建造战争纪念碑的地方,树了一个简单的木头十字架,它的底座一半掩藏在佛兰德斯罂粟中。一只光滑的箱子里装着羊皮纸卷,上面罗列着"英勇的三十二战士"的名字,他们作出了"最伟大的牺牲"。

礼拜在琼斯双胞胎赶到国教教堂之前就结束了。一队退役军人正在演奏《山的女儿》的片段,到勒金霍普的庆祝胜利的游行已经连成一条长龙。

比克顿一家和他们的随从已经乘车离开。

在一个"即兴捐献活动"——这个词是阿克赖特先生说的,

他们曾"向公众打开他们的大门和心扉",为归来的英雄们、他们的妻子和爱人以及超过七十岁的教区居民提供了一次坐式午宴。

所有的来宾都被迎接到赈济处,运动会和狂欢游行计划于三点开始。

整个上午,农民和他们的家人都拥到镇上来了。复员军人四处炫耀,胳膊上挽着女朋友,胸前别着奖章。一些"行为随意的女郎"——这又是阿克赖特先生的辞藻,穿着"奇装异服"。农妇们戴着花帽;小姑娘戴着凯特·格里纳韦童帽;她们的兄弟们穿着海军服,戴着宽顶无沿圆帽。

成年男人穿着很单调,但是时不时地,一顶巴拿马草帽或者带有条纹的休闲西装打破了黑色外套和硬帽的单调。

双胞胎穿着同样的蓝色哔叽套装。

在药房的外面,一些流浪儿正在向一位比利时难民吹着玩具枪。

那个男人挥舞着他的拳头。

本杰明怀疑出现在公众面前是否理智,他偷偷摸摸地不让人看见——但没什么用,因为刘易斯用胳膊挤着向前,到处寻找着罗茜·法菲尔德。看见克里普警官从人群里挣脱出来逼近他们,兄弟俩都想躲起来。

"哈!哈!琼斯双胞胎!"他用低沉的声音说。他擦了擦眉毛上的汗,抓着刘易斯的肩膀问:"你们两个谁是本杰明?"

"我是。"刘易斯说。

"不要想从我的手心里溜走,臭小子!"警察哈哈大笑,把男孩往他的银色纽扣上按。"很高兴看见你又健康又开心！不再生气了吧，嗯？赫里福德的那群小流氓！"

附近，阿克赖特先生在跟一位妇女辅助军团官员进行深入交谈——一位穿着咔叽衣服的气势汹汹的妇女，正在抱怨游行队伍的秩序："不，阿克赖特先生！我不是想要超过红十字会的护士们。我只是想强调武装部队的统一性……"

"看见那两个吗？"法务官打断说，"逃兵！我在想他们怎么敢露脸！有些人确实厚颜无耻……！"

"不，"她毫不在意，"我的姑娘们要么走在战士们后面，要么在他们前面……但是他们必须一起行进！"

"行！"他满怀疑虑地说，"但是我们的赞助人——比克顿夫人，作为鲁伦红十字会的头——"

"阿克赖特先生，你没听清楚要点。我——"

"请原谅！"他看见一位老兵支着拐杖靠在国教教堂院子的墙上。"罗克渡口的幸存者！"他喃喃自语道，"我们必须致敬……"

幸存者是准尉副官戈斯林，他是一位在当地受欢迎的人物，经常在这样的场合出来呼吸一下空气。他穿着南部威尔士边境居民统一的鲜红裙子。

阿克赖特先生向着老兵挤过去，垂下胡子对着他的耳朵讲了一些关于"佛兰德斯战场"的陈词滥调。

"嗯？"

"我说，'佛兰德斯战场'。"

"是的，想象一下给他们一个战场来作战！"

"老笨蛋。"他压低嗓音嘀咕着，在妇女辅助军团官员后面溜走了。

与此同时，刘易斯·琼斯正在问任何一个人："你有没有看见罗茜·法菲尔德？"到处都找不到她。有一次，他以为挽着水手手臂的是她，但是转过身来的女孩是"山毛榉"——茜茜·潘托尔。

"是你，琼斯先生。"她用一种吃惊的语气说，而他的眼睛却看着她同伴那斗牛犬似的下巴。在十二点二十分的时候，阿克赖特先生用他的口哨吹了三下，人群欢呼了起来，行军队伍沿着简易道路出发去勒金霍普。

队伍的前面是唱诗班歌手、童子军和向导，以及"务工男孩之家"的室友。接下来是消防队员、火车工人、肩上扛着锄头的农场女工①、昂着头举着米字旗打扮成海盗模样的运送军火的女孩。共济会也派出一个小代表团；红十字会的领导一边举着伊迪丝·卡维尔护士手工绣的旗帜，一边抱着她的狗。妇女辅助军团跟在后面——经过一番激烈的口角后最终确定了她们在行军队伍中的正确位置。接着过来的是铜管乐队和"光荣战士"。

一辆敞开的游览车带来了最后的队伍，它的座位上挤满了领抚恤金的人员和伤病员，他们中有一打的人穿着蓝色套装，戴着鲜红色领带，冲着人群挥舞着他们的拐杖。一些人的眼睛上戴着眼罩。有些人的眉毛或者眼睑没有了；有些人的胳膊或者腿没有了。在车子慢慢开向城堡大街的时候，观众拥上前。

他们肩并肩来到了比克顿纪念碑，这时有人冲着阿克赖特

---

① 战时替当兵男子干农活的妇女。

先生的耳朵喊:"那个炮兵下士在哪里?"

"噢,上帝,怎么办呢?"他大发雷霆,"他们把炮兵下士给忘了!"

话还没说完,就看见两个戴着流苏帽的男生冲着国教教堂的方向跑去了。两分钟过后,他们跑了回来,飞速推来了一辆装着轮子的柳条椅,上面坐着一个穿着制服的驼背。

"给炮兵下士让让路!"其中一个喊道。

"给炮兵下士让让路!"人群为鲁伦英雄分开了——他曾在帕斯尚尔救了他的指挥官。军功章挂在他的紧身制服上。

"炮兵下士万岁!"

他的嘴唇是紫色的,苍白的脸像鼓皮一样紧绷着。一些孩子用五彩纸屑撒向他,他的眼睛惊恐地转动着。

"呵!呵!"当他试图从柳条椅上滑下来的时候,他的喉咙里发出一阵海绵似的呼呼声。

"可怜的老兄!"本杰明听到有人说,"还以为残酷的战争没有结束呢。"

一点过后没多久,行军的带头者看见了庄园北门房上的石狮子。

比克顿夫人原来计划在餐厅进行午宴。因为遭到了男管家的抗议,她把午宴移到了废弃的室内花式骑术学校——为了在战争期间节省开支,上校不再饲养阿拉伯马。

她还计划和全家以及全体工作人员一起出席,但是弗农·默里准将当天晚上要开车回盎伯斯莱德;同时,他也是一个不愿意浪费一天的时间在老百姓头上的人。

但这仍然是一场盛大的宴会。

两只搁板桌上铺着闪闪发亮的白色锦缎,占满了这个地方的整个长度;在每一套餐具的边上都放着一束香豌豆、一碟巧克力和让牙齿芳香的埃尔瓦斯梅子。表面坑坑洼洼的啤酒杯里装满了芹菜;还有蛋黄酱、一罐罐的腌菜、一瓶瓶的番茄酱;大约每隔一码都堆满了橘子和苹果。第三张桌子,因为放满了自助餐而被压得弯了下来,边上站满了许多志愿者,帮着切食物或者提供服务。在两只火腿的胫骨上包着干净的纸边。有一卷卷加了香料的牛肉、一只冷的烤火鸡、猪肉香肠、猪头肉、猪肉派和三条瓦伊鲑鱼——每一条都搁在生菜心铺成的底上,底边还贴着黄瓜片。

为炮兵下士预留了一罐小牛脚肉冻。

沿着黑色的墙挂着阿拉伯种马的图片——哈桑、穆赫塔尔、马哈茂德、奥马尔,那些曾是勒金霍普种马的骄傲。在它们的上面挂着一面旗帜,上面用红字写着:"感谢男孩子们!"

"拿着一罐罐麦芽啤酒和苹果酒的女孩子们"不断斟满英雄们的酒杯;欢声笑语一直传到湖边。

刘易斯和本杰明在赈济处喝了一碗咖喱肉汤后在灌木丛中闲逛,时不时地停下来跟野餐者说话。天气正在变凉。披着披肩的女人瑟瑟发抖,眼看着墨黑的云朵在黑山上堆积起来。

刘易斯发现其中一位园丁,问他是否看见过罗茜·法菲尔德。

"罗茜?"那个男人抓了抓他的头皮,"她正在上午餐,我想。"

刘易斯重新回到花式骑术学校,从不断拥向双重门的人群中挤进去。演说正要开始。雕花玻璃酒瓶里的酒正在飞快地被喝完。

在餐桌中央的地方,阿克赖特先生已经向缺席的比克顿全家致敬,并准备开始他的演讲。

"既然剑已经回到剑鞘,"他开始说,"我在想有多少人会回忆起一九一四年那些阳光灿烂的夏日,当一块跟一个男人的手掌差不多大的乌云出现在欧洲的政治天空的时候——"

听到"乌云"这个词,有几个人抬起头向上看着天窗,一分钟前还有阳光从那里投射进来。

"一朵乌云逐渐将死亡和毁灭倾泻在差不多整个欧洲大陆,并且蔓延到了地球的四个角落……"

"我要回家了。"本杰明捅了捅他的哥哥。

一位军官——来自赫里福德兵营的施暴者,坐着从一团烟雾中用充满挑逗的目光看着他。

刘易斯小声说:"还不行!"这时,阿克赖特先生把他的嗓音提高到了发颤的男中音。

"一个巨大的军事力量从中诞生,忘记了尊重弱小国家边界的誓言,撕裂了比利时……"

"那些比利时人去哪里了?"一个声音冒了出来。

"……烧毁它的城市、小镇、村庄,屠杀它英勇的居民……"

"他们没能杀死他!"——有人把一个难民推到了前面,他戴着他的贝雷帽,迷迷糊糊地站着打着哈欠。

"好样的比利时人!"

"但是入侵者从来都没有想到公平和荣誉是英国人的特性……英国人正义的力量打破了他们的平衡……"

那个军官的眼睛眯了起来，变成了两条充满危险的裂缝。

"我走了。"本杰明说，朝着门挤过去。

演说者清了清喉咙继续道："这不是一个让老百姓来寻找事件的踪迹的地方。也不用提及那些光荣的少数人——远征军，他们投身于跟如此残忍的敌人的斗争，那些敌人的生命的意义就是研究死亡……"

阿克赖特先生从他的眼镜里看了一下，来确认他的听众能充分理解他的俏皮话。一排排空洞的脸孔使他确信他们并没有。他继续看着他的笔记：

"也不用提及基奇纳勋爵的号角声——召唤着男人和更多的男人……"

一位穿着灰色衣服的女服务生，手里拿着一罐苹果酒，就站在刘易斯旁边。他问她是否看见过罗茜·法菲尔德。

"没有。整个上午，"她悄悄地回答，"她可能跟雷吉先生出去了。"

"噢！"

"也不用记录那些失望——在那些漫长得好像一年一样的月份中仍然找不到敌人盔甲上的裂缝……"

"说得好！说得好！"那个军官说道。

"这个房间的每一位都会回忆起战争的魔鬼是如何吞噬我们最有前途的男士，而这个恶魔还在继续猖狂……"

最后的话语很显然激起了军官的幻想。他笑得浑身发颤，吐出了他的口香糖，继续盯着本杰明。一阵雷声使山摇地动。雨珠密密麻麻地砸在天窗上，野餐者向门口拥来，把双胞胎推到离演说者不足一英尺的地方。

阿克赖特先生没有受到暴风雨的影响，继续道："男人们和更多的男人们受到召唤；同时，潜艇海盗用饥饿威胁着那些留在家里的人的命运……"

"怎么会是他？"旁边的一位妇女嘀咕说，她一定彻底了解法务官的黑色交易。

"嘘！"——那位妇女不作声了；因为他显然进入了尾声："所以最终正义和公平胜利了，在上帝的帮助下，一个奸诈冷酷的敌人现在已经被打倒了。"

雨点狠狠地拍打在屋顶上。他对大家的鼓掌表示感谢；但是他并没有结束："在这个光荣的圆满结局中，所有今天出席的都扮演了可敬的角色。或者我应该说，"他摘掉他的眼镜并且冷冷地盯着双胞胎，补充道，"几乎所有在这里出现的？"

一瞬间，本杰明看到了发生的情况，他抓住他哥哥的手腕，开始向门口挤去。阿克赖特先生看见他们离开，转而开始那个关于建立战争纪念碑基金的较为难办的话题。

双胞胎站在黎巴嫩雪松下面，就他们两个，站在雨中。

"我们不应该来。"本杰明说。

他们站着躲雨直到雨停止。本杰明还想离开，但是刘易斯犹豫不决，最终，他们决定留下来等狂欢游行。

在四天的时间里，阿克赖特先生和他的委员会"竭尽全力"

准备下午活动的地方。跨栏被竖了起来,草坪拉上白线,在终点的柱子前,一个帆布遮阳棚遮住了讲台以防阳光或者阵雨。为英雄们和领取抚恤金的准备好了花园的凳子;其他人不得不坐在他们能够坐下的地方。

太阳断断续续地从一团混乱的云团中射下来。田野的远端,在一丛巨杉边上,狂欢活动的参与者正在为彩车做最后的收尾工作。阿克赖特先生焦急地看看手表又看看空中的云朵,然后再看看意大利花园的门。

"我真希望他们能来。"他烦躁不安地说,心里头在想到底是什么绊住了比克顿一家。

为了让自己分心,他四处奔忙:吹着口哨,护送领抚恤金的人,还卖弄着把炮兵下士的轮椅推到光荣席上。

最终,门打开了,参加午宴的人们从一个植物造型的缺口处涌现,就像一群展览会上的动物奖品一样。

人群为比克顿夫人让开了路,她穿着红十字制服走在人群前头。看见琼斯双胞胎,她停下来说:"替我向你们的母亲表达我的爱意。我希望她能来看我。"

她的丈夫靠在弗农·默里女士的手臂上一瘸一拐地走在一边。弗农·默里夫人是一位体格健壮的女人,她帽子上的天堂鸟羽饰向下弯曲,抚弄着她的嘴角。一条雾蓝色的巴厘纱长裙遮住了她的脚踝,她看上去非常恼火。准将身形高大、紫色肌肤,被抛光过的棕色皮背带兜着。一些当地的乡绅跟在后头。走在队伍最后的是穿着紫色衣服的比克顿家族的战争寡妇——南希夫人。一位从伦敦来的年轻人跟她在一起。

她正走到讲台的一半,这时她停了下来皱着眉喊:"雷——吉!雷——吉!"她结结巴巴叫着。"喂——,他去了哪——哪里?他———秒钟之前还在这里。"

"来了!"一个声音从植物孔雀造型后面回答道,一个颇为年轻的男人,穿着便西装和白色裤子,拄着拐杖出现在空地上。他的左腿从膝盖那里就没有了。

在他的身旁,像一只喜鹊背靠着常青树一样引人注意的是一位穿着女仆制服的女孩,她的肩膀上点缀着荷叶边。

那是罗茜·法菲尔德。

"我告诉过你。"刘易斯说,而本杰明开始颤抖了。

双胞胎向讲台挪去。在那里,阿克赖特先生作为庆典主持,有权力护送贵宾来到他们的坐席。

"我相信我们会很开心。"当他把靠背椅推到她的臀部时弗农·默里夫人说道。

"当然可以,夫人!"他回答道:"我们在节目单上有娱乐集锦。"

"嗯,该死的,真冷。"她愠怒地说着。

雷吉选了一只台上最左边的椅子,罗茜站在他的下方。他用鞋子尖挠她的脊背。

"女士们、先生们,"阿克赖特先生成功地让人群安静了下来,"请允许我来介绍我们杰出的来宾们——维米岭战役的英雄,以及他的夫人……"

"天哪,真是讨厌。"当准将对欢呼声表示感谢的时候夫人说道。

他正准备张开他的嘴巴,两个马夫冲向前,手里拿着德国皇帝和鲁普雷希特王子的雕像——嘴巴被塞住、绑在一对厨房的椅子上。在皇帝的头盔顶上有一只塞满东西的金丝雀,涂着金黄色的油漆。

准将瞪着敌人,眼里带着一丝嘲弄的恶意。

"女士们、先生们,"他说,"国王的战士们,以及你们两个可怜的人类标本,我们等下将会很高兴把你们扔到篝火里……"

又一轮的欢呼声响起。

"好吧,银肃点银肃点……"准将举起了一只手就像谈到了严肃的事情,"这是一个值得近住的日子。一个将会载入史册的日子……"

"我想我们说过不要演讲。"比克顿夫人转向法务官冷冷地说道。

"不幸的是,今天这里有人会认为他们不能跟我们一起欢落是因为他们失去了一个最爱的人。好吧,我要告诉他们的是:整个事情已经过去了,跟我们代家一起欢落吧。近住,你们的丈夫或者父亲,欣弟或者爱人都死于正义的事业……"

这一次的掌声有点微弱。比克顿夫人咬着自己的嘴唇,盯着山看。她的脸蛋跟她的护士帽一样的白。

"我……我……"准将对他的话题更加热忱,"我可以说自己是其中幸运的一个。当时我在维米。我在韦帕斯。我在帕西黛尔。我目睹了令人惊骇的毒气弹……"

所有的眼睛都转向五位毒气受害者,他们并排坐在一条长凳上,咳嗽着、喘息着,就像为显示战争的恐怖而设立的展览。

"我们的条件相当困难。好多天都不能换衣服,甚至好几个星期都不能洗澡。我们的伤员,尤其是炮手,真是相当苦怕……"

"我真是受不了。"比克顿夫人喃喃自语,用手遮住了自己的脸。

"我经常回想起我受伤住院的日子。我们在维米斯附近经历了一场绝对的大屠杀。于是我们刚好在拉里聊了一会儿……结果出来一首诗一样的东西。嗯,他匆匆写下几句,我想给你们陈复一下。在那个时候,无论如何,它给了我莫大的安慰:

假如我死去,请这样想起我:
在一个木生田野的某个角落
那是永远的英格兰。"

"可怜的鲁珀特,"比克顿夫人向她的丈夫靠过去,"他在九泉之下都不会安宁。"

"天哪,这个人真是令人厌烦!"

"我们怎么才能让他闭嘴?"

"我们亲爱的国家的未来在哪里呢?"准将掉转了方向,"或者应该说我们亲爱的郡?我们剖切需要的不仅仅是让这些岛上的人吃饱饭,还要出口我们的纯种马到我们海外的伙伴那里。现在我已看到赫尼福德牛遍布整个地球。的确,无楞哪里你看见白人,你就会看见白脸的品整。我知道你们一定是为勒金霍普的赫尼福德牛感到非常骄闹……"

"假如那样的话真该死。"上校满脸通红地说。

"但是对于我来说,这一直是个尼,为什么,当一个人环顾乡称的时候,他就会看见太多的立质动物……恨血的……患病的……畸形的……"

坐在硬的长凳上的伤病员们已经痛苦万分,看上去非常恼火和坐立不安。

"前进的唯一方式就是永远消灭二牛动物。现在在阿根廷和澳大尼亚……"

比克顿夫人无助地四处扫视;最后,还是阿克赖特先生拯救了这一天。该是狂欢游行的时候了。另一场暴风雨,它的颜色就像黑葡萄一样,正在山上酝酿形成。

他鼓起勇气在弗农·默里夫人的耳旁悄悄地说。她点点头,拉拉她老公的后摆说:"亨利!时间已经到了!"

"什么,亲爱的?"

"时间已经到了!"

因此他匆匆跟听众道再见,并表示希望能在猎场上跟他们碰面,而后坐下了。

议程表上的另一项进程是由夫人颁奖,授予"每一个从这些战场上回来的"一只银香烟盒。当她从台阶上走下来的时候,迎接她的是隆重的欢呼声。她拿出炮兵下士的给他,这时从柳条椅里伸出一只像爪子一样的手,抓住了它。

"呵!呵!"发出同样海绵似的呼呼声。

"噢,这太残忍了。"比克顿夫人吸了一口气说。

"女士们、先生们,"阿克赖特先生冲着扩音器大叫,"我们现在来到了下午的精彩部分:给狂欢彩车评分。我来介绍第一辆……"他查看了一下他的节目单,"勒金霍普马夫,他们选择的主题是——'恩图曼之战'!"

一队前面是白色的驮马进入了眼帘,它们拖着一辆干草运货车,上面是一幅"活人画":中间是基奇纳勋爵,边上是一圈种在盆里的棕榈树,以及半打小伙子:有些用豹皮围着他们的肚子,有些穿着内裤。他们浑身涂着油烟,挥舞着矛和细木柄标枪,大喊大叫地敲着桶子鼓。

旁观者大喊大叫,扔着纸飞镖,罗克漂流战役中的幸存者摇动着他的拐杖。"让我用桑搏术击倒他们!"当运货马车被拉走的时候,他大声尖叫道。

第二辆马车过来了,是"罗宾汉和他的快乐伙伴们"。接着过来的是"领土",来自弗罗根德的贝塞尔小姐代表大不列颠;和第四辆——"务工男孩的皮埃罗剧团"。

男孩子们在钢琴演奏的拉格泰姆旋律的伴奏下唱歌,当他们把"德国香肠"和"腹中大肠"放在一起押韵的时候,突然有种恐怖的沉默——除了雷吉·比克顿咯咯的笑声,他一直笑一直笑,几乎都停不下来了。罗茜为了不让别人看见她的窃笑,把脸埋在她的围裙里。

与此同时,刘易斯·琼斯正在靠近她。他吹着口哨吸引她的注意力,她直勾勾地盯着他,微笑着。

倒数第二个展示的是"卢埃林王子的死",一小撮威尔士民族主义者开始歌唱。

"好了,先生们!"阿克赖特先生大喊,"适可而止吧。谢谢你们!"接着一阵欢呼声,每个人都站了起来。

男人们吹着口哨。女人们伸长了脖子给出了友好的评价:"她真是可爱极了!……真可爱!……哎哟,看看那些小天鹅!……那些小亲亲!……真是太甜美了!……哎呀,这是茜……快看!这是我们的茜茜……哈!哈!她真是太——漂亮了!"

"山毛榉茜茜·潘托尔小姐,"阿克赖特先生用一种兴高采烈的语调继续说道,"她屈尊来为我们带来荣耀——扮演'和平'。女士们、先生们!我给你们……'和平'!"

流畅的白色厚棉布遮住了马车的地板和边框。月桂做的幔头从轮毂上挂了下来;四个角落里都放着一盆盆的马蹄莲。

在宝座的边上围着一群天使,宝座上面坐着一位高大的金发女郎,身穿雪白的短裙。她拿着一只柳条笼子,笼子里装着一只白色的扇尾鸽。她的头发像羊毛一样披到肩膀上,她的牙齿因为寒冷而打着颤。

女士们抬头看看已经在黑山上倾泄下来的雨柱,急急忙忙地跑向最近的雨伞。

"走吧。"本杰明说。

跟弗农·默里夫人进行了简短的交流后,阿克赖特先生匆匆宣布了事先准备好的结论:山毛榉茜茜·潘托尔小姐成为获胜者。他骄傲的父亲接着让他的马队组成一个圆圈,这样茜茜可以走上讲台领奖。

由于受到掌声和雷声的惊吓,和平鸽惊慌失措,对着笼子里的横条扑打着翅膀。羽毛飘了起来,在风中飞舞,落到了罗茜·法菲尔德的脚边。她弯下腰捡起了两片。她红着脸微笑着,挑逗地站在刘易斯·琼斯的面前。

"想不到你来了!"她说,"我给你一个礼物。"她把其中一片羽毛递给了他。

"谢谢你。"他说,带着一丝疑惑的微笑。他在他的弟弟阻止他之前拿了那片羽毛——他从来都没有听说过"白色羽毛"的说法。

"逃兵!"她嘲笑道。雷吉·比克顿笑了,围着她的一群士兵也爆发出了一阵大笑。军官也和他们在一起。刘易斯扔了那片羽毛,雨开始下了。

"运动会将被推迟。"服务官冲着扩音器大喊,这时人群已经打乱阵形跑向最近的树木。

刘易斯和本杰明蹲在一些杜鹃花下面,雨水沿他们的脖子淌下。雨停的时候,他们偷偷地移向灌木丛的边上,向外走到了马车旁。四五个军队的粗汉拦住了他们。他们全都浑身湿透,醉醺醺的。

"在赫里福德的拳头要软一点,不是吗,哥儿们?"军官冲刘易斯挥了一拳,他弯下腰躲闪。

"快跑!"他大喊,双胞胎又跑回灌木丛。但是道路很滑,刘易斯踩到了一块树根上,重重地摔倒在泥土里。军官压在他身上,把他的手臂拧了起来。

另一个士兵大喊:"把他们流血的鼻子摁在泥浆里。"本杰明在膝盖后面踢他,士兵也摔倒了。接着他周围的世界都旋转了,然后他听到一个嘲笑的声音说:"呀!就这样炖了他们!"

接着又只剩下他们了,眼睛红肿着,嘴唇上流着血。

那天晚上,爬上切夫尼山的山峰,他们看见篝火在阿姆布里农场熊熊燃烧,另一堆篝火在克利山点燃。遥远的地方有非常微弱的亮光在闪耀(那是马莱文斯)——就像它们在"无敌舰队"时代那样闪耀着。

那个炮兵下士没有活过庆祝活动。在清理园子里的垃圾的时候,一位庄园的工人发现他躺在那只带轮子的柳条椅里。在冲向躲雨地方的时候,没有人会记着他。他停止了呼吸。当那个男人企图撬开他的手指的时候,他惊讶地发现他居然把那个银香烟盒抓得那么紧。

二十五

"岩石"吉姆在南安普敦溺湾的驻军医院里度过了这个伟大的日子。

作为一名在南威尔士边疆卫士部队的赶骡人,他在伊普尔的第一场和第二场战役中存活了下来,接着是索姆河会战。他在战争中连一丝抓痕都没留下,直到最后一个星期,两片弹片击中了他的膝盖骨。随之而来的是败血症,医生曾一度考虑给他截肢。

在经历了长达数月的治疗回家后,他的双腿还是摇摇晃晃;他的脸上满是黑色的斑点,他的身体似乎要断裂。

吉姆很爱他的骡,给它们治疗结膜炎和兽疥癣;当它们掉进泥潭、球节陷在里面的时候,他把它们从里头拉出来。他从来都不打死一只受伤的骡子,直到它没有一丝希望为止。

看见死了的骡子令他比看见死了的人还要苦恼。"我看到它们。"他会在酒吧里说,"沿着公路高高地堆着,发出可怕的恶臭。可怜的家伙,真希望它们不要受到伤害!"

他最恨的是骡子吸入毒气。在一场毒气战中,他活了下来,但是他的整个骡子队伍死了——这令他异常恼火。他踏步走到他的中尉那里,闷闷不乐地敬了个礼脱口而出:"为什么我有防毒面罩而我的骡子却没有呢?"

这样的逻辑思维给中尉留下了很深的印象,他给将军打了个报告。将军看了后并没有忽略,而是寄回了一封赞扬信。

到了一九一八年,大多数英国的部队都为他们的马和骡装备了防毒面罩,而德国人却继续损失着他们的供给。虽然没有军队历史会表彰"岩石"吉姆发明的马类面罩,他却坚持认为没有他就不会赢得这场战争。

因此,无论何时来到另一个场合——在鲁伦的红龙、在勒金霍普的巴努特树或者在上布雷克法的牧羊人之家,他都会大胆地盯着和他一起喝酒的伙伴说:"喂,再给我们一品脱。我赢了战争,是我!"当他们嘲笑着说:"滚蛋吧,你这个捣蛋鬼。"他会在他的口袋里找出将军的信或者他自己跟两头骡的照片——三个家伙都戴着防毒面罩。

吉姆的姐姐埃塞尔为他和他闪亮的奖章感到无比自豪,并说他需要"好好地修养一下"。

她长成了一个骨架很大的强壮女人,穿着一件以前部队里的大衣拖着脚步走着,从她浓密的眉毛下面盯着这个世界看。"没有关系,"假如吉姆不愿继续做事情,她会说,"我会自己完成它。"当他骑马去酒吧的时候,一抹平静的微笑会展现在她的脸上。"这个吉姆!"她会说,"他喜欢风景的样子真是令人赞叹。"

阿姬也宠爱吉姆,把他看成从坟墓里爬出来的人。但是"棺材"汤姆——现在是个满脸皱纹、胡子拉碴的男人,总是眼睛发亮地瞪着,恨这个小伙子自愿参军,更恨他回来。看见这个战争英雄晒太阳,他会用一种嘶哑可怕的声音吼叫:"我警告过你。我警告过你。这是你最后一次机会。去干活,否则的话我会打你。我会打得你长瘤,你这个一无是处的懒汉!我会揍扁你那张胖脸……"

有天傍晚,他骂吉姆偷了一个马嚼子,打他的脸就像打铃鼓一样。这时阿姬虎视眈眈地说:"得了。我已经受够了。"

晚饭时间,她丈夫发现门闩背对着他。他嘭地关上了门,但门是硬橡木的,他痛得抚摸着自己的关节。午夜时分,他们听见一阵可怕的嘶鸣从牲畜屋里传来。早晨,他走了;吉姆的母马死了,一根钉子穿过了它的头盖骨。

接下来关于那个老人的新闻就是:他跟一个农民的寡妇一起住在艾森谷,她怀上了他的孩子。人们传说他在给她死去的丈夫送棺材的时候给她"安上了魔鬼的凝视"。没有卖棺材的收入,阿姬不再有钱来维护"漂亮的房子",在四处找寻生活来源之后,突然想到收养弃婴这个办法。

第一个她"拯救"的孩子是个叫萨拉的女孩,她的母亲是布林纳里安磨坊主的老婆,被一个临时剪羊毛工诱奸。磨坊主不愿在他的屋里养活这个小孩,但是提供两个英镑供她开销。

这个安排为阿姬带来至少一英镑的利润,凭借此项收入,她又收养了两个私生子:布伦达和莉齐。通过这种方法,维持着她的生活标准。茶叶罐是满的。他们一周吃一次腌羊肉。她买了块新的亚麻桌布,一罐菠萝干骄傲地摆在星期日茶桌上。

至于吉姆,他在他的女眷面前作威作福,逃避工作,坐在山边对着野鸰鸟和麦翁鸟吹便士笛。

他不喜欢看见任何生物痛苦,假如他发现一只兔子掉进了陷阱里,或者一只海鸥翅膀破了,他会把它们带回家,用绷带绑好伤口，或者用嫩树枝做的夹板固定翅膀。有时候会有好几只小鸟和动物在炉火边上的盒子里，身上化脓了。当其中一只死掉的时候，他会说："可怜的伙计！我来挖个洞把它埋在地里。"

好几年他都喋喋不休地讲着战争，还习惯溜到幻影农场去恐吓琼斯双胞胎。

有一天太阳下山的时候，吉姆一拐一拐地走到幻影农场，开始他日常的义愤填膺的谴责，他们正戴着袖套用大镰刀割草。"我在跟你们说坦克！'砰！'……'砰！'"双胞胎继续割草，偶尔弯下腰磨刀刃，这时一只苍蝇飞进了本杰明的嘴巴，他吐了出来。"啊！他们吃苍蝇！"

他们根本不理吉姆，吉姆最后勃然大怒："你？你参加了一会儿的战争。而你待在农场里！而我呢……只有我才在战争中活了下来！"

自从和平庆祝会那一天后，双胞胎的世界缩小到了几个平方英里以内，仅限于一边到位于马埃斯费林的公理会教堂，另一边到黑山——鲁伦和勒金霍普都成了敌人的领土。

就像要重新找回早期孩童时代的纯真，他们故意跟摩登时代渐行渐远，虽然邻居们都开始在新的农业机械上投资，他们说服父亲不要浪费他的钱。

他们把粪铲到田野上。他们用编制的篮子的边沿播种。他们用旧的割捆机、旧的单行犁，甚至用连枷脱粒。然而，就连阿莫斯都不得不承认，树篱比从前都要整齐，草比从前都要绿，牲畜们比从前都要健康。农场甚至赚钱了。他所做的仅仅是到银行里让银行经理在柜台边忙进忙出,然后握握手而已。

刘易斯仅有的奢侈就是订阅《世界新闻》,在星期天的午饭后,他会快速翻阅它,然后剪下一条关于空难的新闻贴在他的剪贴簿中。

"说真的,"玛丽假装抗议,"你怎么会有这么一个病态的爱好!"虽然儿子们仅有二十二岁,他们的行为就像乖戾的老光棍汉。但是她的女儿令她更为担心。

好些年头里,丽贝卡都享受着她父亲的溺爱,现在他们却很少说话。她会偷偷溜到鲁伦,回家时满嘴烟味,嘴巴周围还有擦掉的胭脂的痕迹。她从阿莫斯的手提保险箱里偷钱。他叫她"荡妇",玛丽对于如何拉拢他们俩深感绝望。

为了让她走出家门,玛丽为她找了一份在老阿尔比恩布料店做销售的工作(那个店因为战后的亲法情结而改名为"巴黎屋")。丽贝卡租住在店的阁楼里,只在周末回家。星期六的下午,当双胞胎在清洗奶桶时,他们听到从厨房里传来了一阵可怕的斥责和尖叫声。

丽贝卡承认自己怀孕了——更为糟糕的是,那个男人是个爱尔兰苦力,一个天主教徒,在铁路上工作。她带着一片受伤的嘴唇和十五个金镑离开了,她狡诈的微笑和冷静的行为令所有人都感到惊讶。

"这是她能从我这里得到的一切。"阿莫斯雷霆大怒。

他们再也没有收到她的来信。她从卡迪夫寄给她的旧雇主的一张明信片上写着生了个女孩。玛丽乘火车去看她的外孙女,但是女房东说夫妇俩移民到美国去了,然后当着她的面砰地关上了门。

自从她消失后,阿莫斯一直都没有恢复过来。他在睡梦中一直喊着"丽贝卡"。带状疱疹使他几乎发疯。接着,雪上加霜的是,租金又涨了。

比克顿一家陷入了经济危机。

他们的受托者在俄罗斯债券上赔了一大笔。他们的种马场试验失败,无法偿还投资款。绘画大师的作品也卖得不好。当上校的律师们提到规避遗产税的时候,他火冒三丈地说:"不要跟我说遗产税!我还没死呢!"

他新的代理人送来一封印刷信函,通知所有的佃户来年租金要大涨——对阿莫斯来说真是糟糕,他还想买一些土地呢。

即使是在他最恼火的时候,阿莫斯都想着两个儿子都要结婚,并且继续耕种;但是因为幻影农场养不活两个家庭,他们需要额外的土地。

几年来,他都盯着小丘农场——三十三英亩的一小块耕地,坐落在一圈山毛榉里面,在离鲁伦小巷半英里的高地上。主人是一位隐居者——据说是一位被免去圣职的牧师,他独自一人生活,勤于学问却邋里邋遢。直到一个下雪的早晨,"岩石"埃塞尔看不到他的烟囱冒烟,发现他四肢摊开躺在花园里,手里拿着一朵圣诞玫瑰。

去咨询后,阿莫斯被告知那个地方将公开拍卖。接着,一个星期四的傍晚,他把刘易斯拉到一边酸溜溜地说:

"你的老朋友罗茜·法菲尔德搬到了小丘农场。"

二十六

在勒金霍普工作的时候，罗茜的一项工作是把洗澡水端到楼上雷吉·比克顿的卧室。

这个地方很少允许有人进入，它位于西塔，是个完美的单身汉窝。墙上贴着深蓝色的壁纸。织锦窗帘和床幔是绿色的，上面有纹章兽图案。有印花棉布套着的椅子和褥榻；地毯是波斯的，在壁炉前面放着一块北极熊皮的垫子。壁炉台上面有一只仿金铜钟，钟边上装饰着卡斯托耳和波吕克斯[①]。大多数的画作是东方主题：集市、清真寺、骆驼大篷车以及住在格子屋里的妇人。他在伊顿的照片上有一队队年轻的运动员，脸上挂着冷静的微笑；傍晚的太阳从弄脏的玻璃圆片中透过，在镜框上留下一点点血红的光线。

罗茜会摊开浴垫，搭一块浴巾在椅子上，摆好香皂和海绵块。接着，在水中插入温度计——确保不会烫伤年轻主人的残肢，他不叫她的话她会偷偷溜走。

大多数晚上，他会松散地裹着一件黄色真丝睡袍躺在褥榻上，有时候假装阅读，或者用他可以写字的手潦草地记笔记。他从他的眼角注视着她的每一个动作。

[①] 即双子星座。

"谢谢你，罗茜。"当她转动门把手的时候他会说，"呃……呃……罗茜！"

"是的，先生！"她会站着，几乎采取立正姿势，推开一半的门。

"不！没关系！没什么重要的！"——接着，当门在她身后关上的时候，他会伸手去拿他的拐杖。

有天傍晚，把衣服褪到腰这里，他让她扶他进水。

"我不能。"她喘着气，冲到走廊里安全的地方。

一九一四年，雷吉去参加战争，他的脑子里满是关于对姓氏和国家义务的骑士精神。他回来时已经瘸了，发际线退缩了，右手的三根手指丢了，变成了双眼朦胧、偷偷喝酒的酒鬼。一开始，他对他受的伤采取的是上流社会的坚忍态度。到了一九一九年，第一浪的同情已经消耗殆尽，他变成了一个"典型案例"。

他的未婚妻跟他最好的朋友结婚了。其他的朋友发现威尔士边界太远，从伦敦经常造访很不方便。他最喜欢的妹妹——伊索贝尔结婚了，去了印度。他被留在这个巨大的阴森森的房子里，跟他那经常吵架的父母以及那个忧伤的、口吃的南希住在一起。南希在他身上倾注了并不受欢迎的钟爱。

他试着写一本关于他的战争经历的小说。写作的重压使他疲倦——在用左手匆匆写了二十分钟后，他会盯着窗外看，看着草坪、雨水和山峦。他渴望到一个热带国家去生活，也渴望一大杯威士忌。

一个五月的周末，房子里都是客人，罗茜正在下人厅里吃着晚饭,这时三号卧室的铃响了;她已经给他端好了洗澡水。

她敲了敲门。

"进来。"

他躺在褥榻上,已经为晚餐穿戴好一半了,正在用他受伤的手将一个金饰扣摁到衬衫上。

"这里,罗茜,我想你能否帮我一把?"

她的大拇指碰到了饰扣的后面,当她刚要把它摁过上过浆的洞口时,他抓住了她,令她失去了平衡,他把她拉到了他身上。

她挣扎着,把他推开并退得很远。一阵红晕爬上了她的脖子,她结结巴巴地说:"我不是有意的。"

"但是我是,罗茜。"他坚定地表达着他的爱。

他以前也调戏过她。她说他这么戏弄她是卑鄙的。

"但是我不是戏弄你。"他充满绝望地说。

她看到他的认真,但是她砰地关上门出去了。

整个星期天,她假装生病。周一,当家庭聚会结束的时候,他使尽浑身解数向她道歉。

他用向她描述所有客人的私生活的方式逗乐她。他提到去地中海和希腊的岛屿旅行。他给她小说,她就着蜡烛阅读。她喜欢壁炉台上的钟。

"他们是天堂的双胞胎,"他说,"拿着它,这是礼物。这里所有的东西都是你的。"

另一个星期她在海湾抱住了他。他怀疑有情敌。他因为她的拒绝而发疯,他向她求婚。

"哦!"

她平静地、慢慢地走向铅框窗户,看向外面修剪好灌木以及后面的林地。一只孔雀在尖声高叫。在她的想象中,她看见管家为她拿来早餐托盘;深夜,她滑进被单里。

从那以后,他们设立了一个常规的骗局。早上五点——在整个房子醒来之前,她必须得离开他,她觉得那真是令人羞辱。当谣言开始的时候,他们须得更加小心。一天晚上,当南希教训他让他停止的时候,她不得不躲在衣柜里。

"说真——的,雷——吉!"她抗议道,"这是村里的丑——丑——闻!"

罗茜强迫他告诉他的父母亲。他发誓等和平庆祝活动过后就说。过了一个月。等到她月经没来后他才意识到事情的麻烦。

"我会告诉他们的,"他说,"明天,早饭后。"

三天后,他的母亲去了法国南部,而他却说:"请,请,请,请你再给我一点点时间好吗?"

庄园里的树叶变黄了,运动员们从伦敦过来住在庄园里。在打野鸡活动的第二个星期六,管家叫她将上校聚会的野餐食物拿到鞣皮小屋旁边的树林边。一个马夫将她和篮子穿过庄园送回来。她看见一辆蓝色的汽车飞速开到西边的门房。

雷吉整理好了他的衣物,到国外去了。

她没有哭泣。她没有崩溃。她甚至都没有感到很吃惊。他像个懦夫一样地爬走了,证实了她对男人的看法。在她的床上,她发现一封信,她轻蔑地把它撕成碎片。她收到的第二封信让她去找一位阿克赖特先生,鲁伦的法务官。

她去了。出价是五百英镑。

"六百。"她说,回给阿克赖特先生更加冰冷的目光。

"六百,"他同意了,"一个子都不能多了。"她拿着支票离开。

那个冬天,她住在一个牛奶场,通过做奶酪的方式付住宿费。当她的男孩子降生的时候,她为他找了个奶妈,继续出外工作。

她一直有支气管方面的问题,因此喜欢山里的干净空气。一个夏天的傍晚,雨燕在她的头顶低低地飞翔,她从鹰石沿着山脊漫步回来时,停下来与一位在一堆发红的岩石边休息的老人谈话。

他告诉她周围的峭壁的名字;她问他他们坐的那些岩石的名字。

"比克顿的把手①。"他说,被她的一阵嘲弄的大笑弄得莫名其妙。

老隐士又瘸又僵硬。他指着他的农舍——在很下面的一圈山毛榉树丛中。她陪着他走下山坡,在他背诗歌的时候,一直和他一起坐着直到天黑。她开始帮他去取食物。他死于两个冬天之后,她得以买下他的财产。

她买了一小群羊和一匹矮种马,带着她的儿子,她将自己与整个世界隔断。她把诗人的垃圾焚烧了,但是留下了他的文件和书。她仅有的护卫是一扇嘎吱响的门和一条狗。

---

① 原文为"knob"。在英国,这个词是对男性生殖器的具有冒犯性的称呼。

一天，刘易斯·琼斯去追一只逃走的公羊。他来到了一丛榛树林中，这里的水刷过一块岩石，冬天的洪水冲来漂白的骨头。他眯着眼睛从叶子里望过去，看见了罗茜·法菲尔德，她穿着一件蓝色的裙子，远远地坐在溪谷的另一端。她将洗好的衣服摊在荆豆花树丛上晾晒，正埋头看一本书。一个小男孩跑向她，举着一朵毛茛到她的下巴上。

"比利！请你，"她抚摸着他的头发，"不要再拿来了！"——小孩子坐下来开始做花环。

刘易斯看着他们有十分钟时间，一动不动地就像看雌狐跟它的幼崽玩一样。随后，他回家了。

二十七

在一九二四年的节礼日,猎犬们在"小提琴手的肘"碰头,开始向切夫尼树林出发。大约十一点三十分,比克顿上校从他的猎狐马上摔下来,接着被随之而来的马踢到了脊椎。为了他的葬礼,学校的学生放了一天的假。在酒吧里,酒鬼们回忆起这位老乡绅时纷纷举起酒杯,并且说:"这正是他想要离开的方式。"

寡妇回来了三天,又回到了格拉斯。

她跟家里其他成员吵了一架,选择住在法国,在一个小小的普罗旺斯的房子里画画、种花。南希夫人继续在勒金霍普生活,替雷吉"代为照料"——雷吉生活在肯尼亚的咖啡种植园里。大多数的仆人都得到了预先通知。在七月,阿莫斯·琼斯听到一个传说,说是山上的农场会被卖掉以支付遗产税。

这是他等待了一辈子的时刻。

他拜访了地产代理人,代理人自信满满地回答说所有租了十年或更长时间的佃户都会以一个"公平的估价"得到他们的农场。

"那个公平的评估价会是多少?"

"幻影农场吗? 具体很难说! 大概在两到三千的样子,我猜。"

阿莫斯随后拜访了银行经理,他预计借款是没有问题的。

能够拥有自己的农场的前景使他又感到年轻了。他似乎忘记了他的女儿。他用新的充满爱的眼光看着这片土地,梦想着购买现代化的机器设备,并且发表着关于绅士阶层的衰落的道德说教。

上帝的手,他说,把土地送到了他和他的后代这里;当他提到"后代"这个词,双胞胎都涨红了脸看着地板。在捕松鸡季节里的某天,他藏在落叶松林子里看着南希夫人大踏步走上牧场,身后跟着一队驱猎物的仆人,带着很多枪。

"明年,"他冲着晚饭桌大喊,"明年,假如他们竟敢在我的田地里露出他们的胖脸来,我会让他们滚蛋……我会放我的狗咬他们……"

"天哪!"当玛丽放下一盘牧羊人派时说道,"他们对你做了什么?"

秋天匆匆而过。接着,到了十月的末尾,两位评估者从赫里福德过来,要求看田地和建筑。

"你们两位先生认为这个地方可能值多少钱?"阿莫斯恭敬地打开他们的小轿车的门问道。

老一点的那一位摸了摸自己的下巴说:"在公开市场上大概要三千吧。不过假如我是你的话,我会将这个数字保密。"

"公开市场?但是它不会在公开市场上卖的。"

"我想说你是对的。"评估者耸耸肩,拉下了电动启动装置。

阿莫斯怀疑有什么弄错了。在他日益增加的焦虑中,他根本没法接受《赫里福德时报》上刊登的告示:农场将于六周后在鲁伦红龙的公众拍卖会上拍卖。因为对新的工党政府感到担心,以及出于对新法律可能对地主不利的警觉,勒金霍普的财产受托人想要榨干最后一分钱,迫使他们的佃户与外来的购买者竞争。

红色达朗农场的海恩斯在马埃斯费林的信众厅召集了一次会议,在那里,佃户们一个接着一个地宣誓反对"这种可怕的狡诈行为",并且发誓破坏这场拍卖。

拍卖活动按期进行。

在这个重要的日子下起了雨夹雪。玛丽穿上了一件暖和的灰色羊毛裙、冬天的大衣以及她在葬礼上戴的帽子。当她拿出雨伞时,她转向双胞胎说:"一起来吧!你们的父亲需要你们。今天,他比任何时候都需要你们。"

他们摇了摇头说:"不,母亲!我们不想去镇上。"

红龙的宴会厅已经清理干净桌子,因为担心拼木地板被踩坏,经理在入口处检查是否有平头钉靴子。拍卖师的文书正在为竞拍者预留的椅子上贴纸片。向朋友和熟人点头后,玛丽坐在第三排,阿莫斯却跟其他佃户在一起——威尔士人都围着一个男人聚在一起。他们站成一个圈,手臂上挂着雨衣,低声说着话就像在约定一项策略。

这一圈人的领导者是红色达朗农场的海恩斯,一个憔悴、瘦长的五十多岁的男人,他长着一个扁平的鼻子、一头乱蓬蓬的灰色卷发和一口不整齐的牙齿。他最近死了妻子。

"对!"他说,"假如有人跟一个佃户竞拍的话,我会用我的靴子把他从这个房间踢出去。"

房间里逐渐占满了人,有竞拍者和旁观者。接着来了一个颇为年轻、看上去很邋遢的女人,她戴着一顶被雨淋湿的帽子,上面插着绿色的羽毛。挽着她胳膊的是"棺材"老汤姆·沃特金斯。

阿莫斯离开了这圈人，冲他从前的敌人打招呼，但是沃特金斯转过身去愤愤地盯着一张狩猎印花看。

两点二十分，卖主的律师阿克赖特先生出现了。他穿着方格的粗花呢和灯笼裤子，就像来参加狩猎聚会。他最近也死了妻子；但是当戴维·鲍威尔·戴维斯走上前去"代表农民协会的所有成员"深表同情时，律师面露尖刻的微笑：

"确实是一件令人伤心的事！值得怜悯！相信我，鲍威尔·戴维斯先生！值得深深同情！"

阿克赖特夫人的最后一年是在威尔士中部精神病院里进进出出中度过的。这个鳏夫走开去跟拍卖师讲话。

拍卖师是一位叫惠特克的先生，他是个和蔼、长着浅棕色头发的高个男人，有着红润的脸庞和牡蛎色的眼睛。他穿着职业阶层的套装——一件黑色夹克和条纹裤子，他的喉结在他的"V"形翼领里上上下下地滑动。

两点半，他准时登上了指挥台宣布："根据勒金霍普不动产受托人的命令，出售十五座农场、五块住宿用地以及两百英亩成熟的森林。"

"难道我不能死在我出生的农场吗？"一个深沉的声音，裹挟着嘲讽，从房间的后面传了出来。

"你肯定可以，"惠特克先生高兴地说，"通过恰当地竞拍！我向你保证，先生，押金很低。我们可以开始了吗？第一项……下彭兰球场……"

"不,先生!"这是红色达朗农场的海恩斯,"我们还没准备好开始。我们准备结束这个愚蠢的行为。让这种财产这样拍卖而不给佃户一个机会买是对的吗?"

惠特克先生从低声嘀咕的人群转向阿克赖特先生,他们早就被警告过有人要来捣乱。他放下他的象牙小槌,对着枝形吊灯开始演讲:

"所有的一切,先生们,今天来说有点晚了。但是我想说的是,作为农民,你们拥护开放的市场来卖你们的货物。然而你们到这里来却希望你们的地主提供一个封闭的市场。"

"政府有没有控制土地的价格?"又是海恩斯,他那动听的声音愤怒地响了起来,"政府对于货物的价格是控制的。"

"说得好!说得好!"——威尔士男人们开始慢慢地鼓掌。

"先生!"惠特克先生的嘴巴抖动着,他低头看着那些角落,"这是个公开的拍卖会。不是某个政治会议。"

"它很快就会变成政治事件,"海恩斯在空中挥舞着拳头,"你们英格兰人!你们认为你们在爱尔兰的麻烦够多了。我告诉你们,这个房间满是威尔士人,足以给你们制造更多的麻烦。"

"先生!"小槌响了起来,发出咚咚咚的声音,"讨论帝国的问题,这不是恰当的时间和地点。现在只有一个问题摆在我们面前,先生们!我们是希望还是不希望这个拍卖继续下去?"

从各处响起了"不!"……"希望!"……"把这个混蛋扔出去!"……"血腥的布尔什维克!"……"天佑吾王!"——威尔士人的骨干手拉着手唱着歌,《我们祖先的土地》。

咚咚咚咚咚咚咚!

"不幸的是,我不能称赞你们的歌唱,先生们!"拍卖师脸色煞白,"我想再说一件事。假如这种干扰继续存在的话,这些拍品将会稍后以私人协议的形式进行单独出售。"

"骗子!……把他扔出去!……"但是喊声并不坚定,渐渐地就没有声音了。

惠特克先生抱着自己的手臂,对自己的威胁产生的效果感到洋洋得意。在阴影里,戴维·鲍威尔·戴维斯在向红色达朗农场的海恩斯进行抗议。

"好吧!好吧!"海恩斯在坑坑洼的下巴上磨着自己的手指甲,"但是假如让我看见任何一个男人、妇女或者狗跟佃户竞拍的话,我就踢他——"

"那么,非常好。"拍卖师看了一下一排排神情紧张、唯我独尊的脸蛋,"那位先生给了我们继续下去的许可。第一项:是……下彭兰球场……五百英镑,有出价吗?"——在二十五分钟内,他就卖掉了土地、林地和十四座农场,每一项都卖给了他们的佃户。

戴·摩根用两千五百英镑买下了堡场。吉利费诺格仅用两千英镑就买下了埃文·贝文,不过那块土地很贫瘠。格里菲塞思不得不花三千零五十英镑买下了希姆克琳林;海恩斯用低于估价整整四百英镑的价格买下了红色达朗。

这着实令他振作起来。他在他的密友身边绕圈,摇晃着他们的手,并承诺在酒吧营业时间请客喝酒。

"第十五项……"

"这就是了。"玛丽深吸了一口气。阿莫斯在颤抖,她把戴着灰色手套的手伸向了他。

"第十五项,幻影农场。房子及附属建筑物,有一百二十英亩以及在黑山上放牧的权利……要出价吗?五百英镑?……这是五百英镑!你的出价,先生!……五百英镑……!"

阿莫斯把出价一直往上加,这就像推一辆手推车上山一样。他紧握着拳头。他的呼吸急促。

在两千七百五十英镑的时候,他抬头看了一眼,看见小槌准备落下。

"您的出价,先生!"惠特克先生说。阿莫斯感到他已经来到了阳光灿烂的山峰,所有的乌云都已消散。玛丽的手放在他放松的指关节上,他的思想回到了第一个晚上,他们一起在那个杂草丛生的农院里。

"那么,非常好,"惠特克先生正准备结束拍卖,"卖给这位佃户的价格是两千七百——"

"三千!"

这个声音就像一把劈在阿莫斯头颅上的战斧。

旁观者转身看向这个出乎意料的竞拍者的时候,他们的椅子发出嘎吱嘎吱的声音。阿莫斯知道这个竞拍者,但是不会转过身去。

"三千,"惠特克先生高兴地眉开眼笑,"后排的出价是三千。"

"三千一百。"阿莫斯窒息了。

"五百!"

竞拍者是"棺材"沃特金斯。

"前面出六百!"

红色达朗农场的人去了哪里,阿莫斯在想。他的靴子去了哪里?他觉得,每出一次价,他都要爆发了。他觉得他是在为空气战斗,每一百都是他最后的呼吸,但是在他身后那个冷冷的声音还在继续。

现在他睁开眼睛看见了拍卖师的那张脸,脸上挂着自鸣得意、诱惑人的微笑。

"后排的报价,"那个声音在说,"卖给后排的竞拍者五千两百磅。没有其他报价了吗?对您不利,先生。"

惠特克先生正在自我享受着。你可以发现他通过用自己的舌尖舔下嘴唇的方式来自我享受。

"五千三百!"阿莫斯说,他的眼睛就像在发呆一样地睁大着。

拍卖师将报价抓在嘴里,就像花朵翻飞。

"在我边上的,出五千三百!"

"停止!"玛丽的手指抓着她丈夫的衬衫袖口。"他疯了,"她嘶哑地说,"你必须停止!"

"谢谢你,先生!后排的出五千四百!"

"五百。"阿莫斯高声叫道。

"在我边上的又出价了,五千五百!"惠特克先生又一次将他的凝视投射到枝形吊灯的上方——并眨了眨眼睛。一种迷惑的神情出现在他脸上。第二个竞拍者摔门而去。人们离开他们的位置,穿上他们的大衣。

"那么,很好!"他的嗓门高过了雨衣的皱褶。"以五千五百英镑的价格卖给这位佃户!"——小槌淫荡地扑通一声落下了。

二十八

第二天下午,玛丽驾着她的二轮马车去找法务官,又是雨夹雪。田野里到处都是湿漉漉的羊,小路上有一块块泥泞的水洼。阿莫斯躺在他的床上。

文书将她带到了办公室,那里有一堆煤火在熊熊燃烧。

"谢谢您,我想在这儿站一会儿。"她说,在她双手烤火的时候整理着思路。

阿克赖特先生进来了,在他的书桌上整理一些文件:"亲爱的女士,你能这么快就来真是太好了。"他说道,并继续谈论着定金和合同的交换事宜,"我们很快就能谈妥。"

"我不是来谈合同的事情的,"她说,"而是来谈公开拍卖中不公平的价格。"

"不公平,夫人?"单片眼镜从眼窝里弹了出来,在它的黑色真丝带子上晃来晃去。"哪里不公平?这是个公开的拍卖。"

"这是私人宿怨。"

当她解释她丈夫和"棺材"沃特金斯的宿怨的时候,水蒸气从她的衬衫里盘旋而上。

服务官玩弄着他的裁纸刀,调整着他的领带别针,翻阅着一本期刊;接着他摁铃叫秘书,直言不讳地说要"一杯茶"。

"是的,琼斯夫人,我听着呢,"当玛丽讲到故事的结尾时他说,"你还有其他的要告诉我吗?"

"我希望……我在想……受托人是否同意降低价格……"

"降低价格?多好的建议!"

"没有办法吗——?"

"一点没有!"

"没有希望——?"

"希望,夫人?我称它为十足的厚颜无耻!"

她的背僵直了,嘴唇卷曲了起来:"你不会从另外一个人身上得到这么个价格的,你知道的!"

"对不起,夫人。正好相反!就在这个早上沃特金斯先生过来见我。假如购买者违约的话,他不晓得有多愿意拿出他的定金。"

"我不相信你。"她说。

"不相信,"他指着门说,"你有二十八天来作出决定。"

真是可怜,当他听着她在油地毡上的脚步声时他想。她从前一定是位漂亮的女人,而且她居然听出他撒谎!但是她——难道她没有背叛了她的阶级?当秘书将他的茶拿来时,他神经质地抽搐着。

傍晚的云朵比山还要黑。大片的椋鸟低低地飞在切夫尼山上,不断扩大和缩小成椭圆形和弧形,接着旋风一样横扫一切后落到了树枝上。在前头,玛丽看见了她家的灯光,但是她不敢靠近它。

双胞胎出来了,卸下了矮马的马具,将马车拉到了车棚里。

"父亲怎么样了?"她颤抖着说。

"行为古怪。"

一整天,他都呼唤着上帝惩罚他骄傲的罪。

"我能告诉他些什么?"她蹲在炉火边的脚凳上说。本杰明给她去取了一罐热可可。她闭上了眼睛躲着火光,似乎看见了眼睑上的血细胞在流动。

"我们能够做什么呢,任何一个人能做什么?"她对着火苗说;令她吃惊的是,火苗回答了。

她站了起来。她走到了钢琴边,打开了镶嵌在里面的她放信的盒子。很快,她找到了比克顿夫人去年的圣诞卡片。签名下面,是地址,在格拉斯附近。

双胞胎吃了晚饭就上床了。一阵大风刮过屋顶,她能听见阿莫斯的呻吟。火焰噼啪作响,笔尖沙沙地划出笔画。她写了一封又一封,又把它们揉成一团,直到自己满意为止。接着她给信贴上邮票,交给邮差。

她等了一个星期,两个星期,二十天。第二十一天的早晨明亮寒冷,她告诉自己不要跑向邮差,而是等着邮差的敲门。

信来了。

当她撕开信封的时候,有样黄色的东西,颜色跟小鸡一样,跳出来掉到了壁炉前的地毯上。她飞速地阅读着比克顿夫人自信的笔迹:

"可怜的你!真是可怕的折磨!我确实太认同了……有些人完全发疯了!谢天谢地,我对受托人还有一些影响!我也是这么想的。……奇妙的发明,电话……接通伦敦只需要十分钟！……维维安先生最了解……没有核实的话，想不起幻影农场的定金是多少……他认为低于三千……但是无论是什么价格，你都可以按照这个价格得到它！"

玛丽抬眼看着阿莫斯，一滴眼泪落在了信笺上。她继续大声朗读：

"……花园很美！……现在是含羞草时间……杏仁色的花朵……天哪！假如你能脱开身的话，真希望你能过来……让那个可怕的阿克赖特先生为你买车票……"

突然，她感到非常地尴尬。她再一次看着阿莫斯。

"自大！"他咆哮着说，"非常非常自大！"——他跺着脚走到门廊上去了。

她捡起从信里掉出的东西。这是一朵含羞草的花朵，被挤扁了但是仍然毛茸茸的。她把它举到了鼻孔这里，吸入了南方的气味。

有一年，那是八十年代的后期，她跟她母亲碰到了传教士的船，它刚好停在那不勒斯。他们春天在整个地中海一起旅行。

她记得那片海洋、在风中翻舞着白色的橄榄树、百里香的香味和雨后的百瑞木。她记得在波西利波田野上的羽扇豆和罂粟花。她记得在太阳下面，她身体的温暖和放松。现在她能在太阳下给予新生活什么？在太阳下枯萎和死去？但是这封信，这封她曾经乞求过的信，难道不是一封判决书：在她的余生，永远永远陷在里头，在这个山下的阴暗的房子里？

阿莫斯呢？假如他会微笑，或者感恩，或者即使理解！取而代之的是，他砰地关门、跺脚、摔盘子，还诅咒血腥的英格兰人，特别是比克顿一家。他甚至威胁说要把这个地方烧掉。

最终，受托人的信来了——将幻影农场以两千七百英镑的价格出售，所有这些年积累的怨恨爆发了：

是她的关系才使他们得到了租约。**她**的钱装备了农场。**她**的家具装饰了这个房子。因为**她**，他的女儿跟那个爱尔兰人跑了。因为**她**的错误，他的儿子们才变成了白痴。现在，当所有的事情都变成阻碍，是**她**的阶级和她的极度聪明的信拯救了他——阿莫斯·琼斯——这个男人、农民、威尔士人，曾为之工作、节省、毁坏了他的健康换来的一切，现在他不想要了！

她听到了吗？不——想——要！不！不是这个价格！不是任何一个价格！他想要什么？他知道他想要什么！他的女儿！丽贝卡！他想要她。回来。回家！那个丈夫！血腥的爱尔兰人！不比那两个傻瓜更差！他会找着他们！把她带回来！把他们两个都带回来！回来！回来！回来！——

"我知道……我知道……"玛丽站在他身后，将他的头捧在自己的手里。他跌坐在摇椅里，浑身颤抖地抽泣着。

"我们会找到她，"她说，"无论如何我们都会找到她。即便要让我们去美国，我们无论如何都要让她回来。"

"我为什么要赶她走？"他呜咽着说。

他抓着玛丽就像受惊的小孩抓着一个布娃娃，但是对于他的问题她却回答不上来。

二十九

春天掸去了落叶松上的灰尘。奶油分离器里出来的乳脂变得又厚又黄。当听到本杰明大叫一声时,玛丽扔下手柄冲进了厨房。阿莫斯躺在火炉前的地毯上,嘴巴张开,鱼一样的眼睛瞪着橡看。

他中风了。他刚过了五十五岁生日,那时正弯腰系鞋带。桌子上有一瓶报春花。

接管这个业务的加尔布雷思医生——一个快乐年轻的爱尔兰人,祝贺他的病人"跟公牛一样有力气",说他很快就能站起来。然后,他把玛丽拉到一边,警告她还会有第二次中风。

尽管有一只手臂麻木了,阿莫斯很快就恢复到可以在院子里四处蹒跚,挥舞着棒子,咒骂双胞胎,或者在马面前挡着道。假如他的思绪回到丽贝卡身上的话,他就很难对付了。

"好吧,你找到她了吗?"每次邮差送来一封信,他都不耐烦地问。

"还没有,"玛丽说,"但我们会继续找。"

她知道那个爱尔兰人的名字叫莫伊尼汉,于是写信给警察、内政部,并给他原先铁路上的老雇主们。她在都柏林的报纸上登广告。她甚至给美国的移民机构写信,虽然失败了。

这对夫妇消失了。

那个秋天,她斩钉截铁地宣布:"我们无法再做什么了。"

从那以后,因为双胞胎都不出去,甚至连本杰明都放弃了管钱的爱好,是她管理着幻影农场,是她管理着账本,是她决定要种什么。她对生意的判断很精明,对男人的判断也很精明,知道什么时候买什么时候卖,什么时候安抚现货交易者,以及什么时候让他们打包货物。

"哼!"在她凶狠地讨价还价后,一个男人在她背后抱怨道,"那个琼斯大娘是这山上最小气的女人了。"

这句评论传到了她的耳朵里,给了她极大的快乐。

为了免交遗产税,她把幻影的契约都写在了双胞胎的名字下。她那大获全胜的目光足以让阿克赖特先生抬不起头来。她看到法务官被抓(因为谋杀)的新闻后哈哈大笑起来。

"谋杀,母亲?"

"谋杀!"

一开始,阿克赖特夫人被认为死于肾炎和精神失常。接着,对方律师——瓦瓦苏·休斯先生,问了这位鳏夫关于委托人遗嘱的几个令人尴尬的问题。在一次意欲打消他疑虑的茶宴上,阿克赖特先生强迫他吃了腌熏鲱鱼酱三明治,他在夜里几乎死掉。两周过后,休斯先生"从一位崇拜者"那里收到一盒巧克力,他再一次差点死掉。他把他的怀疑告诉了警察,他们发现每一块巧克力都注射了砷。他们把两件事联系起来,命令把那位死去的妇人从鲁伦的国教教堂的墓地掘出来。

加尔布雷思医生声称自己被法庭化验的结果震惊了。"我只知道她长期消化不良,"他说,"但是我从来没想到这个。"

为了得到她的财产,阿克赖特先生在他妻子本杰的食物里放了砷,说是为了除掉蒲公英而买的。他在赫里福德受到了审判,在格洛斯特被施以绞刑。

"他们把老阿克赖特绞死了。"刘易斯在他父亲的面前挥舞着《世界新闻》。

"啊?"阿莫斯现在非常聋。

"我说,他们把老阿克赖特给绞死了。"他吼道。

"他一生出来就应该被绞死。"他斩钉截铁地说,唾液顺着他的下巴往下滴。

玛丽留意着第二次中风的迹象,但这次中风并没有要他的命。

奥尔文和黛西是幻影农场两匹重要的产仔母马,它们隔年轮流产小马。

刘易斯非常爱它们,从它们闪闪发亮的侧身观看整个世界,喜欢刷洗它们,梳理它们,擦亮它们的黄铜圆片,还把白色的"毛发"抖松披在它们的蹄子四周。

一匹母马在五月的末尾发情了,等待着种马的来临——一个高贵的叫施潘克的家伙,跟它的主人默林·伊文思一起到山里的农场旅行。

这位默林是一个瘦长结实、浅黄色头发的家伙,一张三角脸上坑坑洼洼的,嘴里一副棕色的蛀牙。在他的脖子上围着一些女士戴的雪纺围巾——直到它们破掉,一只耳垂上戴着金环。他的那些征服女人的故事令双胞胎目瞪口呆。他们只要模糊地提到某个善良的、去非国教教堂的女人,他就会咧着嘴笑,"跟她在潘托格拉斯边的峡谷里",或者"跟她在牲畜屋里站着"。

有些晚上他睡在干草堆后面,其他时候睡在亚麻毯子里。人们说他比施潘克的后代还要多得多;事实上,有些农夫为了让家里有些新鲜的血液,故意将妻子单独留在家中。

每一年,在圣诞前夕,他都在首都度一个星期的假。有一次,刘易斯因为种马的服务付给他二十五先令,默林将这些硬币摊开在手掌里。"它们足以让我在伦敦找一个女人,"他说,"在阿伯加文尼能找五个!"

一九二六年的春天,一位罗斯戈奇的女孩留住了他,他晚了一个星期才到幻影。

几片云朵一动不动地挂在天空。太阳下面,山是银色的,树篱上覆盖着白色的山楂花,田野上的毛茛展开了一片金色。围场里满是咩咩叫的羊。一只杜鹃鸟叫了。麻雀叽叽喳喳,家燕在空中斜飞。两匹母马站在马厩里,嘴巴伸在燕麦袋子里,不停地踢腿赶苍蝇。

刘易斯和本杰明正在为剪羊毛工人的到来作准备。

整个上午,他们都在拴围栏、煮焦油罐、给生锈的剪子上油,并把黏乎乎的橡木的剪羊毛长凳从干草棚的阁楼上拿下来。

屋里,玛丽正在为恢复男人的体力做柠檬大麦水。阿莫斯正在睡午觉,这时,一阵尖锐的声音在大门外响起:"晕了吧!老色鬼又来了。"

马蹄的达达声惊醒了那个久病的人。他出来看看发生什么事情了。

太阳很明亮,令他眩晕。他似乎没有看见母马。

双胞胎也没有看见他蹒跚地走进马厩和种马之间的一片阴影里。他也没有听到默林·伊文思的大叫:"小心,你这个老傻瓜!"

太晚了。

奥尔文踢了一脚。马蹄踢到他的下巴下面,麻雀们继续叽叽喳喳。

三十

从他站在楼梯上的那一刻,殡葬承办人维恩斯先生就一脸疑虑。当他用职业的眼光看一眼楼梯端柱和过道墙壁之间的距离时,疑虑越来越重。他用卷尺量了量尸体,然后下来走进厨房。

"他是个大个子,"他说,"我想我们只能在这里给他收殓。"

"我也这么想。"玛丽说。一块黑色绉绸手帕塞在她的袖子里,是为了那不曾落下的眼泪而准备的。

下午,她擦洗了厨房地板,在一些床单上洒上薰衣草水,把它们钉在图画杆上,使它们折叠着挂在框架上。她从花园里折了一两枝月桂树枝,用发亮的叶子做成了一条饰带。

天气持续闷热潮湿;双胞胎继续剪羊毛。五个邻居过来帮忙,为了得到一壶苹果酒的奖励而整天剪个不停。

当本杰明又从围栏里拖出一只母羊的时候,老戴·摩根说:"我在本杰明身上下注。"他比刘易斯快了五头。他有强壮、灵活的双手,是个出色的剪羊毛工。

绵羊在剪刀下安静地躺着,忍受着这种折磨。接着,又浑身奶白了——虽然有些羊在奶子周围有血淋淋的伤口,它们蹦跳着进入围场,跃入空气中,就像跃过一道想象中的篱笆,或者仅仅是因为重新获得了自由。没有一位剪羊毛工人提到那个死去的男人。

两个男孩——鲁本·琼斯的孙子们,卷起了羊毛,把颈毛卷成绳子,系好它们。时不时地,玛丽穿着一条长长的绿裙子出现在门口,手里拿着一罐柠檬大麦水。

"你们一定是渴坏了。"她笑着说,对于他们想表示的同情置之不理。

当维恩斯先生四点钟驾车上来的时候,双胞胎放下工具把棺材从门廊抬了进来。他们的手很油腻,工作服上满是闪亮的黑色羊毛脂。他们用一条毯子包裹着他们的父亲,把他抬下了楼梯。他们把他放在厨房的桌子上,让殡葬承办人开始他的工作。

玛丽出去散步,一个人,穿过田野到公鸡屋。她看到一只红隼在乌云沉沉的天空中颤抖。太阳快要下山的时候,就像乌鸦出现在产羔季节里,妇女们穿着黑色衣服过来表达最后的敬意,并吻了吻棺材。

棺材在桌子上打开放着。两边都点着蜡烛,它们的光透过培根架忽隐忽现,在橡上投射出一格格的阴影。玛丽也换上了黑色的衣服。一些女人在哭:

"他是个优秀的男人。"

"他是个好男人。"

"上帝仁慈!"

"上帝跟他同在!"

"上帝宽恕他的灵魂!"

棺材里填着棉絮和盖肩衬。为了掩盖他下巴上的挫伤,在他的下半张脸上系了一块白色围巾,但是哀悼者还是看到了一小撮红色的毛从鼻孔里伸出来。房间里充满薰衣草和丁香的味道。玛丽哭不出来。

"是的,"她回答道,"他是个好人。"

她把客人带到起居室,为每位递上一杯放着柠檬皮的淡麦芽酒。她想起来这山谷里的习俗。

"是的,"她点点头,"没有朋友能比得上老朋友。"

双胞胎靠在厨房墙壁上静静地站着,望着那些看着他们父亲的人。

玛丽去鲁伦为葬礼买了一条天鹅绒短裙、一顶黑色的草帽、一件黑色衬衫外加一条百褶雪纺围巾。当灵车拉到大门的时候,玛丽还在卧室里穿衣服。厨房里都是人。扶灵者用肩膀扛着棺木;但是她还在凝视着穿衣镜里的身影,慢慢地转动自己的脑袋,仔细审查着她的侧影。她那被带白点的雪尼尔面纱遮住的脸颊就像发皱的玫瑰花瓣。

她在整个礼拜和交付仪式上都撑着自己。从墓地上离开的时候,她都没有看最后一眼——然而不到一个星期,她就向绝望投降了。

一开始,她因为阿莫斯的中风责怪自己。接着她认定是他性格中的那些曾最让她讨厌的部分让她自责。她失去了对最低限度的奢侈的欲望。她不买衣服。她失去了她的幽默感,不再因那些点亮她生活的小小的荒谬而哈哈大笑;她甚至充满感情地想起了他的母亲——老汉娜。

她把自己的挚爱表现到了怪诞的境地。

她缝补他的夹克衫和他的袜子;晚餐时留了四个位置,并在他的盘子里堆满了食物。他的烟斗、他的烟袋、他的眼镜、他的《圣经》——都放在它们原先的位置上;还有他的凿子,以防他想要雕刻。

他们一周三次谈话——不是通过桌灵转或者招魂术,而仅仅是简单地相信死者还活着,假如呼唤还能回答。

他不同意她就不会作出决定。

十一月的一个晚上,当属于下布雷克法的一块田地要出售的时候,她拉开窗帘对着黑夜说悄悄话。接着,她转过身对着她的儿子们说:"上帝知道我们会在哪里找到钱,但是父亲说我们应该买。"

另一方面,当刘易斯想要一部新的麦考密克割捆机的时候(他放下了对机械设备的痛恨),她抿紧了嘴唇说:"肯定不行!"

接着,犹豫了好一会儿,她说:"好吧!"

接着她又说:"父亲说:'不行!'"

接着她又说:"好吧!"但是那个时候,刘易斯感到太迷惑了,他再也不去管这件事情了,他们直到第二次世界大战都没有买割捆机。

没有一样东西——甚至连一只茶杯都没有换过位置,房子开始看上去像座博物馆。

双胞胎从不冒险出门,不是基于习惯的力量而是对于外部世界的害怕。接着,在一九二七年夏天的时候,发生了一件令人不快的事情。

三十一

在"岩石"吉姆从战场上回来两年后,他的姐姐埃塞尔生了个男孩。他的名字叫阿尔菲,他有点傻乎乎的。谁是孩子的爸爸,埃塞尔并没有说;但是因为那个男孩有着吉姆那样的胡萝卜色头发和菜花耳,那些不怀好意的人就说:"姐姐和弟弟!你们还指望什么?难怪这个小孩是个白痴!"——这是不公平的,因为吉姆和埃塞尔没有血缘关系。

阿尔菲是个令人讨厌的孩子。他总是脱掉自己的衣服在牲畜屋里光着身子玩,有时候他会失踪好几天。埃塞尔对于这些失踪事件总是耸耸肩说:"他很快就会出现了。"一个夏天的傍晚,本杰明·琼斯发现他在山上嬉戏,加上他自己也有着小孩子的脾性,两个人就在山上一直玩到太阳下山。

但是这个男孩只有一个朋友,那是一只钟。

这只钟(它的玻璃因为泥炭烟总是很脏)有着珐琅表盘和罗马数字,待在火炉上方墙上的一只木头盒子里。

等他长到足够大的时候,阿尔菲会爬上一张椅子,垫着脚尖站着,打开小小的天窗看着钟摆前后摆动,滴答……滴答……接着他会蹲在炉格边,就好像他冰冷的眼睛能够扑灭余烬一样,用舌头发出声音:滴答……滴答……并点着他的头报钟点。

他认为这只钟是活的。他会带礼物回家给这只钟——或许是一块漂亮的鹅卵石、一片苔藓、一只鸟蛋抑或一只死了的田鼠。他盼望这只钟能说点什么,不要总是滴答。他不断摆弄着指针和钟摆。他想要把它拧紧,但是最终,他把它弄坏了。

吉姆把盒子挂回到墙上,带着那个机械装置去了鲁伦。钟表修理师查看了它:它具有十八世纪的精美样式,因此给了他五个英镑。吉姆离开商店欢天喜地地吹着口哨去酒吧,小阿尔菲却伤心欲绝。

他想念他的朋友,大声尖叫,搜查了谷仓和屋子,愤怒地把他的头撞在刷白的墙上。接着,在确信他的朋友死了后,他消失了。

埃塞尔并没有花很大力气去找他,甚至在三天后才嘟囔着说阿尔菲"去了鬼才知道的地方"。

在克雷格伊伏德的下面有个松软的水池,藏在榛树林里,本杰明去那儿采豆瓣菜泡茶喝。一些绿头苍蝇正绕着一团金凤花嗡嗡飞着。他看见一双腿伸出淤泥,于是他跑回家去叫刘易斯。

当警察来到现场的时候,"岩石"埃塞尔爆发出一阵歇斯底里,呻吟着、哀号着说本杰明是谋杀者。

"我知道,"她号哭着,"我知道他是那种人!"——并且讲了一个关于本杰明带着男孩单独散步的冗长故事。

本杰明被吓得目瞪口呆——警察的出现让他想起了一九一八年那些可怕的日子。被带到幻影农场进行盘问时,他耷拉着脑袋不能作出简单连贯的回答。

和往常一样,是玛丽拯救了这个日子:"长官,难道你们没有看出来这完全是无稽之谈。可怜的沃特金斯小姐!她有点精神错乱了。"

面谈以警察的脱帽致敬和道歉而结束。在审讯中,验尸官给出了"意外死亡"的结论;但是幻影农场和岩石农场的关系再次变坏了。

三十二

作为阿莫斯的寡妇,玛丽想要至少一个媳妇以及一群孩子。作为双胞胎的母亲,她想要两个儿子都属于她自己,在她的白日梦里,她在头脑中描绘了一幅她临死时的景象。

她会躺在那里,干枯的头皮上一缕缕银色的头发披散在枕头上,她的手伸在一条拼缝被子上。房间里充满着阳光和鸟语;微风抚弄着窗帘,双胞胎一边一个,对称地站在她的床边。一幅美丽的画卷——但是她知道这是一种罪。

有时候她责备本杰明:"不出去这种行为真是荒谬!为什么你不去找一个年轻的好姑娘?"但是本杰明抿紧着嘴巴,他的下眼皮抖动着,她知道他是不会结婚的。另一些时候,为了故意展示她性格中执拗的一面,她拉着刘易斯的胳膊肘,让他发誓除非本杰明也结婚否则就永远永远都不结婚。

"我发誓。"他说,猛然把头低下就像被判刑的男人;因为他太想要个女人了。

有一年的冬天,他变得非常焦躁不安和喜欢争辩,会对着他兄弟怒气冲冲并拒绝吃饭。玛丽害怕他具有阿莫斯的阴郁情绪,因此,五月份的时候,她做了个重大的决定:两个男孩子都去逛鲁伦集市。

"不,"她用尖锐的目光看着本杰明,"我不想听到任何借口。"

"好吧,妈妈。"他毫无生气地说。

她为他们包好了便当,在门廊里跟他们挥手告别。

"要找漂亮的!"她大叫着,"天黑之前不要回来。"

她漫步走到果园里,越过山谷望着两匹矮马——一匹在轻快地绕着圈圈,另一匹在小跑着散步,直到它们消失在天际线。

"好吧,至少我们让他们走出屋子了。"她在刘易斯的牧羊犬的耳朵后头挠了挠,这只狗摇了摇它的尾巴,用头在她的裙子上蹭了蹭。接着她进屋去看书了。

她最近发现了托马斯·哈代的小说,想要把它们都读完。她太了解他描绘的生活了——苔丝的挤奶室的气味;苔丝的痛苦,无论在床上还是在甜菜地里。她也会削篱笆、种松树苗或者扎草垛——假如这种非机械的方式从韦塞克斯消失的话,时间也曾静止不动,在这里,在拉德诺山上。

"想想岩石农场吧,"她说,"自'黑暗时代'以来就没有东西改变过。"

她正在阅读《卡斯特桥市长》。但是她更喜欢一周前读的《林地居民》,哈代的这些"巧合"已经开始刺激她的神经。她继续读了三章,接着,把书放在她的大腿上,她令自己陷入了对某些晚上和早晨的想入非非中——和阿莫斯在卧室里。突然,他向她走来——头上顶着火红的头发,肩膀周围发出亮光。她想自己一定是睡着了,因为太阳已经落到西面去了,阳光透过天竺葵射到她的两腿之间。

"年纪大了!"她笑着说,把自己摇醒——然后听到院子里的马蹄声。

双胞胎站在大门旁,本杰明义愤填膺地喘着气;而刘易斯看着他的肩膀,就好像要找一个地方躲起来。

"怎么回事?"她哈哈大笑起来,"难道集市上没有年轻姑娘吗?"

"真是可怕。"本杰明说。

"可怕?"

"可怕!"

自从双胞胎上次去鲁伦后,姑娘们的短裙不再遮到脚踝上面,而是遮到膝盖上面。

那天上午十一点,他们停在了山顶,从上往下望向镇上。集市上已经人头攒动。他们听到了人群的嗡嗡声、沃利策风琴的呜呜声或是马戏团里野兽奇怪的咆哮和吼叫。单单在布老德街,刘易斯就发现了十一座旋转木马。市场上有一个大转轮和一座小通天塔——那是一座螺旋小滑梯。

本杰明最后一次恳请哥哥转过身来。

"母亲永远都不会知道的。"他说。

"我会告诉她。"刘易斯踢了一脚他的矮马。

二十分钟后,他就像一个着了魔的男人一样在集市上到处逛。

七八个一堆的农村小伙在街上溜达,吐着烟圈、色眯眯地看着女孩子,或者怂恿着某人跟"冠军"(一位穿着红色绸缎短裤的黑人拳击手)赛拳。算命的吉普赛人献上铃兰,或者说着你的命运。"呼……呼",从射击场传来射击声。怪物展览展示了"世界上最小的母马和小马驹"和一个体型大一点的女人。

到了中午,刘易斯已经骑了一头象,乘了一回"旋转飞椅",喝了椰奶,舔了棒棒糖,并且还在寻找其他的娱乐活动。

至于本杰明,他看到的都是腿——光腿、穿着丝袜的腿、穿着网眼袜的腿,踢着、跳着、大步走着,让他想起了有一次且是唯一一次去屠宰场看见羊在临死时痛苦地踢着腿的情景。

大约一点钟的时候,刘易斯在"巴黎剧院"外面停了下来,那里有四个跳康康舞的女孩,包裹在覆盆子色的丝绒裙子里,做着引诱人的动作;而在画了画的幔布后头,一个大美女在对喘着粗气的农夫们表演"七面纱舞"。

刘易斯在口袋里摸了摸他的六个便士,旋即一只手紧紧夹住了他的手腕。他转过身遇到了他兄弟冷冷的眼神。

"你不能进去!"

"别想拦着我!"

"为什么不?"本杰明横跨了一步拦住了哥哥的去路,六便士只好落回了他的口袋。

半小时后,刘易斯的高兴劲儿不见了。他拖着脚绕着小摊边走,看上去很忧伤。本杰明在后头跟着他,相差几步路的距离。

一个幸福的场景曾出现过——代价是一杯饮料,但是刘易斯错失了。但是为什么?为什么?为什么?他问这个问题问了一百遍,直到他领悟到他不仅仅害怕伤害本杰明,他更是怕他。

在一个投环套物的摊位上,他几乎要跟一个穿着粉红色衣服用尽浑身力气想要把环套在一张五英镑纸币上的女孩搭讪。他看见他的兄弟从一堆茶具和金鱼缸后愤怒地瞪着他的眼睛,他的勇气没有了。

"回家吧。"本杰明说。

"见鬼去吧。"刘易斯说。但是当两个女孩跟他搭讪的时候,他马上变得温和了。

"想要根烟吗?"大一点的那个问道,把她粗壮的手指伸进她的手提袋里。

"谢谢你。"刘易斯说。

这两个女孩是姐妹。一个穿着绿色的连衣裙,另一个套着淡紫色的针织短上衣,腰上围着一条橙色的腰带。她们的脸颊上涂着胭脂,头发剪成了墙面板式短发,鼻孔又大又空。她们用粗野的灰蓝眼睛互相眨了眨眼;甚至连刘易斯都看出来了她们短小的裙摆在她们短短的、胸部厚重的身体上显得很荒谬。

他想要摆脱她们;她们继续纠缠。

当他哥哥招待她们喝柠檬汁和白兰地姜饼的时候,本杰明远远地看着。接着,意识到她们构不成威胁时,他加入了他们。女孩子们一想到跟双胞胎一起出去就爆发出一阵大笑。

"多好的一天!"穿淡紫色衣服的那位说。

"一起去'死亡之墙'吧!"穿绿衣服的那位说。

在城堡大街最前端,一只巨大的圆柱形的鼓摆在它的蒸汽机边上。刘易斯在售票处向满面尘土的小伙子付了钱,四个人一起迈了进去。

还有好几个乘客在等着开始。小伙子喊了声:"靠墙站!"

门关上了,鼓开始在它的轴上越转越快。地板升了起来,把乘客们一直往前推,直到他们的头几乎跟边沿处于一条水平线上。当地板再次落下时,他们被离心力钉在原地,就像耶稣被钉死的场景。

本杰明感到他的眼珠子都被挤到头盖骨里去了。在那无止境的三分钟里,痛苦延续着。接着,当鼓慢下来时,女孩子们滑了下来,她们的连衣裙翻在了屁股上,因此一段肉在她们的长袜和吊袜腰带间露了出来。

本杰明摇摇晃晃地走到了大街上,对着阴沟吐了起来。

"我受够了,"他擦着自己的下巴气急败坏地说,"我要走了。"

"扫兴的人!"绿色衣服的女孩尖叫道,"他真是夸张。"姐妹俩用她们的手臂拉着刘易斯的手臂,试图拉着他到街上去。他挣脱了她们,转过身跟着粗花呢帽子在人群里朝着矮马的方向走去。

那天晚上在楼梯上,玛丽带着一丝狡黠笑意在刘易斯的脸颊上蹭着自己的脸颊,感谢他把他哥哥带回家。

三十三

她为他们的三十一岁生日买了大力士牌自行车,并培养他们对当地遗迹的兴趣。一开始,他们在星期天进行短途骑行。接着,在冒险精神的激励下,他们把范围扩大到鲍德男爵的城堡。

在斯诺德山他们扯断了一条常春藤,因而发现了一个箭孔;在尤瑞沙,他们误把一只生锈的小平底锅看成"中世纪的东西";在克利福德,他们画了美丽的罗莎蒙德——戴着温帕尔头巾的失恋者;当他们去往佩恩斯卡斯尔时,本杰明把手伸进了一个兔子洞,并且拉出了一片闪耀的玻璃。

"一只高脚杯?"刘易斯猜测道。

"一只瓶子。"本杰明纠正他。

他从鲁伦公共图书馆借缩写本并且大声朗读,包括傅华萨的编年史、吉拉德斯·康布拉恩西斯[1]和厄斯克的亚当[2]。突然一下子,圣战骑士的世界比他们自己的世界都要来得真实。本杰明对自己的贞洁发誓;刘易斯对一位美丽姑娘的记忆发誓。

---

[1] Giraldus Cambrensis(1146年—约1223年),贵族出生的神职人员以及历史学家,他的作品包含了有关威尔士教会的生动轶事。
[2] Adam of Usk(约1350—1430),威尔士诗人、圣典学者、以及中世纪晚期历史学家和编年史家。

他们哈哈大笑,把他们的自行车放在一片树篱后面,跑去一条小溪旁忙里偷闲。

他们想象着破城槌、吊闸、加热沥青的坩埚以及在护城河上漂浮的肿胀的尸体。听说了克雷西的威尔士弓箭手后,刘易斯剥了一根紫杉树枝,用火烤硬,在上面挂上肠子并在一些箭上装上鹅的羽毛。

第二支箭飕的一声穿过果园刺破了一只鸡的脖子。

"一个错误。"他说。

"太危险了。"本杰明说,他在此时发现了一份非常有趣的文件。

一位在希姆西尔修道院的修道士说,卡德瓦拉德主教的尸骸躺在格拉斯科德圣西诺格井边的一口金棺材里。

"那是哪里?"刘易斯问。他已经在《世界新闻》上读过了关于图坦卡蒙之墓的事情。

"那里!"本杰明说,把自己的大拇指指甲放在地形测量图的一些哥特式字母下面。那个地方离鲁伦八英里,在去往兰德林多德的路旁。

下个星期天去过公理会教堂后,南特雷斯·威廉斯先生看见双胞胎的自行车靠在木栅上,一把铁锹绑在了刘易斯车的横梁上。他温和地责备他们在安息日劳动;刘易斯弯腰去锁他的自行车锁的时候脸都红了。

在格拉斯科德,他们发现那股神圣的水汩汩地从一块长满苔藓的裂口处涌出来,然后逐渐在一些牛蒡植物中消失了。这是个阴凉的所在。泥里有些牛粪,一些马蝇嗡嗡地绕着它们飞舞。一个戴着吊带的男孩子看见这两个奇怪的男人拔腿就跑。

"我们在哪里挖?"刘易斯问。

"那里!"本杰明指着一小堆半掩在荨麻里的泥土。

土壤是黑色的黏土,里面满是扭动着的蚯蚓。刘易斯挖了半个小时,然后递给他弟弟一块有孔的骨头。

"母牛!"本杰明说。

"公牛!"刘易斯说。但他被一个从田野对面传来的刺耳声音打断了:"我让你们马上从这里离开!"

穿着吊带的男孩子跟他的父亲一起回来了,就是那位在灌木丛另一端大发雷霆的农夫。双胞胎看见了一把枪。想起了"棺材"沃特金斯,他们怯懦地溜了出去,来到了太阳下面。

"我会留着铁锹。"农夫补充道。

"是的,先生!"刘易斯说,把铁锹扔下了。"谢谢您,先生!"——于是他们跨上他们的自行车,骑走了。

发誓放弃一切罪恶的源头——金子,他们把一切的注意力都投入到早期的凯尔特圣人上。

本杰明在一份卡斯科博教区牧师的学术论文上读到这些"精神上的运动员"已经退隐到山里,为了跟自然和主归为一体。圣大卫他自己在洪德湖山谷的一个"用苔藓和叶子覆盖的简陋的居所"定居——还有好几个地点在骑行范围之内。

在莫卡斯,他们发现了圣杜布里西厄斯看见白色母猪给幼崽喂奶的地方。当他们去兰伏兰纳切的时候,本杰明开玩笑地告诉刘易斯关于那个企图用"狼毒草和其他引起性欲的配料"引诱圣人的女人。

"你闭上嘴的话我会谢谢你的。"刘易斯说。

在兰韦诺教堂,他们看见在一块撒克逊的石头上刻着一个强壮的年轻人被挂在一棵树上:教堂的赞助人——圣伯努,曾经诅咒一个拒绝烹饪狐狸的男人。

"狐狸也不会从我的嘴里经过。"刘易斯拉长了脸说。

他们计划过隐士的生活——一处常春藤凉亭,一条潺潺流动的小溪,一顿浆果和野韭葱,还有音乐:乌鸫的啁啾。或者,也许他们可以做依附于宿主的神圣的殉道者,与此同时,一群群到处烧杀劫掠的丹麦人却在抢劫、放火和强奸?这是萧条的一年。也许将会有一场革命?

八月的一个下午,在瓦伊河畔飞快地骑着自行车时,他们听到了一架飞机的轰鸣。

刘易斯拉住了刹车,在路的中央停了下来。

R101 的失事使他的剪贴簿变得一片繁荣,尽管他的真爱,目前来看,是女飞行员。希思女士……贝莉女士……埃米·约翰逊……贝德福德公爵夫人,他能够像说祷告词一样地报出她们的名字。他最喜欢的,当然是阿梅莉亚·伊哈特。

飞机是架虎蛾机,机身是银色的。它又飞了一圈,飞行员把飞机降低了一点,并冲他们挥手。

刘易斯也异常激动地挥挥手,唯恐这是其中一位他的女飞行员。当飞机快速下降做第三次环绕飞行的时候,坐在驾驶舱里的人转过她的护目镜,展示她晒黑的微笑的脸蛋。飞机飞得那么近,刘易斯发誓他看到了她的唇膏。接着她猛拉她的机器,飞入太阳之眼了。

晚饭过后,刘易斯说他也想飞。"嗯!"本杰明咕哝着。

他对于隔壁邻居的兴趣比对刘易斯飞行的可能性的兴趣要大得多。

三十四

下布雷克法的农房处在一个多风的位置，围绕着它的松树都向一边倾斜。它的主人——格拉迪丝·马斯克，是一位强壮多肉的女人，脸颊很光滑，眼睛烟叶色。一位十年的寡妇，她设法维持了家庭的整洁，养大了她的女儿莉莉·安妮，以及她的母亲亚普夫人。

亚普夫人是一个脾气暴躁的老寄生虫，因为风湿病而有点瘸。

一天，就在琼斯家买了她们的田地后，刘易斯在两处房产间编织树篱。这时，马斯克夫人出来了，看着他在篱笆桩间捶打。她挑衅的凝视使他感到紧张。她叹了口气说："生活就是辛辛苦苦地工作，不是吗？"然后问他是否会过来重装一扇大门？喝茶的时候，他眨眼就吃完了六块碎肉馅饼，于是她将他列入了她潜在丈夫的名单里。

晚餐时间，他无意中提到马斯克夫人是一位优秀的糕饼师，本杰明神情紧张地看了他母亲一眼。

刘易斯对马斯克夫人很暖心，她也十分友好。他帮她垒稻草、杀猪，有一天她上气不接下气地跑过田野来：

"看在上帝的分上，刘易斯·琼斯，过来帮我看看这头母牛！它好像被魔鬼踢了一脚似的跪下了。"

母牛是急性腹痛,但是他成功地哄着它站了起来。

有时候,马斯克夫人试图带他去楼上的卧室,但是他从来没有那么出格过,宁愿坐在她美好而闷热的厨房里听她讲她的故事。

莉莉·安妮有只狐狸幼崽宠物,听到有人叫"本"会答应,住在一只铁丝网笼子里。本吃厨房残渣,非常温顺,她可以像控制个玩具娃娃一样操纵它。有一次,当它逃跑的时候,她跑下峡谷,叫:"本尼!本尼!"——它跳出黑莓林,在她脚边卷成一只球。

本变成了当地的一个名人,甚至"城堡"南希夫人都过来看它。

"但是它很挑剔,你知道的,"亚普夫人大声叫道,"他不喜欢每一个汤姆、迪克和哈里!不久之前,南希夫人把赫里福德的主教带过来。我们的本尼跳上壁炉台做自己的事情。要我说,它身上有可怕的狐臭。"

马斯克夫人不像她的母亲,不是个复杂的人,她享受男人在边上;假如一个男人帮了她一下,她也会回报一下。在她的造访者中有红色达朗农场的海恩斯和"岩石"吉姆——海恩斯给她小羊羔,吉姆能让她长时间开怀大笑。

刘易斯讨厌看见这两位,而她显然对他很失望。有些日子,她会一脸微笑;而其他的时候,她会说:"啊,又是你!为什么不坐下跟我母亲聊聊?"但是刘易斯对亚普夫人很厌倦,她只想谈钱。

一天早上,他信步走到下布雷克法,看见狐狸的皮毛被钉在谷仓墙板上,海恩斯的灰色短腿壮马拴在大门上。他走了,一直到二月份都没有再见马斯克夫人。当他在小路上碰到她的时候,有一条狐狸皮毛围在她脖子上。

"是,"她搅动着舌头说,"这是可怜的老本。他咬了莉莉·安妮的手,海恩斯先生说这样子会得锁口风的,所以我们把它打死了。我自己把它用硝石处理了。想想看,我星期四才从皮毛加工商那里拿来。"

她温柔地加了一句,说她独自一人在家。

他等了两天,接着步履艰难地在雪堆里走到下布雷克法。松树在晶莹的天空下显得黑魆魆的,落日的余晖好似在往上升,而不是落下,就像要升到金字塔的顶端。他冲他的手哈口气来暖和一下。他下定决心要她。

小屋的北面没有窗户。冰柱从排水槽里挂下来,一滴冰冷的水顺着他的脖子滴下来。绕到房子的末尾,他看见那匹灰色的马,听到卧室里做爱的呻吟。狗吠叫,他跑了。他跑到田野的一半的时候,传来了海恩斯怒吼的声音。

四个月之后,邮递员偷偷告诉本杰明,马斯克夫人正怀着海恩斯的孩子。

她自己羞愧地不去教堂[①],因而待在家里,诅咒着女人的命运并等待着海恩斯做他该做的事情。

而他却没有。他说他的两个儿子,哈里和杰克,对这桩婚事咬牙切齿,并主动提出付钱给她。

[①] 原文为"Chapel",指非英国国教的教堂。

她愤怒难当，拒绝了。但是邻居们并没有看不起她，而是充满了同情和友善。老露丝·摩根答应为她接生；那位簧风琴演奏者帕金森小姐，带来了一朵可爱的大岩桐；南特雷斯·威廉斯先生在床边祈祷。

"不要烦恼，我的孩子，"他安慰她，"结果子是女人的职责。"

她去鲁伦登记女儿的出生时，她的头抬得高高的。

"玛格丽特·比切斯·马斯克。"当文书递给她表格的时候，她打出大写的字母。当海恩斯敲门想要见他的女儿，她把他"嘘"地轰走了。一周之后，她终于答应让他抱半个小时。在这之后，他表现得像着了魔一样。

他想要让她受洗为多丽丝·玛丽，随他母亲，但是马斯克夫人说："她的名字是玛格丽特·比切斯。"他拿出一沓沓英镑，她把它们扔在他脸上。当他想要跟她做爱的时候，她用手掌扇他。他乞求她，跪在膝盖上恳求她嫁给他。

"太晚了！"她说，从此以后不许他进屋。

他在院子里溜达，说出一些威胁和诅咒的话。他威胁说要绑架婴儿，而她威胁说要报警。他的脾气很坏。几年以前，他和他的兄弟赤手空拳互相攻击整整三天，直到他兄弟偷偷溜走消失了。据说在他家庭里有着"黑人血统"。

马斯克夫人非常害怕，想要离开这所房子。她在一页年历上给刘易斯·琼斯写了一张便条，让邮递员为他传递。

刘易斯去了，但是当他来到大门的时候，海恩斯正潜伏在牲畜屋边，带着一条用皮带拴着的杂交猎狗。

海恩斯大叫："把你那肮脏的爱管闲事的鼻子从这里挪开！"

那只狗流着口水,刘易斯回家了。整个下午他都在想是否要报警,但是最后还是决定不报。

夜里刮起了大风。老松树嘎吱作响;窗户发出颤动的声音,小树枝敲打在他们卧室的窗户上。大概十二点的时候,本杰明听到有人在门外。他以为是海恩斯,因而把他哥哥喊醒了。

敲门声在继续,在呼啸着的风中他们听到一个女人的声音大叫:"杀人了!有人被杀了!"

"上帝啊!"刘易斯跳出了床,"是亚普夫人。"

他们把她带到了厨房。余烬还在炉格里跳跃。好一阵子,她都在含混不清地说:"杀人了!……杀人了!"然后她振作起来冷酷地说:"他把自己也杀了。"

刘易斯点着了一盏防风灯,为他的猎枪装上了子弹。

"请你,"玛丽说——她穿着一件晨衣站在楼梯上,"我恳求你,请小心点。"双胞胎跟着亚普夫人走进黑夜里。

在下布雷克法,厨房的窗户已经被打碎了。在防风灯的光线下,他们模糊地看见马斯克夫人的尸体在一摊深色液体的中央,她弯身倒在摇篮上,棕色的家纺裙子在她的周围铺开。莉莉·安妮远远地蹲伏在角落里,轻轻地抱着一个黑色的物体,是那个婴儿——还活着。

九点钟的时候,亚普夫人像往常一样地去给海恩斯开门。但是他不像往常一样在门阶上等,而是在屋子里四处走动,用枪托敲破玻璃,冲着自己的情人毫不犹豫地开了两枪。

她,凭她最后的本能反应,倒在了摇篮上,因而救下了这个孩子。铅沙弹溅到莉莉·安妮的手上,她和外祖母躲在楼梯下面的橱柜里。半个小时后,他们又听到两声枪响,在这之后就是一片沉寂。亚普夫人再等了两个小时才出去找人帮忙。

"讨厌鬼!"刘易斯说,接着提着灯出去了。

他发现海恩斯的尸体躺在溅满血渍的孢子甘蓝地里。枪在他的身边,他的头已经掉下来了。他在扳机上绕了一圈绳子,把它套在货物上,把枪管放在嘴里,然后拉响。

"讨厌鬼!"他踢着尸体,一次、两次,控制了一下自己,接着又第三次亵渎了死人。

审讯在位于马埃斯费林的公理会教堂的信众厅进行。几乎所有的人都在哭泣。每个人都穿着黑色,除了亚普夫人。她到场时没有一丝眼泪,戴着一只深红的长毛绒帽子,上面有一只粉红的雪纺海葵,在她点头的时候,海葵就会挥动着它的触角。

验尸官用一种悲伤的、阴森森的语气跟她讲话:"在她痛苦的时候,你们教派的有没有背弃你的女儿?"

"没有,"亚普夫人说,"有些人到家里来,并且对她很好。"

"那么让我们向这座小神庙致敬,因为他们没有背弃您的女儿。"

他打算裁定为"故意谋杀后自杀",但是当杰克·海恩斯读了他父亲最后的便条后,验尸官改变了主意,裁决变成"突发情绪下的过失杀人"。

审讯休庭,追悼者走出去参加葬礼。刮起了一阵刺骨的风。在礼拜后,莉莉·安妮跟着她母亲的棺木来到墓地上。她受伤的手包裹在飞舞着的黑色披巾里,她拿着一个黄水仙花环放在红色的土堆上面。

南特雷斯·威廉斯先生请求所有出席的人留下来参加第二场托付给他的葬礼,就在国教教堂墓地远处的角落里。在海恩斯的棺材上只有一个花圈——是月桂树枝做成的,上面还粘着一张卡片:"给最亲爱的爸爸,来自H&J。"

亚普夫人洗劫了房子里任何有价值的东西,跟莉莉·安妮去莱明斯特她姐姐家生活。她拒绝为纪念女儿而花"一个便士",因此买墓碑的事留着让刘易斯·琼斯来完成。他选择了一个粗糙的石头十字架,上面雕刻着一朵雪花莲和一句碑文:"和平!完美的和平!"

大约每一个月,他都要清理墓地上的野草。他种下了一丛每年在她死的那个月份里开花的黄水仙,尽管他从来都不曾原谅自己,但可以从中得到些安慰。

三十五

在离开这个地区之前,亚普夫人让大家知道她无意庇护"这么个结合的孩子";刘易斯提议由幻影农场养她,但没有告诉他的母亲和兄弟。

"我会考虑的。"老妇人说。

他再也没有听到任何消息,直到邮递员告诉他小梅格被安置在岩石农场。他跑到下布雷克法,亚普夫人和莉莉·安妮正把她们的物品搬上一辆运货马车。他抗议说,岩石农场不是一个抚养孩子的地方。

"她属于那里。"老妇人辛辣地回嘴道:显而易见,这与她的想法一致,不是海恩斯,吉姆才是父亲。

"我明白了。"刘易斯垂下了脑袋,伤心地回家喝茶了。

他是对的:岩石农场对于任何一个婴儿来说都不是一个合适的地方。脸上布满肮脏皱纹的老阿姬,虚弱到做不动任何家务活,只是捅捅火里的拨火棍。吉姆太懒了,连烟囱都不打扫,在有风的日子,烟吹回到屋子里头,他们都看不清对面的东西。三个收养的孩子——萨拉、布伦达和莉齐,蹑手蹑脚地走动着,睁着忧愁的眼睛,因为寒冷而流着鼻涕。每个人都因为虱子而发痒。埃塞尔是唯一一个干活的。

为了喂养这些饥饿的嘴巴,她会在晚上溜出去,从其他农场里偷她能找到的——或许是一只小鸭子,或者是一只温顺的兔子。没有人察觉她从幻影农场偷东西,直到一天早上本杰明打开储存食物的棚子的门之后,一只小狗从他的腿中间冲了过去,接着跑上通往克雷格伊伏德农场的田野去了。这只狗是埃塞尔的。她洗劫了玉米箱;他想要报警。

"不,"玛丽阻止了他,"算了吧。"

基于对动物生命的尊重,吉姆从不杀生,因此他的畜群变得越来越老朽。最老的动物——一只叫作多莉的白星眼母羊,都有二十岁了。其他的都不生产,或者掉了白齿,冬天它们死于食物匮乏。在雪融化后,吉姆会收集动物尸体,挖一个共同的坟墓——结果是,几年下来,院子里成为一个大墓地。

一次,在埃塞尔走投无路的时候,她让他去鲁伦卖掉五只母羊;但是到了镇边上,他听到了其他羊的咩咩叫,就不想去了,把他的"小娘儿们"又拉回了家。

在拍卖结束后,他会在拍卖文员边上闲逛,假如有一些没有人要的筋疲力尽的驽马——这些连屠马的都不会要的,他会上前一步抚摸着它的口鼻说:"是的,我会给它一个家。它需要的仅仅是一点儿吃的。"

他穿得像一个稻草人一样,会驾着马车穿过附近的山谷,捡一些破铜烂铁和扔掉的机器。但是他不是拿它们赚钱,而是把岩石农场变成了一个堡垒。

在希特勒的战争爆发之前,房子和外部建筑被一堵由生锈的干草耙、犁头、轧布机、床架和马车轮还有齿向外突出的耙组成的围栏围住了。

他的另一个癖好是收集填充的小鸟和动物,最终,阁楼里塞满了虫蛀过的动物标本,那些女孩子都没有地方睡觉了。

一天早上,当玛丽·琼斯在收听九点钟新闻的时候,她抬起头来看到莉齐·沃特金斯把她的鼻子压在厨房窗户上。女孩的头发平直而油腻。一条小小的花裙挂在她瘦骨嶙峋的身上,她的牙齿因寒冷而发颤。

"那是小梅格,"她脱口而出,用手指擦了擦鼻子,"她快要死了。"

玛丽穿上了她的冬衣,走到风里。过去的一周里她的感觉不是很好。现在是二分点暴风的时候,但是山上的帚石楠呈现一片紫色。当他们走近克雷格伊伏德的时候,吉姆出来骂尖叫着的牧羊犬:"阿查!你这个浑蛋!"她低下头穿过门梁,进入了昏暗的房间。

阿姬正在虚弱地扇着火。埃塞尔双腿叉开着坐在箱形床上。小梅格半盖着吉姆的夹克衫,张着明亮的蓝绿色眼睛瞪着椽看。她的脸颊发红。她的喉咙里发出尖细的咳嗽声。她发烧了,正大口喘着气。

"她得了支气管炎,"玛丽用一种专家的口吻说,"你们得让她远离这里的烟,否则会变成肺炎的。"

"你把她带走。"吉姆说。

她直直地看着吉姆的眼睛。它们跟那小孩子的眼睛一模一样。她看到他在恳求,由此知道他确实是孩子的父亲。

"我当然会带走,"她微笑着说,"让莉齐跟我一起来,我们会很快让她好的。"

她准备了桉树吸入器,在吸了最初的几大口后,梅格开始呼吸顺畅了。她舀了几匙小麦糊放在她的唇间,并将甘菊作为镇定剂。她告诉莉齐如何用海绵为她擦水,这样把温度给降了下来。整个晚上她们都没有睡,在火边竖直地抱着让她暖和。时不时地,玛丽在她的拼缝被子上绣上几颗黑色的星星。到了早上,危机消除了。

很久之后,当刘易斯想起她母亲最后的岁月,一个特殊的景象出现在他的记忆中:她缝被子的样子。

她在打谷的日子开始这项工作。他记得回屋喝茶,并把麦壳从衣服和头发上抖下来。她最好的黑色短裙像裹尸布一样摊开在餐桌上。他记得她怕灰尘弄脏了天鹅绒的警觉样子。

"我就只能参加一次葬礼了,"她说,"那就是我自己的。"

她的剪刀把短裙剪成一条条的布条。接下来,她剪了很多花哨的印花棉布的连衣裙——在箱子里放了四十年后散发出樟脑的味道。然后她把她人生的两半缝了起来——早期在印度的生活,以及在黑山上的日子。

她曾说:"这是能纪念我的东西。"

被子在圣诞节做好了。一段时间之前,刘易斯曾站在她的椅子后头第一次发现她呼吸的短促和她手上坚硬的蓝色血管。她看上去比七十二岁要年轻得多,一部分原因是她那没有皱纹的脸;另一部分原因是随着岁月的增长,她头发的棕色反而越来越深。那时,他意识到这个三角关系——儿子、母亲和儿子,将会很快不复存在。

"是的，"她曾疲倦地说，"我有颗心。"

在一段时间里，一家人陷入了烦恼和分裂。

刘易斯怀疑他母亲和兄弟密谋反对他：他没有女人的事实是他们两人计划的一部分。他痛恨他们不让他了解农场财务状况的方式。他也应该有发言权吧？他坚持要审核账目，但是当他对贷方和借方的两栏数字困惑不已时，玛丽会用袖子擦擦他的脸颊并且温柔地低语："你对数字不敏感，仅此而已。这不用感到害臊。为什么不让本杰明来弄呢？"

他还痛恨他们的吝啬，这对他来说似乎不公平。假如他想要一台新机器，她会拧着她的手说："我倒是很想给你买。恐怕我们没钱。等到明年吧。"但是如果是买土地的话，他们永远都有足够的钱。

她和本杰明买土地都上瘾了，就好像每一亩新的土地都可以让他们将这个敌对世界的前沿推后一点。但是多余的土地意味着多余的工作；而当刘易斯建议用拖拉机代替马的时候，他们倒吸一口气。

"拖拉机？"本杰明说，"你一定是疯了。"

当他们两人从鲁伦的律师那里回来宣布他们买下了下布雷克法，他真是火冒三丈。

"买了什么？"

"下布雷克法。"

自从马斯克夫人去世后已经有三年了，她那小农场已经被毁坏了。酸模和蓟入侵了牧场。院子里满是荨麻。屋顶的石板瓦已经丢失，卧室里有只仓鸮正在筑巢。

"你们自己去耕种吧,"刘易斯怒气冲冲地说,"拿走一块死去的女人的土地是种罪恶。我才不会踏上那块土地。"

但是最后他妥协了——就像他一直在妥协,尽管是在他也犯了罪之后。他在酒吧里喝酒,并且特别费心地和一些在附近住下来的新邻居交朋友。

在鲁伦市场,他发现自己站在离一个奇怪的长腿女人几尺远的地方,她的嘴唇和指甲都是鲜红色的,太阳眼镜片嵌在白色的树胶里头。她手臂上是一只柳条大篮子。一个年轻点的男人跟她在一起,当他掉了几只鸡蛋的时候,她把太阳眼镜推到了额头上,用沙哑的声音慢吞吞地说:"亲爱的,不要那么绝望……"

三十六

乔伊和奈杰尔·兰伯特是艺术家妻子和艺术家本人,他们在吉利费诺格租了一间小屋。

艺术家曾在伦敦成功地举办过一次展览。人们很快就看见他带着颜料盒和画架,在山上描绘云朵和阳光组成的景观。他那一圈漂亮的卷曲头发一定曾是"天使般的",他已经开始发胖了。

兰伯特夫妇偷偷分享杜松子酒,但他们不分享同一张床。他们在地中海地区游荡了五年,因为坚信马上要爆发战争了,就回到了英国。两个人都小心翼翼,免得人们认为他们是中产阶级。

因为他们对农民的喜爱——他们称之为"土豆仔",他们在牧羊人之家每周喝三次酒。在那里,奈杰尔的西班牙内战的故事给当地人留下了深刻的印象。下雨的日子,他会披着一条厚厚的、前下方有一个棕色污点的羊毛斗篷昂然走进酒吧。这个,他说,是一个死于他怀中的共和派战士的鲜血。但是乔伊对他的故事已经很厌烦了,从前都已经听过了。"真的吗,小鸭子?"她会插嘴道,"上帝啊!那一定很恐怖!"

乔伊在装饰她的房子,她太忙了没法注意到她的邻居。假如她的确留意到了琼斯双胞胎,会发现他们是"两个跟妈妈生活的男孩子"。

她总是以她的品位以及用很少的钱"将就过日子"的能力出名。她会在一堵刷白的墙上涂上一抹蓝色,在另一堵墙上涂上一点土黄色。她用一个裱糊工人的旧支架代替餐桌。窗帘是用衬垫做的,沙发上盖着马毛毯,垫子用马具商的方格呢披肩套着。她坚持原则不愿"消遣"物品。她拥有一件艺术品——一副毕加索蚀刻画,她把奈杰尔的画驱逐到工作室里。

一天,她环顾房间后说:"这间房子需要一张……好的……椅子!"她一定是看了不下几百张靠背椅,最后看中了岩石农场的一张破得有点漂亮的椅子。

奈杰尔整天都在那里画素描,她爬上去接他。在她的脚还没跨进门之前,她低声说:"上帝啊!这里有我的椅子!问一下那个老女人她要多少钱?"

另一次,她到幻影农场去买一些玛丽的农场黄油,她发现一只棕色旧罐子露在垃圾堆外面:"天哪!这么好的一只罐子!"她指着裂开的灰色釉彩叫道。

"好吧,如果能用的话你就拿走吧。"刘易斯满心怀疑地说。

"我用它来种花。"她咧着嘴笑道。"野花!不喜欢园林花卉。"她轻蔑地将手臂挥过本杰明的三色堇和桂竹香后补充道。

一个月之后,刘易斯在小路上碰到她,她手里头各拿着一朵毛地黄,其中一朵反常地苍白。

"琼斯先生,我需要你的建议。你会选择哪一朵?"

"非常感谢。"刘易斯说,完全目瞪口呆。

"不!你喜欢哪一朵?"

"那朵。"

"就是,"她说,把深色那朵扔到树篱后头,"另一朵真是令人讨厌。"

她请他过去坐坐,他去了,很惊讶地发现她穿着粉红色的水手裤子,戴着一条红色的头巾,正在劈丁香树丛,并把树枝拖到一堆篝火上。

"你是不是根本不喜欢丁香?"她说,烟从她的腿中间冒出来。

"我不能说自己对此已经充分考虑过了。"

"我考虑过了,"她说,"这个气味让我一个星期都感到糟糕透顶。"

下午晚些时候,当奈杰尔回来喝他的那罐茶,她说:"知道吗?我对刘易斯·琼斯非常有好感。"

"哦?"他说,"是哪一位?"

"真的,亲爱的!你**真的**不善于观察!"

她下一次碰到刘易斯是在赶羊的那一天,在牧羊人之家酒吧里。

从早上七点,骑在马上的农夫已经开始清理山了,咩咩叫的白色一团现在在埃文·贝文的围场里很安全,等待着下午的挑选。

天很热,山很朦胧,荆棘丛就像一小团一小团的绒毛。

处于极度兴奋情绪中的奈杰尔坚持买了所有的饮料。刘易斯靠在他的胳膊肘上,他的背朝着窗台。网状的窗帘在他的肩膀周围鼓了起来。他的头发是泛着光泽的黑发,从中间分开,夹杂着一两缕灰色。他在钢架眼镜后面眨着眼睛,他试图跟上奈杰尔的故事,中途偶尔微笑一下。

乔伊从她的杜松子酒杯抬头看。她喜欢他那坚固的白色牙齿。她喜欢他的裤带在灯芯绒裤子上挤在一起的样子。她喜欢他的大手抱着大啤酒杯上的小坑。她看见他看着她杯沿上的唇膏。

"好吧!你这个假正经!"她想。她拔出一支香烟并得出两个结论:一,刘易斯·琼斯是个处男;二,这将会是一次漫长的行动。

在剪羊毛工作进行到一半的时候,奈杰尔走上幻影农场问他是否可以画一些工作中的男人。

"我不会阻止你的。"本杰明友好地说。

剪毛棚里又凉又黑。苍蝇绕着从屋顶的裂缝中漏下来的灰暗的光线飞。整个下午,艺术家都靠在一个干草捆上蹲坐着,膝盖上放着一本素描本。太阳落山的时候,苹果酒桶拿出来了,他跟着本杰明到鸡窝,说他有一些事情要讨论。

他想要画一组十二幅蚀刻画来演示"养羊人的一年"。他在伦敦有个诗人朋友,确信他会为每一个月写一首十四行诗。不知道琼斯先生,他是否同意当模特?

本杰明皱起了眉毛。他本能地不相信"来自外界的"任何人。他知道什么是十四行诗,对蚀刻画却不是很了解。

他摇了摇头说:"我们现在正忙呢。我挤不出时间。"

"这不需要时间!"奈杰尔打断了他,"你可以继续你的工作，我会跟在后面画画。"

"好吧，"本杰明满心忧虑地抚摸着他的下巴，"那行吧，有何不可？"

在一九三八年的夏天和秋天，奈杰尔给本杰明·琼斯画素描——他和他的狗一起，拿着他的曲柄杖，拿着他的阉割刀，在山上，在山谷中，或者像一座古代希腊的雕塑一样将一只羊挂在他的肩膀上。

在湿漉漉的日子里，奈杰尔披着西班牙斗篷，并且在他的口袋里放上一瓶白兰地。他只要喝了酒就会吹嘘一番；有一位对西班牙一无所知因此无法核实他的故事细节的听众真是一种放松。

故事里有些东西令本杰明想起了他在军中拘留所里的日子——那些卫兵让他做的事情，肮脏的、耻辱的事情，他从未告诉过刘易斯的事情，现在他能把它们从自己的胸口清除了。

"是的，他们常常这么做。"奈杰尔说着，从头到尾地打量着他，接着看着地面。

兰伯特夫妇两人都刺激着玛丽的神经。她知道他们很危险，并试图警告她的儿子们这些陌生人只不过想玩些游戏。她蔑视奈杰尔拿腔拿调地说着劳动阶级的俚语。她对本杰明说："他是个软骨头。"对刘易斯说："我想不通你为什么喜欢那个女人。涂成这样！她看上去像只鹦鹉！"

大约每周一次，兰伯特夫人都雇刘易斯带她骑马。一个有雾的傍晚，当他们出去在山上的时候，奈杰尔出现在幻影农场，带来了他即将于次日去伦敦的消息。

"你会去多久呢?"本杰明问。

"说不准,"艺术家回答道,"这得由乔伊决定,但是我们一定会在产羔季节回来的。"

"最好是!"本杰明咕哝着,继续扳动着甜菜搅碎机。

那天下午两点,乔伊快速地吞下了一些点心,咽下了三杯浓黑咖啡,在她的小屋外走来走去,等待着刘易斯·琼斯。

"他迟到了!该死!"她冲着一棵死了的蓟甩动着她的短马鞭。

山谷被雾包裹着。蜘蛛网结在枯草上,带着亮晶晶的露水摇晃着;在那行树篱下,她所能看见的只是那灰色橡树越来越模糊的影子。奈杰尔在他的工作室里,留声机放着柏辽兹。

"讨厌柏辽兹!"当唱片结束的时候,她大声喊叫,"亲爱的,柏辽兹真令人厌烦!"

她对着厨房窗户审视了她的身影——修长整洁的双腿穿着米黄色马裤。她伸缩着自己的膝盖,这样它们能更好地紧贴着开叉。她解开了赤褐色骑马服的纽扣。在里头,她穿着一件淡灰色的套头衫。穿着这些衣服她觉得既舒服又充满活力。她的脸上围着一条白色头巾,别在一顶男式平顶帽上。

她用小手指抹了一下她的唇膏。"上帝!我太老了,不能玩这种危险游戏了。"她低声说着,然后听到了矮马在草地上的哒哒声。

"迟到了!"她咧着嘴笑道。

"真的抱歉,夫人!"刘易斯说,在他的帽檐下羞涩地笑着,"我跟我的弟弟有了点小麻烦。他不太喜欢这个。说我们也许会在雾里迷路,可能。"

"好吧,你不害怕迷路吧?"

"不,夫人!"

"那就这么定了!还有,山顶肯定是晴的。你就等着瞧吧!"

他递给她灰马的缰绳。她翘起了她的腿,跨上了马鞍。她带头,他跟着。他们沿着去上布雷克法的小道快跑而去。

山楂树在他们的头顶形成了一条隧道,树枝刮碰着她的帽子,晶莹的水珠洒在她身上。

"希望别针还在里头。"她说,踢了踢马让它慢下来。

他们经过了牧羊人之家,在通往山里的大门口停了下来。她用马鞭打开了门闩。当她把门在他身后关上时,他说:"非常感谢。"

小径很泥泞,荆豆花摩挲着他们的靴子。她往前倾,在鞍头上蹭蹭自己。潮湿的山中空气充满了她的肺。他们看见了一只秃鹫。前头看上去已经明亮一点了。

来到了一丛落叶松这里,她喊道:"看!我说什么来着?太阳!"落叶松的金色茸毛在一片乳蓝色的天空下闪闪发亮。

接着他们小跑进太阳光里头,云朵在下面分散开来,跑啊跑,好像跑了好几英里,直到她在一条溪谷的边上拉住了她的马。在风刮不到的一块空地上,站着三棵苏格兰松树。

她跳下来走向它们,对一只落在那剪得很短的草皮上的松果爱不释手。

"我喜爱苏格兰松树,"她说,"当我很老很老的时候,我想要看上去像一棵松树一样。知道我的意思吗?"

穿着雨衣非常热,他在她身边喘着气。她抓了抓树皮,其中一片落到了她手中。一只蠼螋为了安全碎步疾跑。她认定时机已经成熟,把她涂着指甲油的手从树干上挪到了他脸上。

当她推开小屋门的时候天已经黑了,奈杰尔正在炉火边打盹。她砰的一声把马鞭扔在了桌子上。在她的马裤上有苔藓的痕迹。"你赌输了,小鸭子。你欠我一瓶哥顿。"

"你得到了他?"

"在一棵古松树下!非常浪漫!非常潮湿!"

从刘易斯跨过门槛的时候,玛丽就彻底明白发生什么了。

他走路的姿势不一样了。他的眼睛像个陌生人一样在房间里摸索。他盯着她,就像她也是个陌生人一样。她用发抖的双手拿起一片杂碎饼。银调羹闪着光。一缕水蒸气升了起来。他继续盯着,就像在他的一生中从来都没有在晚餐时就座过。

她拨弄着她的食物,但是不能让自己吃下去。她坐着等本杰明爆发。

他假装什么都没注意到。他切下一小片面包,去擦盘子上的汁。接着他用刺耳的声音问:"你脸颊上的是什么?"

"没什么。"刘易斯支支吾吾地说,摸索着找餐巾去擦掉唇膏,但是本杰明赶紧绕过桌子把他的脸凑了过去。

刘易斯惊慌失措。他的右手猛地打到他弟弟的牙齿上,然后他跑出了屋子。

三十七

他离开了，去了赫里福德郡沃伯利附近的一个养猪场。两个月之后，无法抵御家的诱惑，他找了一份在鲁伦的工作，替一位农商做搬运工。他睡在做工的地方，不跟任何人说话。走进办公室的农民都对他空洞的眼神感到惊讶。

因为他没有捎信给他母亲，她在一个下午安排了搭乘邻居的车来到镇上。

凛冽的风从城堡街呼啸着吹过来。她的眼睛充满泪水，商店、房屋正门和行人都化成灰色的一团模糊。她紧紧抓住自己的帽子，沿着人行道缓缓前行，接着转向左边躲开风进入马掌院子。商店外面，一辆马车满载着谷物袋。

另一个袋子从双开门里递出来。

她被眼前这个穿着工装裤的瘦骨嶙峋、眼睛凹陷的男人吓了一跳。他的头发变灰了。一只手腕上有一道可怕的紫色疤痕。

"那是什么？"当他们独处的时候她问道。

"假如你的右手冒犯了你……"他低声说。

她倒吸了口气，遮住自己的嘴——接着呼了出来："感谢上帝！"

她把自己的胳膊塞到他的下面，他们走向河流，沿着桥走。瓦伊河正在涨水。一只鹭站在河水的浅滩；在远处的河岸，一个渔夫正在投线钓鲑鱼。雪堆在拉德诺山顶上。背对着风,他们看着洪水冲过一堆堆东西。

"不,"她浑身颤抖,"你还不能回家。看见你弟弟现在这个样子真是糟糕。"

本杰明对刘易斯的爱是残忍的。

春天来了。白屈菜在矮树篱里开出了星星。看起来本杰明的愤怒似乎永远都不会消失。为了让她的思想远离自己的痛苦,玛丽做家务做到筋疲力尽:她缝补毯子上所有能找到的蛀洞;她为两个儿子织袜子;她在储物柜里放满货物并且擦掉隐藏的裂缝中的污垢——就像在做长途旅行前的准备。然后,在她不能再干下去的时候,她倒在摇椅上听着自己的心跳。

印度的景象不断在她眼前闪过。她看见一片闪光的堤滩地,一个白色圆屋顶在薄雾中飘浮。戴着头巾的男人们背着用布扎好的东西往岸边走。火在闷燃,鹞鹰在头顶盘旋。一只小船顺流滑行。

"河!河!"她悄悄地说,摇摇头从幻想中醒来。

九月第一个星期的一天,她醒来时感到肠胃胀气和不消化。她为本杰明的早餐煎了一些火腿培根,却没有力气把它们从平底煎锅里叉出来。她胸口一阵紧紧的疼痛。在她倒下前,他把她抱到卧室里。

他跳上他的自行车,骑到马埃斯费林的公共电话亭,叫了医生。

傍晚六点,刘易斯从外面送一车牛蛋糕回来。办公室里,文员正把注意力集中在收音机上,收听着来自波兰的最新消息。他抬头看了一眼,告诉他给外科医生打电话。

"你母亲得了冠状动脉,"加尔布雷思医生告诉他,"看上去不太好。我给她打了吗啡,她能挺一阵子。尽快赶过去吧。"

本杰明跪在床的远端。夜晚的月光从落叶松林子里倾泻进来,触到了霍尔曼·亨特版画的黑色镜框上。她正在流汗。她的皮肤发黄,目不转睛地注视着门把手。她嘴唇间呼唤着刘易斯的名字。她的手一动不动地放在黑色天鹅绒的星星上。

小路上传来一阵车子的声音。

"他来了。"本杰明说。从老虎窗里,他看着哥哥付钱给出租车。

"他来了。"她重复着。当她的头斜向枕头的一边时,本杰明抓着她的右手,刘易斯抓着左手。

早上,他们在蜂箱上挂起黑色绉纱告诉蜜蜂们她走了。

葬礼过后的晚上是他们一周一次洗澡的时间。

本杰明在后厨煮铜壶,并且在壁炉前的地毯上铺一块布。他们轮流给对方的后背擦肥皂,并用丝瓜络刷洗。他们最喜欢的狗蹲伏在浴盆边上,它的头枕在前爪上,火光在它的眼睛里跳跃。刘易斯把自己擦干,看见他们父亲的两件没有漂白的白色厚棉布睡衣铺在桌子上。

他们穿上了睡衣。

"现在晚安了!"

"晚安!"

他们凭借对母亲的回忆,最终联合在一起,却忘了整个欧洲都处于水深火热之中。

三十八

战争冲击了他们,但是没有打扰他们的独处。

时不时地,传来敌人轰炸机的轰鸣,或者一些烦人的战时限制,提醒着他们在马莱文山外发生的战斗。但是英国的战斗对于刘易斯的剪贴簿来说太大了。一种对入侵的恐惧——说是德国跳伞者在布雷肯毕肯斯,是一条假警报。十一月的一个晚上,当本杰明在地平线上看见一片红光而天空被燃烧弹点燃的时候——这是考文垂突袭,他说:"干得好,不是吗?"然后回去睡觉了。

刘易斯想要参加地方军,但是本杰明劝说他不要这么做。

在公理会教堂,双胞胎并排并坐在他们父母的长椅上。在每次聚会之前,他们都会在墓旁静静地冥想一个小时左右。有些星期天,特别是事先有个圣经班,"岩石"小梅格会和其中一位收养的姐妹一起来。每次看见这个戴着虫蛀的贝雷帽的瘦骨嶙峋、面黄肌瘦的小孩,就会唤醒他对于丢失的爱情的回忆,以及他的忧伤。

一个狂风大作的早晨,她冻得脸色发青地走了进来,手上抓着一把雪花莲。牧师有背诵第一段赞美诗的习惯,然后让其中一个孩子一行一行地背诵。在宣布赞美诗第三首——威廉·考珀的《赞美开放的喷泉》时,他的手点到了梅格。

>有一座喷泉充满鲜血
>源自以马内利的血管
>罪人投入这股洪水
>洗却一切犯罪的污点

梅格紧紧抓住手里的雪花莲,努力背诵第一行,但是到了"以马内利的血管"的时候,她却静默了。被挤碎的鲜花掉在她脚下,她开始吮吸自己的手指。

学校的老师说:"这个孩子没什么指望。"但是,尽管梅格从不阅读也不写字也不做最简单的计算,她会模仿任何一种动物或小鸟的声音;她还在上等白色细棉布手帕上绣鲜花和叶子组成的花环。

"是的,"老师向他吐露心声道,"梅格是位手巧的小缝纫工。我相信是法菲尔德小姐教她的这门艺术。"另外又告诉他年轻的比利·法菲尔德是皇家空军飞行员,罗茜独自一人生活在小丘农场,因支气管炎而卧病在床。

午饭过后,刘易斯装了一篮食物,并在奶场里灌了一听牛奶。银灰色的太阳在黑山上低低地挂着。在他走路的时候,牛奶哗啦哗啦地撞着盖子。农舍后面的山毛榉呈现出灰色,秃鼻乌鸦飞了起来,它们的翅膀尖像冰片一样闪亮。花园中有圣诞玫瑰正在盛开。

自从上次遇见后已经过去了二十四年。

罗茜穿着一件男人的大衣拖着脚走到门前。她的眼睛跟从前一样蓝,但是她的脸颊是凹陷的,头发也变灰了。当她看见一个高高的、头发灰白的陌生人站在门阶上时,她的下巴都惊掉了。

"我听说你生病了,"他说,"所以我给你带了些东西来。"

"是刘易斯·琼斯,"她喘着气说,"快进来暖和一下。"

屋子狭小而昏暗,白灰从墙上掉了下来。火炉上方的壁架上放着茶叶罐和她的双子座钟。一张彩色石印画挂在后墙上——描绘的是一个金发女孩沿着一条林中小路采小花束。一只扶手椅上丢着一件针线活样品,完成了一半。一只被阳光吵醒的蛱蝶,在窗户上扑打着翅膀,尽管它的翅膀被一张肮脏的蜘蛛网给绊住了。地板上都是书。桌子上放着一罐罐腌好的大蒜——这是她不得不吃的仅有的东西。

她打开了篮子,贪婪地查看着蜂蜜和饼干、猪头肉和培根,把它们都摆了出来却没有说一句谢谢。

"坐下,我去倒杯茶给你。"她说着,然后去洗涤室洗茶杯。

他看着那幅图画,想起了他们一起沿着河流散步的情景。

她鼓起风箱来助燃火焰,当火舔着水壶下面的煤灰,她的大衣滑落下来,里面的粉红色棉法兰绒睡衣垂下她的肩膀。他询问小梅格的情况。

她的脸上泛着光:"她是个好女孩。非常诚实!不像其他那些人,从不偷东摸西!哦!他们对待她的方式让我的血脉偾张。她从不伤害生命。我在这里的花园里看见她,她正给雀鸟喂食。"

茶水滚烫。他在沉默中心神不安地抿了一口。

"他死了吧,不是吗?"她的声音很尖锐,带着谴责的味道。

他在抿第二口之前停了一下,说:"听到这个我很伤心。"

"跟你有什么关系?"

"在飞机上,对不?"

"不是他,"她打断说,"我不是说我的比利。我是说他的父亲!"

"比克顿?"

"是的,比克顿!"

"好吧,他肯定是死了,"他回答道,"在非洲,我确实听说了。死于酗酒。"

"太好了!"她说。

在离开之前,他给一整个星期都没吃草的羊喂了食。他拿了牛奶罐并承诺星期四再来。

她抓着他的手深吸了一口气:"要等到星期四吗?"

她从卧室的窗户看着他沿着那排山楂树离开,太阳光在他的腿中间穿过。她在窗玻璃上擦了五次水汽,直到那个黑色的点从视野里消失。

"没有用的,"她大声说了出来,"我恨男人——所有的男人!"

那个星期四,她的支气管炎好了很多。但是尽管她能够更自如地谈话,却只有一个话题吸引着她的注意:那就是刚被美国军队征用的勒金霍普城堡。

那个地方一直空了五年。

雷吉·比克顿死了,在肯尼亚死于酒精中毒,那一年他的咖啡种植园失败了。这处房产留给了一位远房表亲,他不得不再次支付遗产税。伊索贝尔也死了,死于印度;南希搬到了马厩上面的一套房间里——正如她父亲所说,那里比房子都要造得好。她独自一人跟她的哈巴狗住在那里,替她那在法国南部被拘禁的母亲感到着急。

她为一些黑人美国大兵举办了一场晚宴,人们说着最古怪的话。

除了在鲁伦集市上看见的那个黑人拳击手之外,双胞胎从来都没有看见过一个黑人。现在,没有一天不会看见这些高大黝黑的陌生人,三两成群地在小路上溜达。

本杰明假装被城堡流出的故事所震惊。他们会不会拆了地板扔到炉格里烧?

"哦!"他摩擦着自己的手,"他们来的地方确实很热。"

一个有雾的傍晚,在从马埃斯费林回家的路上,一个打扮得很整洁的巨人冲他打招呼。

"你好,伙计!我是查克[①]。"

"我一个人也挺好。"本杰明害羞地说。

那个人的表情很严肃。他停下来说话,谈到了战争和纳粹主义的恐怖。但是当本杰明问"在非洲"的生活是怎么样的,他笑得起了皱纹,并且捧着自己的肚子好像停不下来了。接着他在黑暗中消失了,在他竖起的厚长大衣领子上面露齿一笑。

另一次值得纪念的事件是来自英联邦自治领的军队在比克

---

① 跟"小亲亲"同音同形。

顿的小地方上演了一次模拟攻击。

双胞胎从下布雷克法给一些小牛灌药回家，发现院子里有成群结队的"黑鬼"，有些戴着歪向一边的帽子，有些头上"包着毛巾"——他们是廓尔喀人和锡克教徒，都"像猴子那样喋喋不休，把家禽都吓坏了"。

但是战争中的重大事件是飞机失事。

一架阿夫罗安森飞机的飞行员，从一次侦查行动中返航，错误估算了黑山的高度，坠落在克雷格伊伏德上面的峭壁上。一位幸存者从峭壁上一瘸一拐地走了下来，叫醒了"岩石"吉姆，他跟着搜寻队一起上去，发现飞行员已经死了。

"我看见他了，"吉姆过后说，"冻死了，他的脸裂开着，飞机掉了一地。"

地方军封锁了这个区域，从出事地点清理出三车残骸。

刘易斯非常遗憾吉姆能够看到失事的飞机而他却没有。他能找到的是寻石楠上散落的帆布碎片和一条上面插着插销的铝片。他把这些塞在了自己的口袋里，留下来当作纪念品。

同时，本杰明在一个萧条的市场上捡了个便宜，在他们的财产清单里又增加了一个六十英亩的农场。

潘特位于山谷下面半英里的地方，在小河的两边都有可以耕种的田地。经过犁地和耕作，这些地里出产收成可观的土豆；为了帮助他们收割，部里的人派了一名德国战犯给双胞胎。

他的名字叫曼弗雷德·克卢格。他是个肥胖的、粉色脸颊的家伙，来自巴登—符腾堡州的乡下。他的父亲是村里的护林人，曾残暴地鞭打他；他的母亲死了。被征召入伍后，他曾在非洲军团服役。他在厄尔阿拉曼被捕是他距今为止为数不多的幸事之一。

双胞胎对听他的故事从来都不感到厌倦。

"我亲眼看见元首，**对**！当时我在西格马林根。**对**！……很多人！非常多的人！**对**！'嗨希特勒！'……'嗨希特勒！'**对吧**？……**对吧**？但是我说'**愚蠢！**'**很响**！人群中在我边上的这个人……很大一个男人。红脸大个子……**对吧**？他说我：'你说，愚蠢！'"我说他：'**对的**，很愚蠢！'所以他打！**对吧**？其他人都打！**对吧**？所以我就跑了……！哈！哈！哈！"

曼弗雷德是个勤快的帮工。一天结束的时候，他工作服的腋窝下有汗圈。就像父母亲宠爱自己的孩子一样，双胞胎给他在屋子里穿的其他衣服。门廊上挂着第三顶帽子，第三双靴子，餐桌边的第三个位置——所有的一切都提醒他们生活并没有抛弃他们。

他狼吞虎咽他的食物，并且只要有一顿美餐在眼前，他总是显得很喜欢。他很自爱，睡在阁楼上老萨姆的房间里。每个星期四，他得向兵营报告。双胞胎害怕星期四的到来，怕他被调往其他地方。

因为他养家禽很有天分，他们允许曼弗雷德养自己的鹅群，并把收益当做零花钱。他爱他的鹅，可以听到他们在花园里语无伦次地对话："komm, mein lieseli！komm ... schon！komm zu Vati！"

接着，在一个可爱的春天的早上，战争结束了。在《拉德诺郡公报》上刊登了一条大胆的标题：

五十一磅半重鲑鱼"被发现"
　　在科尔曼的池塘

**　　准将花了三个小时**
**　　跟巨大的鱼斗争**

　　对于想了解最新国际事件的读者,这页的边缘上有一个短一点的栏目:

　　"同盟国进入了柏林——希特勒死于地堡;墨索里尼被游击队员杀死。"

　　至于曼弗雷德,他对德国的陷落同样感到冷漠,却在几个月后看见《世界新闻》上刊登的一张蘑菇云照片时面露喜色。

　　"是好的,**对吧**?"

　　"不,"本杰明摇摇头,"这很糟糕。"

　　"Nein, nein!(**不,不!**)是好!日本完!战争完!"

　　那天晚上,双胞胎做了一个相同的噩梦:他们的床幔着火了,他们的头发着火了,他们的头被烧成闷燃的残余。

　　当第一批犯人被遣送回国的时候,他并没有表现出想要回家的迹象。他提到在这个地区定居下来——和他的妻子一起,还有一个家禽饲养场;双胞胎鼓励他留下来。

　　不幸的是,他的脑子对酒精的抵抗力很差。战争限制一解除,他跟"岩石"吉姆就成了酒场好友。他会随时喝得醉醺醺的,而双胞胎会在第二天早上发现他喝得烂醉躺在稻草堆里。本杰明怀疑他和沃特金斯的其中一位女孩厮混,于是考虑是否赶走他。

一个夏天的下午,他们听到公鹅在大声叫唤,曼弗雷德用德语在叽里咕噜地说话。

他们从门廊里出来,看见院子里站着一位中年妇女,她穿着棕色的灯芯绒裤子和一件蓝色的埃尔特克斯衬衫。她手里拿着一张地图。当她转过身面对他们的时候,她的脸容光焕发。

"所以!"她大叫:"双胞胎!"

三十九

洛特·桑斯是个又高又美的女人，长着灰色的斜眼睛，编着像船上的缆索一样的金发辫。她离开维也纳不到一个月。她的父亲是一位外科医生，病得很重不能旅行；而她姐姐却对危险视而不见。她在手提包里放一份国内的科学学位证书来到维多利亚火车站——一九三九年，当雇工是进入英格兰的唯一有把握的方式。

她那源自英国小说的对于英格兰的热爱，在她的记忆里与福拉尔贝格的徒步旅行、龙胆草、松树的香味以及在高山的阳光下弄花她的眼睛的简·奥斯汀小说结合在了一起。

她跟萨拉热窝事件之前的淑女一样，以一种充分的优雅移动。她在战时伦敦的生活比她所知道的任何东西都要令人沮丧。

一开始，她被拘留了。接着，因为她接受过心理治疗医师的培训，她得到了一份在瑞士村的一家诊所里为空袭受害者治疗的工作。她的工资勉强支付一间阴暗房间的房费。她的力量逐渐在咸牛肉和小包装土豆的菜单中消失了。一个单灶煤气灶是她煮饭的唯一方式。

有时候，她在汉普斯特德咖啡馆与其他的犹太难民见面。但是核桃蛋糕难以下咽，并且背后中伤更加剧了她的悲惨，她会在雾茫茫、黑魆魆的街道上摸索着回家。

只要战争继续,她就沉浸在希望里,这是她给予自己的奢侈。现在,胜利了,希望也就失去了。维也纳没有任何消息。在看过贝尔森①的照片后,她彻底崩溃了。

诊所的领导建议她休假。

"我能行,"她犹豫不决地说,"但是我要在哪里才能找到一些山呢?"

她乘火车到赫里福德,接着乘汽车到鲁伦。好多天,她都沉湎于从伊丽莎白女王时代开始就没有任何变化的树叶茂密的小路。一品脱的散装苹果酒就能让她上头。她在覆盖着常春藤的国教教堂院子里读莎士比亚。

在最后一天,因为感到身体强健了很多,她爬上了黑山的山顶。

"啊!"她用英语叹气,"这里终于可以呼吸了……"

她碰巧穿过幻影农场的院子走回去,听到了曼弗雷德用德语跟他的鹅说话。

刘易斯跟来访者握手并说:"快请进来。"喝过茶之后,她匆匆记下本杰明的威尔士蛋糕的配方,他带着她看看房子。

他打开了卧室的门,没有露出一丝尴尬。看见镶着蕾丝边的枕头套,她的眉毛拱起来:"你们很爱你们的母亲?"

本杰明低下了他的头。

在离开之前,她问他们是否欢迎她再来。

"假如您愿意再来。"他说,因为她的举止中的某些东西令

---

① 纳粹德国集中营。

他想起了玛丽。

第二年,她在九月的末尾乘着一辆灰色双门小汽车过来。她问起了"我的年轻的朋友曼弗雷德",本杰明皱起了眉毛:"我们不得不让他走了,我说。"

曼弗雷德让"岩石"莉齐怀孕了。而他无论如何做了件"有绅士风度的事情"——娶了她,这样就确保了他留在英国的权利。他们夫妇二人去了金顿一家家禽饲养场工作。

洛特开着车子带着双胞胎在周围的乡村探险。

他们参观了巨石墓、崩塌的修道院以及一座长着圣棘的教堂。他们沿着一段奥法堤散步,还爬了卡尔克拉多克,这里是卡拉克塔克斯抵抗罗马人的地方。

他们对于文物的兴趣重新活跃了起来。迎着寒冷的秋风,她穿着一件紫红色灯芯绒夹克衫,衣服上面有着很大的贴袋和衬肩。她把他们的评论用硬面笔记本记下来。

她似乎沉浸在公共图书馆全部的藏书中。她对于当地历史的掌握真是令人可怕,有时候,她会变得很强势。

在去佩恩斯堡的路上,他们遇到了一个穿着灯笼裤的老男人——一位业余的古文物收藏家,他正在丈量护城河。他顺便提到欧文·格伦道尔于一四〇〇年保卫城堡的事。

"大错特错!"她反对道。战争发生在皮勒斯,不是在佩恩斯堡;是一四〇一年,不是一四〇〇年。那个男人看上去很紧张,请求允许离开后,逃走了。

刘易斯大笑起来:"哦!她的脑子确实拧得很紧!"——本

杰明也同意。

她在鲁伦一家有早点供应的地方租了个房间,并且没有表示出想回伦敦的意思。慢慢地,她攻克了他们的害羞。她在他们的生活中赢得了第三个人的位置,最终达到可以了解他们最私底下的秘密的地步。

并不是说她要隐瞒她对于他们的兴趣!她告诉他们,在战前的维也纳,她曾研究过从不分开的双胞胎。现在,她想要继续研究。

她说,双胞胎在大多数神话中占有一席之地。希腊的那一对:卡斯托耳和波吕克斯,是宙斯和天鹅的儿子,是从同一只卵里跳出来的。

"就像你们两个!"

"太奇妙了!"他们坐直了身子。

她继续解释同卵双胞胎和异卵双胞胎的不同:为什么有些是完全一样的,而有些则不一样。这是个风很大的夜晚,一阵阵的烟从烟囱里刮下来。当他们试图理解她那令人眩晕的多音节词时紧紧抱着自己的脑袋,但是她的话似乎把他们带到了胡言乱语的边缘:"……精神分析……调查表……遗产和环境的问题……"这都意味着什么?在某一时刻,本杰明站起来请求她在一片纸上写下"单卵的"这个单词。他把它折叠了起来塞进他的背心口袋里。

最后她说很多同卵双胞胎都分不开——甚至是死时。

"啊!"本杰明用梦幻般的声音叹了口气,"我总是能感觉到这一点。"

她握紧她的手,身子在灯光下往前倾,问他们能否回答一系列的问题。

"我是不会让你中止的。"他说。

刘易斯在靠背椅上坐直,盯着火堆。他不想回答问题。他似乎听到他母亲说:"小心这个外国女人!"但是最后,为了让本杰明高兴,他不再拒绝。

洛特跟随在双胞胎的日常生活中。他们没有一个人习惯于坦白事实,但是她温暖的理解力和尖锐的喉音在接近和距离之间保持着恰当的平衡。她很快就编写了数量可观的材料。

一开始,本杰明给了她圣经基要主义者的印象。

她问:"你是怎么想象地狱之火的?"

"就像伦敦,我猜。"他皱起了自己的鼻子窃笑道。只有当她继续深入一点,她才发现他对于再生的概念——无论是在天堂抑或是在地狱,都是空洞和无望的。当你自己的灵魂,假如你有一个的话,是坐在桌子对面你的哥哥的形象,你怎么能信仰一个永生的灵魂呢?

"那么你为什么要去公理会教堂?"

"因为母亲!"

双胞胎都痛恨别人弄混他们。两个人都想起拿自己的影子当做另一位。"有一次,"刘易斯补充道,"我弄混了我自己的回声。"但是当她把她的询问转移到了卧室方向时,她得到了一片相同的、无辜的空白。

她注意到是本杰明倒的茶,而刘易斯切面包;刘易斯喂狗,本杰明喂家禽。她问他们怎么分配他们的劳动,他们每一个人都回答道:"我想我们是协力合作。"

刘易斯想起来他在学校的时候是怎么把所有的钱都交给本杰明的。从那以后,拥有六便士——更不用说一本支票簿的想法都是不可思议的。

一天下午,洛特发现刘易斯在牛棚里,穿着一件棕色工作长外套,把稻草叉到一辆马车上。他脸色通红,看上去很厌烦。她很机智地选择问问题的时机,问他是否在对本杰明发火?

"真是发疯!"他说本杰明去了鲁伦买另一块土地。

根本没有意义,他说。没有人干活!本杰明太抠门了,不想付给别人工资。他们应该买一辆拖拉机!这才是他们应该做的!

"抓住他买拖拉机!"他生气地嘀咕道,"有时候我想我还是一个人过好。"

她忧郁的眼神遇到了他的眼神。他放下了他的干草叉,怒火在他心中熄灭了。

他是多么爱本杰明啊!爱他胜过这世界上的任何东西。没有人可以否定这个!但是他总是感到被忽略……"被推开,你可能会说……"

他停顿了一下:"我是强壮的,而他是可怜的呆子。但是他总是更聪明一点。接受过更多的基础教学,明白吗?所以母亲因为这个而爱他!"

"继续!"她说。他快要哭了。

"是的,这就是我所担心的!有时候,我醒着躺在那里想,假如他不在这儿了将会发生什么?假如他走了……甚至是死了。

那样我会开始我自己的生活,也许吧?有几个孩子?"

"我理解,我理解,"她平静地说,"但是生活并不那么容易。"

最后的一个星期天,洛特开着车带双胞胎去贝克顿看达姆·布兰奇·帕里的纪念碑,她是伊丽莎白女王卧室的女仆。

教堂的院子里充斥着柳兰的气味。掉落的紫杉果在通往门廊的小径上印满红色的斑点。纪念碑有柱子和一个罗马拱门,坐落在祭坛的最远端。右边放着白色大理石的女王雕像——一个镶嵌着宝石的人体模型,固定在一串都铎玫瑰下面。达姆·布兰奇跪在她身边,是侧身像。她的脸苍白而美丽,手里拿着一本祈祷书。她戴着飞边①,在它下面的带子上挂着一个十字架。

教堂里很寒冷,本杰明感到很厌烦。他坐在外面的汽车里,而洛特在她的笔记本上抄写碑文:

>……因此我的时间我竟就此消失
>一个宫里的女仆并从未是何人的妻子
>在伊丽莎白女王的榻前宣誓
>永远追随童贞女王
>终我一生为女仆

她抄完了句子。铅笔从她的手里掉下来,又从圣坛地毯上掉到石板地面上。突然,她生活中的一切孤单都涌回来,令她

---

① 盛行于 16 和 17 世纪的白色轮状皱领。

窒息——那张窄窄的老处女的床、离开奥地利的罪恶感,以及诊所里争吵的苦楚。

刘易斯弯下腰去捡起铅笔;他也回想起了他的初恋的痛苦,以及充当第三者的尴尬。他捏了捏她的手,把它压到了自己的唇上。

她温柔地抽回了手。

"不,"她说,"这是不对的。"

喝过了高茶①,她把本杰明拉到一边告诉他:毫无疑问,他必须给刘易斯买一辆拖拉机。

---

① 工人阶级在下午五六点钟喝的下午茶。

四十

阿姬·沃特金斯死于一九四七年那个可怕的冬天。她超过了九十岁。雪从屋顶上飘过,她死在黑暗中。

吉姆已经没有干草了。牛的怒吼声让所有的人都不得安眠。狗呜呜抽泣,小猫睁着饿肿的眼睛走进走出。七匹矮马在山上丢失了。

他把母亲随便装在一个麻袋里,把僵冷的她放在木头堆上,不让狗够得着,但是猫和老鼠却可以够得着。三个星期过后雪开始融化,他和埃塞尔把她拴在一个临时做的雪橇上,拉她去勒金霍普的教堂埋葬。撒克逊人看见尸体的状况都大吃一惊。

吉姆几天后发现了他的小矮马,七匹一起,在一些岩石堆的裂口处。它们是站着死的,围成一个圈,它们的口套就像轮子的辐条朝着里面。他想要为它们挖一个坟,但是埃塞尔让他留下来帮着干家里的事。

山墙鼓起一个大包,整堵墙都像要塌下来一样。由于雪的缘故,一些椽已经倒下来了。冰水淋到吉姆那些挤得满满的动物身上,并从阁楼灌进了厨房。他不停地说:"我会找一些瓷砖把它们修得像新的一样。"但他所做的仅仅是把一块有漏洞的油布铺在了屋顶上。

春天来的时候,他试图用石头和铁路轨枕把墙支撑起来,但是他破坏了墙基,使得它完全朝里面塌了下来。第二年冬天,没有人住在房子的东面了;也没有人非得住在那里,因为除了小梅格,所有的沃特金斯女孩都离开了。

跟曼弗雷德结婚的莉齐假装岩石农场不存在。布伦达跟"某个黑鬼"私奔了——一个酒鬼,一直没有收到他的任何消息,直到他从加利福尼亚寄来一张明信片。接着,在鲁伦五月集市的时候,萨拉遇到了一个货运承包商,把她带到他在贝格温斯后面的小农场跟他一起生活。

萨拉是个大骨架、红脸的年轻女人,有着一头乱糟糟的黑头发和难以捉摸的脾气。她最大的恐惧就是陷入贫困中,这有时候令她变得冷酷无情和贪得无厌。不像莉齐,她双眼一直盯着岩石农场,并且把确保他们不挨饿变成她的职责。

一九五二年,一阵暴风雨后,厨房变得无法使用了,埃塞尔把它让给了鸡和鸭,并把所有的家具都堆到了剩下的唯一一个房间里。

这个地方现在看上去就像收废品的棚子。在弧形高背靠椅后面是一只橡木大箱子,上面立着一个高个男孩和一叠纸板盒。餐桌上堆满了罐子、平底锅、大杯、果酱罐、脏盘子,常常还有一桶麦麸。三位主人都睡在箱形床上。那些易腐烂的食物都藏在从梁上挂下来的篮子里。堆在壁炉台上的物品五花八门——从剃须盆到剪羊毛刀,都生了锈,被虫蛀过,满是蜡烛油和苍蝇屎。

一排用铅做成的无头士兵沿着窗台齐步走。

当墙上的灰泥掉下来的时候,吉姆在上面钉了几层报纸和油毡纸。

"啊,"他会乐观地说,"这样子它就可以防风了,我说。"

烟囱里的烟让每样东西都覆盖了一层棕色的树脂。最终,墙变得非常粘,假如有一幅画令他很喜欢——一张来自加利福尼亚的明信片、夏威夷菠萝罐上面的标签,或者是丽塔·海华丝的一双腿,他所做的就是用手掌拍一下,然后它就粘上了。

假如有个陌生人走近,他会去拿他那古老的前装枪,但没有铅沙弹或者火药可以装填,当税收检察员过来问一位叫"詹姆斯·沃特金斯的先生",吉姆把头伸到栅栏外摇摇头说:"很长时间没有看见他了。他去法国了!跟德国人打仗呢,我好像听说。"

尽管得了肺气肿,埃塞尔会在赶集的日子走到镇上。她轻快地大步走在小路的中央,总是穿着那件脏脏的橘色粗花呢大衣,脖子上围着马肚带,两头分别系着一只购物袋。

一天,在切夫尼山的山顶上,刘易斯·琼斯在后面开着他的新拖拉机上山。于是,她挥挥手让他停下,急急忙忙地跑到踏板上。

从那时起,她算好了跟他一致的时间离开家。她对于他的便车从来都不道谢,到了战争纪念碑那里就跳下去。早上,她在摊位边上捡破烂。中午时分,她来到普罗瑟罗的食品杂货店。

普罗瑟罗先生知道她是个惯偷,冲他的助理眨眨眼,就像在说:"看好那个老姑娘,好吗?"他是个慈祥的、脸色发亮的男人,秃得就像一块荷兰奶酪,他总是会让她拿走一罐沙丁鱼或者可可粉。但是如果她超越了界限,比如说拿了一大罐火腿,他会快步走出柜台堵上门。

"来吧,沃特金斯小姐!让我们看看包里装了些什么?这个不应该在这里,对吧?"——埃塞尔会直直地盯着窗外。

一年又一年,这种情况一直持续着,直到普罗瑟罗先生退休并卖了他的商店。他告诉新的主人他们应该原谅她的小过失;但是当埃塞尔第一次偷一罐理想牌牛奶时,他们就陷入了一阵正义的愤慨中,还叫了警察。

第二次罚了五英镑;这之后,赫里福德监狱六周。

她跟从前不再一样了。人们看见她像个梦游者一样在市场上挪动,时不时地弯下身来捡起一个空香烟盒,把它塞到她的袋子里。

一个下着小雨的十一月的晚上,等待着最后一班公共汽车的乘客们看见一个身影瘫坐在雨棚的角落里。汽车开过来了,一个男人喊道:"醒醒!醒醒!你会错过汽车的。"他摇了摇她,但是她死了。

梅格那时候十九岁,小个子漂亮、结实,脸颊上长着酒窝,眼睛比太阳还要明亮。

黎明她就起床,整天劳作,从不离开岩石农场,除非去采山上的小蓝莓。有时候,一位徒步旅行者看见她小小的身影在池塘边用水桶提水,一群白色的鸭子向她蹒跚着走过来。假如有人走近,她会飞快地冲到房子里。

她从不脱下她的衣服或者她的帽子。

那顶灰色的钟形毛毡女帽,因为岁月和油手的缘故,看上去像一团牛粪。她的两条马裤——一条棕色，里面一条米黄色，在膝盖处撕开，用带子束紧的部分作为绑腿，而剩下的部分从腰部一片片地垂下来。她一次穿五到六件布满窟窿的绿色针织套衫，所以她的肉从里头透出来。当一件套衫烂了，她会留下羊毛线来缝补其他的，因此上面往往有成百的绿色的结。

看见梅格穿这样的衣服令萨拉感到很恼火。她给她买衬衫、开襟毛衣和防风上衣。但是梅格只穿绿色的套头毛衣，并且只是后背开衩的毛衣。

一次萨拉来，她看见吉姆在泥浆里扑哧扑哧地走。

"你怎么样？"他咕哝着说，"你想要干什么？为什么不让我们自己过呢？"

"我来看梅格，不是你！"她怒气冲冲地说。于是他一瘸一拐地走开，压低嗓音诅咒她。一个星期之前，梅格说自己腹部疼。

萨拉赶开了母鸡，发现梅格蹲在火堆旁，无精打采地扇着炉格里的余烬。她的脸因为痛苦而扭曲着，她的手臂很疼。

"你跟我一起来，"萨拉说，"我带你去看医生。"

梅格打了个颤，来来回回地摇晃，开始不停地轻声哼着凄惨的歌曲。

"不，萨拉，我是不会离开这里的。你真好，萨拉，但是我是永远不会离开这里的。吉姆和我，我们在一起，我说。我们一起干活，我说。啊，投饲料、喂食，一起生活。假如我离开的话，那些可怜的鸭子会饿死。啊，小鸡也会饿死的。还有那只盒子里的可怜的小母鸡！它几乎要死了，我把它救了回来。

但是假如我离开的话它会死的。还有峡谷里的小鸟，假如我不喂它们的话，它们会死的。还有猫呢？假如我离开的话，说不准会有什么事情发生在猫身上……"

萨拉想要争论。她说：医生只有三英里远，在鲁伦。"不要傻了！你可以从山上看见他的房子。我会带你去诊所，然后把你直接送回来。"

但是梅格把手伸到了她的帽檐处，用手掌遮住了她的脸说："不，萨拉，我不会离开这里的。"

一周之后，她住进了赫里福德医院。

星期五的黎明，萨拉接到了一个从马埃斯费林的电话亭打来的受话方付费的电话。那是"岩石"吉姆，从他断断续续、语无伦次的诉说中，她得知梅格要是没有死的话，也病得够呛。

克雷格伊伏德周围的田地冻得很硬，因此她可以将货车一直开到大门口。房子和建筑物都笼罩着雾。狗嗥叫着，企图从它们的棚里冲出来。吉姆站在门口，像只受伤的小鸟一样跳上跳下。

"她怎么样了？"萨拉问道。

"很糟糕。"他说。

在前厅，母鸡们还在它们的栖木上打盹。梅格躺在地板上，眼睛闭着，周围都是动物粪便。她轻声地呻吟着。他们把她翻滚到一块木板上，再把她抬到了货车上。

下山开到一半的时候，萨拉想这样把梅格送到医生那里真是丢人丢到家了。因此她没有直接把她开到鲁伦，而是带着病人回家，用肥皂、热水和一件像样的大衣，把她变得看上去体面一点。等到他们到达诊所的时候,梅格已经语无伦次了。

一位年轻的医生走出来爬到货车的后面。"腹膜炎。"他从齿间吐出这个词,并让他的秘书叫一辆救护车。他对萨拉很是恼火,责怪她没有早点把她送来。

过后,梅格对于在医院里那几个星期的事情只有模模糊糊的记忆。金属床、药、绷带、明亮的灯光、电梯、手推车和一盘盘闪亮的器具,这些东西对于她过往的经验来说真是太遥远了,以至于她把它们当做一场噩梦的片段摒弃了。医生们也没有告诉她他们拿掉了她的子宫。她所记得的只是别人对她说的,"身体虚弱!他们是这么说我的,我也确实是这样的。身体虚弱!但是他们没有说我到底怎么了。"

四十一

第一辆开到幻影农场的拖拉机是一辆"福特森少校"。它的车身是蓝色的,它的轮子是橘色的,"福特森"的名字用凸起的橘色字母写在散热器的两边。

刘易斯爱他的拖拉机,把它想象成一个女人,想要给它一个女人的名字。他开玩笑地叫它"莫迪",接着是"玛吉",然后是"安妮";但是没有一个名字符合它的个性,因此最后它就没有名字了。

一开始,它很难掌控。它令他吓了一大跳,因为它突然转向开到沟里去了;当他把离合器当作刹车踏板,它让他爬上了树篱。但是一旦他把它很好地控制在手里,他想到了要去参加耕田比赛。

没有东西比让他听到它对着八个气缸点火、轻声挂到空挡或者后面拖着犁低声咆哮着冲向山上更加喜欢。

它的发动机,也像女人的身体结构一样令人困惑!他总是在检查它的插头、摆弄它的化油器、把他的油枪捅进它的喷嘴,并且抱怨它的全身健康状况。

稍微有一点点噗噗声,他就会拿来维修手册并且大声读出可能发生的小毛病:"节流阀设置错误……混合物太油腻……导线有缺陷……浮箱里有脏东西"——而他的弟弟拉长了脸就像在听下流话一样。

一次又一次,本杰明抱怨开拖拉机的花费,他不断地威胁说:"我们不得不重新用马了。"买了一把犁、一部条播机和一只关联框,它的配件的数目和花费好像无穷无尽。刘易斯为什么需要一部土豆挖掘机?买一部打包机有什么意义?还有粪便播撒机?到底什么时候才是个头?

刘易斯对他弟弟怒气的爆发全然不理会,而是让会计来说明:他们根本没有破产,而是有钱人。

一九五三年,他们跟国内税务署大吵了一架。自从玛丽死后,他们没有付过一个便士的税。尽管检察官对他们很仁慈,他还是坚持让他们获得专业的指导。

来审计他们账目的年轻人脸上长满粉刺,一副营养不良的样子,就像生活在地洞里的人;即使是他,也被他们的节俭给惊呆了。他们的衣服要穿一辈子;因为食品账单、兽医和农产品商都是用支票付款的,他们几乎没有用过现金。

"那么我们该怎么记录杂费呢?"会计问道。

"就比如说我们口袋里的钱吧?"本杰明说。

"零花钱,换句话说!"

"大概二十英镑?"

"一周?"

"哎哟,不,不……二十英镑可以用一年了。"

当年轻人试图解释亏本经营的好处,本杰明皱起他的额头说:"那不对。"

到一九五七年为止,应纳税的利润在幻影的农场账单上不断累积；那个会计，也被"喂饱了"。在他马裤的皮带上鼓出一只啤酒肚。骑马夹克、黄色袜子和沙漠靴是他的全套装备；他不停地说着一位叫纳赛尔先生的坏话。

他嘭地把拳头打在桌子上说："你要么花五千磅买农业机械，要么作为礼物送给政府。"

"我想我们还是买另一辆拖拉机。"本杰明说。

刘易斯仔细阅读了简介，决定买"国际"牌收割机。他清理了一个马厩来安置她，并选择了一个天气晴朗的美好下午把它从鲁伦开上来。

它不是那种拿来用的拖拉机。他会擦洗它的轮胎，用掸子轻轻掸它，并沿着小路驾驶它让它偶尔去透透气；但是多年以来他都把它悠闲地珍藏在马厩里，用挂锁和钥匙锁着。时不时地，他会从门上的裂缝中向里看，像个小男孩偷眼看妓院一样地尽情饱览它鲜红色的油漆。

五十年代是个有着令人惊叹的飞机失事的年代：两架"彗星"飞机从天空中跌落下来，三十名观众死于法恩伯勒航空展。本杰明得了疝气；幻影农场连上了电网；老一辈的人一个接着一个生病、去世。公理会教堂没有一个月不举行葬礼礼拜。当老比克顿夫人死于法国南部——在九十二岁的时候淹死在自己的游泳池里，英国国教的教区教堂里举行了纪念礼拜，"城堡"南希夫人为所有的老佃户和庄园工人提供了一次有座位的午餐。

城堡眼见就要坍塌成废墟了，直到八月的某个傍晚，一个男学生偷偷溜进去用弓和箭射耗子。他掉下了一枚香烟头，于是这个地方被大火吞噬了。接着，在一九五九年的四月，刘易斯发生了车祸。

他带着一束桂竹香骑车到马埃斯费林去放在墓前。那个下午极其寒冷。他大衣的搭扣有点松了，带子夹在了前面的轮辐里，所以他从把手上翻了过去！一位塑形外科医生在赫里福德的医院里为他重新装好了鼻子，从那以后，他的一只耳朵就总是有点聋。

他们六十岁生日那天几乎是一个哀悼日。

每一次他们从日历上撕掉一张纸，他们就会预感到一个不幸的晚年。他们会转身看着挂家族照片的墙——一排排微笑的面孔，所有的都已死去或者离开。他们在想他们怎么会变成独自生活的人呢？

他们的争吵已经结束。他们已经分不开了，就像在本杰明年幼时生病前一样。但是想必，在某个地方，他们有个可以信赖的堂兄弟吧？拥有土地或者拖拉机有什么用呢，假如你连个继承人都没有的话？

他们看着印弟安人的石版画，想起了埃迪伯伯。也许他有孙子？但是他们宁愿待在加拿大，不会想回来的。他们甚至考虑了他们的老朋友曼弗雷德的儿子，有时候过来坐坐的一位眼睛无神的小伙子。

曼弗雷德在一些为波兰难民搭建的尼森小屋里开始了自己的家禽饲养场。尽管他有着浓厚的喉音，他现在比"英国人还要英国人"。他把自己的名字通过单边契据[①]从"克卢格"改成了

[①] 由一方签立，尤为更改姓名。

"克莱格"。他穿绿色的粗花呢套装，很少错过定点越野赛马，并且成了当地的保守党协会主席。

他非常骄傲地开车带着双胞胎去看他的家业。但是那些电线笼子、鸡粪和鱼食的味道，以及禽类新长的、没有毛的脖子令本杰明感到作呕，他再也不想去那里了。

一九六五年的十二月，日历上显示的是诺福克湖区结冰的图片。接着到了十一日——一个令双胞胎永远都不能忘记的日子，一辆生锈的福特货车开到了院子里，一位穿着长筒胶靴的妇人走出来并且自称是雷德帕斯夫人。

四十二

她有着发灰的红褐色头发,浅赤褐色的眼睛,以及在她那个年纪极为罕见的精致的玫瑰粉脸颊。至少有一分钟的时间,她站在花园门的边上,紧张而又笨手笨脚地拨弄着门闩。接着她说她有重要的事情讨论。

"进来吧!"刘易斯招手示意,"来喝杯茶。"

她对她靴子上的泥表示歉意。

"一点点泥没有关系。"他友好地说。

她说:"不要面包和黄油,谢谢您!"但是要了一片水果蛋糕,把它切成整齐的小条,并且讲究地把每一条放在舌尖上。时不时地,她瞥一眼房子,并满腹狐疑地问他们怎么有时间清理"这么多古玩"。她提到了她那在水务局工作的丈夫。她提到了温和的天气以及圣诞节购物的花费。"是的,"她回答本杰明,"我能再来一杯。"她又拿了四块方糖,接着开始诉说她的故事。

整个一生,她都相信她母亲是一位木匠的遗孀,不得不通过收房客过活,并且让她的童年过得很悲惨。去年六月,老妇人躺着垂死的时候,她才了解到她是个私生儿,一个弃婴。她真正的母亲——来自黑山上的农场里的女儿,于一九二四年把她寄宿在这里,和一个爱尔兰人出国去了。

"丽贝卡的孩子。"刘易斯低声说,他的茶匙在碟子上发出叮当声。

"是的,"雷德帕斯夫人吸了口气,发出了一声激动的长叹,"我母亲是丽贝卡·琼斯。"

她已经检查了她的出生证明,检查了国教教堂的登记记录——因此她来到了这里,他们失散多年的侄女!

刘易斯冲着这个站在他面前的漂亮的普通妇女眨眼睛,并且发现她的每一个姿势都跟他的母亲很相像。本杰明保持沉默。在光秃秃的灯泡投射的高反差阴影下,他注意到了她那不友好的嘴巴。

"你们就等着看我的小凯文!"她伸手拿一把刀子,又为自己切了一块蛋糕,"他简直跟你们两个一模一样。"

她想要第二天就把他带到幻影农场,但是本杰明没有这么热切:"不。不。抽个时间我们会去看他。"

接下来的整个星期,双胞胎又一次陷入了对立中。

刘易斯相信凯文·雷德帕斯是上天送来的礼物。本杰明怀疑——即便故事是真的,即便他真的是他们外甥女的儿子,那个雷德帕斯夫人是在觊觎他们的钱财,结果不会有什么好的。

到了十七日,一张圣诞卡片——是圣诞老人和驯鹿雪橇,带来了"雷德帕斯先生和夫人以及凯文的节日问候!"。当她再次出现的时候,茶又放在了桌上,她问是否可以就在那天傍晚开着他们去兰夫琴参加圣诞派对,她儿子扮演约瑟本人。

"是的,我会跟你一起去。"刘易斯心血来潮地说。他把水壶从火炉搁架上拿开,向他弟弟点了点头后,走上楼梯去刮脸、穿衣。本杰明被独自剩在厨房里,觉得自己充满了尴尬。接着,他也跟着上楼去卧室了。

等他们出发的时候天已经黑了。天空很清澈,星星像小小的火轮一样地转动。一层白霜覆盖在矮树篱上,在前灯的照射下,像面粉样的形状凸了起来。货车在转弯的地方打滑,但是雷德帕斯夫人是位细心的司机。本杰明重重地坐在后面的一麻袋稻草上面,咬紧牙关,直到她停在教堂①大厅外面。她赶紧下车去看凯文是否穿着停当。

里面非常寒冷。一对煤油炉子根本没有使后排的位子暖和。一阵寒风从门下面嗖嗖地吹了进来,地板发出消毒剂的味道。观众裹在围巾和大衣里头。牧师是从非洲回来的传教士,跟他的信众一一握手。

舞台上拉着的是一块由三条灰色的部队旧军毯组成的幕布,满是虫蛀。

雷德帕斯夫人和她的舅舅们坐到了一起。除了舞台上的灯,其他的都关掉了。从幕布后面,他们听到孩子们在说悄悄话。

学校老师从幕布里悄悄溜进去坐在钢琴凳上。她的编织帽跟钢琴上的映山红是一样的紫粉色;当她的手指在琴键上敲击的时候,帽子上下跳动,映山红的花瓣抖动着。

"第一首圣诞颂歌,"她宣布,"《小城伯利恒》——由孩子们自己演唱。"

过门之后,颤抖的高音在幕布上飘扬;从虫蛀的洞里,双

---

① 原文为"Chapel"。

胞胎看见闪闪发亮的银光,那是天使们戴着的金属光环。

颂歌结束了;一位金发的姑娘走到前面,穿着一件白色的睡袍瑟瑟发抖。在她的王冠上有个银色的纸星星。

"我是伯利恒的星星……"她的牙齿打着颤,"自从上帝在天上放了一颗伟大的星星后已经有一万年了。我就是那颗星星……"

她讲完了开场白。接着幕布被吱吱作响的滑轮拉开来展示穿着蓝色衣服的圣母马利亚,跪在红色橡胶垫子上擦她在拿撒勒的房子的地板。加百利天使站在她身边。

"我是天使加百利,"他用沉闷的声音说道,"我过来告诉你,你将会有个孩子。"

"噢!"圣母马利亚涨红着脸说,"非常感谢您,先生!"但是"天使"忘掉了下面一句台词,"马利亚"忘掉了下面的下面一句台词,他们两个无助地站在舞台的中央。

老师想要提醒他们。接着,发现提示也挽救不了这个场景,她大声喊道:"幕布!"并请所有出席的人一起唱《在大卫城里》。

不用打开圣歌集,每个人都知道歌词。当幕布再次拉开的时候,每个人都对着不断踢腿、弓背跳起、嘶鸣、点着它的纸型头的两件套驴哈哈大笑。

"这就是我的凯文!"雷德帕斯夫人捅了捅本杰明的肋骨悄声说。

一个小男孩来到了舞台上。他穿着绿色的花格晨衣,头上包着橘色的毛巾,下巴上粘着黑色的胡须。

双胞胎坐直了身子,伸长了脖子;但是"圣父约瑟"没有看着观众,而是被吓得退缩了,对着背景说他的台词:"你能不能为我们找个房间,先生!我妻子随时随地都有可能生孩子。"

"这儿没有房间,""客栈老板鲁本"回答道,"整个镇上都住满了来缴税的人。要怪就怪罗马政府,不要怪我!"

"但是我还有这个马厩,"他指着马槽继续道,"如果你们愿意的话,可以睡在这里。"

"噢,非常感谢您,先生!""圣母"笑容满面地说道,"对于我们这些卑微的人来说这里已经很好了。"

她开始重新铺好稻草。"约瑟"仍然站着面对着背景。他僵硬地对着天空抬起他的右手臂。

"马利亚!"他突然鼓起了勇气大声喊,"我能看见那里有东西!看上去像个十字架!"

"十字架?呸!不要对我提起那个词。它让我想起奥古斯都皇帝!"

即使在双层厚的灯芯绒下,刘易斯仍然可以感受到他弟弟的膝盖骨在颤抖:因为"圣父约瑟"转过身来,冲着他们的方向微笑。

"是的,""圣母马利亚"在最后一幕结束时说,"我想这是我所看到过的最可爱的孩子。"

至于琼斯双胞胎,他们也身处"伯利恒"。但是他们没有看见那个塑料娃娃;没有看见"客栈老板和牧羊人";没有看见那只纸型驴和嚼着草的羊;没有看见"梅尔基奥"和他拿着的那盒巧克力;没有看见"卡斯帕"和他的那罐香波;没有看见戴着红色玻璃纸王冠的"黑巴尔撒泽"和他的生姜罐;没有看见智天使"基路伯"和炽天使"撒拉弗""加百利"以及"圣母马利亚"本人。他们能看见的只有一张橄榄形的脸,严肃的双眼和用毛巾做的包头巾下面的一圈黑色头发。当天使团开始唱"我们会让你摇摆,让你摇摆,让你摇——摆……"他们跟着拍子摇摆着他们的头,眼泪落在他们的表链上。

演出结束后,牧师用闪光照相机拍了一些照片。双胞胎在教堂外面等,母亲们在给孩子换衣服。

"凯文!……凯文!"响起了一声尖叫,"你不过来的话,我就打你屁股……!"

四十三

他是个讨人喜欢的男孩子,活蹦乱跳,富有爱心,喜欢本杰明舅公的水果蛋糕,也喜欢和刘易斯舅公一起跨在拖拉机上。

在学校放假的日子里,他母亲让他连续几个星期住在这里;跟他一样,他们开始害怕新学期的第一天。

他坐在拖拉机的挡泥板上,看着犁头咬进庄稼茬里,还有银鸥尖叫着向新翻好的犁沟俯冲下来。他看着小羊羔生下来、收获土豆、一头牛产犊,还有,一天早晨,田野上有一匹小马驹。

双胞胎说,所有这些,有一天,都会是他的。

他们对待他就像对待一位小王子一样:在餐桌边等他;记得不要上奶酪和甜菜根;还在阁楼上找到一只像心满意足的蜜蜂一样"嗡嗡"响的响簧陀螺。他们肆意追逐自己孩提时代的步伐,甚至还想带着他去海边。

有时候,他因为瞌睡而眼皮沉沉,他会把头放在手上打着哈欠:"求求,求求你们抱我!"因此他们把他抱到他们的旧卧室里,脱掉衣服,帮他换上睡衣,蹑手蹑脚地出来,还留着夜灯。

在花园的一小块地方,他种上生菜、萝卜和胡萝卜,还有一排香豌豆。他喜欢听袋子里的种子那轻快的摩擦声,但是觉得种两年生的植物毫无意义。

"两年，"他会抱怨，"等得也太长了！"

他把一只篮子挎在手上，到树篱里去搜寻有没有合他心意的东西——癞蛤蟆、蜗牛、毛毛虫，有一次他带回来一只鼩鼱。当他的蝌蚪长成小青蛙的时候，他在一个旧饮水槽中间的石头上建造了一座青蛙城堡。

大约在这个时候，住在希姆克林林下面的农民建立了一个骑马旅行中心；在夏季的几个月里，大概有五十个男孩和女孩会骑马小跑着穿过幻影农场到山上去。他们会经常忘了关上大门；把牧场踏得像块泥饼，于是凯文写了个指示牌"不法进入者将会被起诉"。

一天下午，刘易斯正在猪圈旁收割荨麻时看见他跑过田野。

"舅公！舅公！"他上气不接下气地喊道，"我看见一个非常好笑的人。"

他拉着刘易斯的手拽他，他们一起走向峡谷的边上。

"嘘！"凯文伸出一根手指放在唇上。接着，他分开叶子，指着下层灌木丛下的一个东西。"看！"他悄声说。

刘易斯看了一下，什么也没看见。

太阳从榛树上漏下来，把不同的光洒在河岸上。河流发出潺潺声。小欧洲蕨的牧杖在峨参丛中卷起来。林鸽咕咕地叫；松鸦在附近啼啭；还有很多小一点的鸟儿正围绕着一块长满苔藓的树桩叽叽喳喳地叫着。

松鸦滑过自己的栖息地后跳上了树桩。小鸟们飞散了。树桩动了起来。

那是"岩石"梅格。

"嘘!"凯文再次点了一下。她把松鸦挥走了,其他的鸟又回来在她手上吃食。

她的皮肤上满是红兮兮的泥巴。她的臀部也是泥巴的颜色。她的帽子是一块腐烂的木桩。那些破烂的绿色套头毛衫绑在一起,就是那些苔藓、藤和蕨类植物。

他们观察了她一小会儿,接着走开了。

"她是不是很可爱?"凯文说道,春日菊没过了他的膝盖。

"是的。"他的舅公说。

圣诞节假日一开始,凯文就说想要给"鸟女士"一份礼物。他用自己的零花钱买了一只冰冻的巧克力蛋糕;因为星期四是吉姆去赶集的日子,他和刘易斯选择一个星期四把它拿到岩石农场。

当他们从防御工事中一步一步往前走的时候,深灰色的云朵在山上翻滚。风鞭打着水池的表面。梅格在屋内,胳膊伸在一桶狗食里面。看见客人来了,她缩着向后退。

"我为你买了一只蛋糕。"凯文结结巴巴地说,闻到臭气皱起了鼻子。

她垂下了双眼说:"是吧,太感谢了!"接着拿着桶出来了。

他们听到她喊:"安静,你这个老家伙!"当她走回来的时候,她说:"这些狗跟老鹰一样无法无天。"

她将自己的凝视从蛋糕转移到男孩子身上,接着面露喜色地问:"让我为你们煮一壶茶吧?"

"好的。"

她用一把斧头砍一些木棍，并把它们点着。已经有好多年没有人来喝茶了。她模糊地记得那一天法菲尔德小姐教她如何铺桌子。她像个舞蹈演员一样灵活地在房间里转来转去，在这里拿起一只裂了缝的杯子，从那里拿出一只有缺口的盘子，在三个位置放好了刀和叉子。她放了一撮茶叶在茶壶里，戳破了一罐浓缩牛奶。她在她的屁股上擦了擦切面包刀，切了三块厚厚的蛋糕，把碎屑扔给两只矮脚鸡。

"可怜的家伙！"她说，"要冻死了，我在屋子里面养它们。"

她已不再害羞。她说萨拉带着吉姆去赫里福德卖鸭子。"这是他们说的！"她把手放在她的嘴唇上，"但是卖不了几个钱，因为这些鸭子已经很老了。让它们活着，这是我说的！让它们活着！让兔子们活着！还有野兔们！让短尾鼬继续玩耍！是的，还有狐狸，我是不会伤害它们的。让所有上帝的生灵都活着……"

她把两只手都扣在杯子上，她的头前后摇摆着。当刘易斯提到骑马旅行者的时候，她的脸颊快乐地泛起了皱纹。

"是的，我看见过他们，"她说，"跟猫头鹰一样喝得烂醉，喊得震天响，从马上烂醉如泥地摔下来。"

凯文因为害怕这里的邂逅，急着要离开。

"让我再切一块吧？"她问道。

"不，谢谢了。"他说。

她又为自己切了一块大一点的，狼吞虎咽了下去。她没有把碎屑扔给矮脚鸡，而是把它们用手指撸在一起，放在了嘴里。接着她一个一个地舔起了手指头，然后打起了嗝，又拍了拍她的肚子。

"我们要走了。"刘易斯说。

她的眼睑垂了下来。她用无精打采的声音说:"我得给你们多少钱买这个蛋糕?"

"这是个礼物。"凯文说。

"但是你们把它带走吧,"她把剩下的蛋糕放回到盒子里,并且伤心地盖上了盖子,"我不想让吉姆以为我偷蛋糕。"

刘易斯帮着她把一块在院子里头的柏油帆布从干草堆上拉下来。积在上面的雨水倾倒下来,溅在凯文的长筒靴上。谷仓上面,一块没有固定的锡布在风中咔嗒作响。突然,一阵狂风把它扬了起来,它就像一只巨大的鸟,冲着他们的方向飞了过来,最后在一阵哗啦声中落在了那堆废品上。

凯文结结实实地摔在了泥巴上。

"该死的风,"梅格说,"到处乱刮!"

在他们穿过有很多圆丘的田野时,男孩子紧紧地抓着他舅公的胳膊。他浑身很脏,害怕地呜咽着。云朵分开来了,一块块蓝色低低地飞在他们头顶。小狗们逐个地停止了吠叫。他们回头看见梅格在柳树边上唤着她的小鸭子。她的声音在风中飘扬:"维德! 维德! 快过来! 维德! 维德! ……"

"你觉得他会打她吗?"男孩子问。

"我不知道。"刘易斯说。

"他一定是个讨厌的男人。"

"吉姆没有那么坏。"

"我再也不想去那里了。"

四十四

凯文以一种比他两个舅公能想到的都要快得多的速度成长着。一个夏天,他和唱高音的男孩子一起唱歌;下一个夏天——或者似乎是那个夏天,他就是那个在勒金霍普展览上骑着布朗科马的长头发冒失鬼。

在他十二岁的时候,双胞胎写下了对他有利的遗嘱。欧文·劳埃德律师指出在他们有生之年把幻影农场给凯文的好处。他说他绝不会在任何方面影响他们;但是假如他们再活五年,他们的财产就不用缴遗产税了。

"不用缴任何费用?"本杰明劲头起来了,把脸伸向律师书桌的另一边。

"除了印花税。"劳埃德先生说。

对于本杰明来说,至少,骗过政府的主意是无法拒绝的。除此之外,在他眼里,凯文是不会做错事情的。他的缺点(假如他有的话),是刘易斯的过失——那只会令缺点更加可爱。

自然,劳埃德先生继续道,在法律上凯文要在他们老了的时候赡养他们,尤其是,他用一种弦外之音补充道:"假如你们两位先生中的任何一位生病了……"

本杰明回过头来看着刘易斯,刘易斯点了点头。

"那么,就这么定了。"本杰明说,并指示律师起草这份赠与契约。凯文将会在二十一岁的时候继承财产——在那个时候，双胞胎已经八十了。

文件一签好，他母亲——雷德帕斯夫人就开始折磨他们。当遗产的继承还在犹豫不决中，她保持着距离，也注意着自己的言行。突然，一夜之间，她改变了她的策略。她表现得就像这个农场是她与生俱来的权利似的——几乎就好像是双胞胎从她手里骗取了它。她缠着他们要钱，在他们的抽屉里乱翻，挖苦他们在一张床上睡觉。

她说："想想要在那么一个老炉灶里烧饭！怪不得食物吃上去有煤烟的味道。你知道，现在有电子炉了。……还有这些石头地板，我请教！在当今时代！这么邋遢！这块地板需要的是一个防潮层和一些漂亮的乙烯基瓷砖。"

星期天，仅仅为了把午饭搅黄，她宣布她的母亲还活着并且身体健康，是一位加利福尼亚的有钱寡妇。

本杰明放下了他的叉子，接着摇了摇头。

"我怀疑，"他说，"假如她还活着的话她会写信。"——于是雷德帕斯夫人突然涌出一阵鳄鱼眼泪。没有人曾爱过她。没有人需要她。她一直被推出去、被跳过。

为了安慰她，刘易斯打开了那个绿色的台面呢包着的银盒，把丽贝卡洗礼仪式的调羹给了她。她的眼睛眯了起来。她厉声要求："你们还有什么是母亲的？"

双胞胎把她带到了阁楼，打开了一只柜子，把小女孩留下的所有东西都拿了出来。一束阳光从天窗上落下来，在格子呢大衣、白色丝绸长袜、扣纽扣的靴子、带有绒球的大黑头巾形帽子以及一些带蕾丝边的衬衫上跳跃。

双胞胎变得沉默起来,盯着这些令人伤心的皱巴巴的遗物,想起了很久以前的那些星期天,他们一起乘着轻便马车去做晨祷。接着,连一句"请勿见怪"都没有,雷德帕斯夫人把这些都捆成一捆,走了。

凯文,也开始令他们失望。

他是迷人的,但只是从本杰明那里迷到了一辆摩托车。但他是令人难以置信地懒惰,并且想把他的懒惰掩盖在一些技术术语中。他看不起双胞胎的耕作方式,他所谈到的青贮饲料和胚胎培植令他们感到荒唐。

他应该在幻影农场干两天活,然后在一家当地的理工专科学校读三天书。然而实际上,他什么都不做。他会时不时地过来,戴着太阳眼镜,穿着点缀着饰钉和一张骷髅面具的牛仔夹克衫。一个半导体收音机挂在他的手腕上。他的手臂上有一个蛇形文身,并且他交坏朋友。

在一九七三年的春天,一对叫作约翰尼和利拉的年轻美国夫妇买下了吉利费诺格的老农舍来建立一个"社区"。他们有着独特的方式。他们在城堡街上的健康食物商店已经成为镇上的街谈巷议;当刘易斯·琼斯去视察后,他说这看上去"有点像一个餐棚"。

这个群体的一些成员穿着宽松的橘色袍子,并且剃光了他们的头。其他的人梳着辫子,穿着维多利亚时代的服装。他们养着一群白羊,弹奏着吉他,吹着长笛;有时候坐在院子里,盘着腿围成一个圈,不说话也不做事,眼睛半闭着。欧文·摩根夫人散布谣言说这些嬉皮士"像猪一样"睡在一起。

那一年八月,约翰尼在菜园里建造了一座奇怪的鲜红色的塔,在塔上挂了丝带一样的旗帜,画着粉红色的鲜花,缠绕着黑色的字母。这些,按照摩根夫人的说法,是异教团体的标志。印度的,她是这么认为的。

"跟教宗有关吧?"刘易斯说。因为拖拉机的声音,他并没有听清她说什么。

他们正站在位于马埃斯费林的公理会教堂外。

"不,"她大喊道:"那是意大利的。"

"噢!"他点点头。

一个星期之后,他带了一个红色胡子的巨人,围着自己编织的坎肩,脚用粗麻布包着。他说,他的信仰禁止他使用皮革。

刘易斯把他放在大门口,并且问起旗帜上的字母。年轻人鞠了个躬,举起手祈祷,慢慢地吟诵着:"唵嘛呢叭咪吽"——他用同样缓慢的语速翻译:"致敬,莲花里的宝石!圣战士!"

"非常感谢。"刘易斯说,碰了碰他的帽檐,拉了一下变速杆。

在这次偶遇之后,双胞胎改变了他们对于嬉皮士的看法,本杰明说他们是"在进行某种形式的休息"。不论怎样,他都不希望小凯文跟他们混在一起。穿过那个绿莹莹的落日,男孩子跌跌撞撞地走上花园小径,摇摇晃晃地走进厨房,一脸茫然和心不在焉,把他的黄色安全帽丢在了摇椅里。

"喝酒了?"本杰明说。

"不,舅公,"他咧着嘴道,"我吃了蘑菇。"

四十五

在他们七十多岁的时候,双胞胎在南希身上找到了一个出乎意料的新朋友。她是比克顿家的最后一位,现在住在勒金霍普从前的教区牧师住宅里。

身患关节炎,眼睛近视,对脚踏板的控制力很差,她居然说服执照签发官她是可以开她的"破汽车'阳光'"的,并从此以后一直不断地出门旅行。她一辈子都知道幻影农场,现在她表达了想要去看看的愿望。她来了一次,然后一次又一次,总是在喝茶的时候突然造访,带着岩皮饼和她的五只汪汪叫的哈巴狗。

绅士阶层令她厌倦。除此之外,她和琼斯双胞胎分享一战前那些更愉快的日子的回忆。她说幻影是她见过的最漂亮的农舍,假如雷德帕斯夫人制造"一丁点的麻烦",他们就应该马上让她走人。

她一定要让他们去教区牧师住宅,自从图克牧师死后他们就没有去看过那里。他们犹豫了好几个星期才同意去。

他们发现她在草木墙一半的地方,穿着粉色的宽松式衬衫,戴着拉菲亚帽,死命拉着一棵已经威胁到福禄考生长的旋花植物。

刘易斯咳嗽了一下。

"噢,你们来了!"她转过来面对他们,她已经很久都不口吃了。

两位老绅士肩并肩地站在草坪上,紧张地用手指碰了碰帽子。

"噢,我很高兴你们来!"她说,然后带着他们在花园里走了一圈。

一层很厚的脂粉掩盖着她脸上的色斑,一对象牙手镯在她瘦弱的手臂上滑上滑下,当它们打到她的手的时候发出咔嗒声。

"那个!"她指着一片白色的花朵说,"那是景天香!"

她不停地对着一片乱糟糟的景象表示抱歉:"要想找个花匠真是比登天还难!"

花架的柱子已经倒下,假山花园长了一片野草,杜鹃花要么长得高高瘦瘦,要么就垂死挣扎;牧师的灌木丛的剩余部分已经"退回成丛林了"。在育秧棚的门上,双胞胎发现了他们为了吉利而钉在那里的马蹄铁。

一阵微风把一片片蓟吹到莲花池的对面。他们站在边上,看着金鱼在睡莲叶子下面游动,沉浸在她哥哥把南希小姐划到对岸的回忆中。接着,管家喊他们进去喝茶。

他们走过法式窗户,来到一大堆收藏品中。

由于性格的原因,南希是不会将任何东西扔掉的,而是将城堡里五十二个房间的遗物都塞进这个教区牧师住宅的八个房间中。

在会客厅的一面墙上挂着一条被虫蛀了的《托比特书》[1]挂毯;另一堵墙上,一幅巨大的诺亚方舟和亚拉拉特山的油画,

---

[1] 《圣经·旧约》中《外典》之一卷。

它的糖浆似的表面鼓起沥青的泡泡。还有哥特式橱柜、一个拿破仑半身像、半副盔甲、一只大象的脚和许多大型比赛奖杯。种在盆里的天竺葵把它们变黄的叶子落在一堆堆的手册和《乡村生活》上。一只虎皮鹦鹉紧紧抓住笼子里的棍子,一瓶瓶自制的酒正在控制台下急着发酵,地毯上到处都是一代代大小便不能控制的哈巴狗的尿迹。

茶具在一辆手推车里叮叮当当地拿进来了。

"中国还是印度的?"

"母亲曾经生活在印度。"本杰明心不在焉地说。

"那么你一定得见见我的外甥女,菲莉帕!她生在印度!喜爱它!一直去那里!我是说茶!"

"谢谢您。"他说。为了安全起见,她为他们倒了两杯加牛奶的印度茶。

六点钟的时候,他们移到了露台上。她为他们斟上接骨木果酒,他们坐着回忆旧时光。双胞胎对她提起厄恩肖的桃树。

"他嘛,"她说,"是一位真正的园丁!跟现在的不一样,不是吗?"

酒让刘易斯吐真言。他满脸通红地承认他们还是男孩子的时候,躲在树干后面看着她骑车经过。

"真的吗,"她叹口气,"假如我知道的话⋯⋯"

"是的,"本杰明咯咯笑了起来,"你还应该知道这个家伙对母亲说什么!"

"告诉我!"她直直地看着刘易斯。

"不。不,"他害羞地说,"不。我不能。"

"他说,"本杰明说,"我长大了,我要和比克顿小姐结婚。"

"所以?"她发出一阵嘶哑的笑声,"他已经长大了。我们还等什么?"

他们沉默地坐着。家燕在屋檐下叽叽喳喳,蜜蜂在晚上散发出香味的谷物边嗡嗡作响。她忧伤地提到她的哥哥雷吉。

"我们都替他感到惋惜。那条腿,还记得吗?但他是个坏蛋,真的。应该跟那个女孩结婚的。她本来能够成就他。这都是我的错,你们知道的。"

在过去的年头里,她一直试图对罗茜进行补偿,但是农舍的门总是当着她的面砰地关上。

又是一阵沉默。落日在冬青树上围成一个金色的圆环。

"上帝!"她低声说,"瞧瞧那个女人的胆量!"

就在一个星期之前,她坐在汽车里看着她——一个佝偻着背、内八字的家伙,戴着一顶自己编的帽子,敲着教区牧师住宅的门来拿她每周一封的装着两张五英镑纸币的信封。只有南希和牧师知道信封的来历;她不敢增加数目以防罗茜怀疑。

"你们必须得再来。"南希抓着双胞胎两个人的手不放,"太开心了。答应我你们还会来。"

"你也还会来看我们的吧?"本杰明说。

"我肯定会来!我会在下个星期天来!我会带着我的外甥女菲莉帕!你们可以好好地聊一下印度。"

为菲莉帕·汤森举行的茶宴获得了巨大的成功。

本杰明不辞劳苦、一丝不苟地按照他母亲的食谱做樱桃蛋糕,当他抬起柳树形状的盘子盖时,那位贵客拍着手说:"天哪！桂皮吐司！"

当桌子清理干净后，刘易斯打开玛丽的印度写生簿，菲莉帕翻过书页并且说出题材的名字："那是贝拿勒斯①！那里有鹿野苑！……看！这是洒红节。看所有这些可爱的红色粉末！……噢，真是个漂亮的拉布风扇的人！"

她是个身材矮小又很勇敢的女人，在她深灰色的眼睛边上长着笑纹，银色的头发剪成齐刘海。她每年都花几个月的时间独自一人骑自行车在印度四处逛。她翻到了倒数第二页后大吃了一惊，然后愣愣地看着一张水彩画的像塔一样立在一些界线中间的构造，后面是高耸入云的喜马拉雅山。

"难以置信，"她用最大的音量高喊，"我以为我是唯一一个看到过这座寺庙的白人妇女。"但是玛丽·拉蒂默已经在九十年代就看过它了。

菲莉帕告诉他们，她正在写一本关于十九世纪的英国女旅行家的书。她问是否可以将这幅图画复印下来作为一个实例。

"可以。"本杰明说，他坚决让她带走。

三个月后，写生簿通过挂号邮件形式寄了回来。在同一个邮包里还有一本可爱的彩印书，名字是《壮丽的拉吉②》；尽管双胞胎两人都不知道他们在看什么，但是这成了家里的宝贝。

大概每个月，拉德诺古文物研究者都会在勒金霍普的村大厅开会；无论何时有幻灯片讲座，南希都会带着她的"两个最

---

① 印度东北部城市瓦拉纳西旧称。
② 指1947年之前英国对印度的统治。

喜欢的男朋友"一起参加。在这一年的课程里，他们听了各种主题："赫里福德的早期英格兰圣洗池"，"去圣地亚哥的朝圣之旅"。当菲莉帕·汤森谈到关于印度的旅行者时，她告诉听众幻影农场的那本"迷人的写生簿"；而双胞胎笑容满面地坐在前排，在纽扣洞上戴着同样的红樱草。

结束后，大厅的后面有点心提供。这时，刘易斯发现自己被一个穿着紫色条纹衬衫的胖男人挤在一个角落里。这个男人说话说得很快，一副发黄的牙齿间挤出含混不清的单词，眼睛飞快地来回转动着。他把姜汁饼干在自己的咖啡里蘸一下，然后吮了吮。

接着他递给刘易斯一张名片，上面写着"弗农·科尔——王侯古董商，罗斯瓦伊"，并问他是否可以去拜访他们一下。

"是的，"刘易斯回答道，他认为"古董商"和"古董收藏家"是一回事，"你能来的话我们很高兴。"

科尔先生第二天就开着一辆大众货车过来了。

天下着毛毛细雨，山躲在云雾中。当陌生人在乳脂色小水洼里小心翼翼地走路的时候，狗凶狠地吵闹着。刘易斯和本杰明正在打扫牛棚，对别人的打断很是恼火；但是，出于礼貌，他们将粪叉插在冒着热气的粪堆上，请他进门。

这个古董商完全不拘束。他上上下下地打量着房子，把一只碟子翻转过来，说："道尔顿牌。"凝视着绘有印弟安人的画作，最后确认它只是印刷品，并且问他们是否碰巧有阿波斯尔牌的调羹？

半个小时后，他将黄油面包涂上草莓酱，问他们是否听说过诺查丹玛斯?

"从没有听说过预言家诺查丹玛斯?哎呀,真是怪了!"

诺查丹玛斯,他继续道,生活在几个世纪之前的法国,但是他"准确无误地"预言了希特勒,他的反基督者可能是卡扎菲上校,他曾预言世界末日是一九八〇年。

"一九八〇?"本杰明问。

"一九八〇。"

双胞胎垂头丧气地看着茶具。

科尔先生接着圆满结束了自己的独白,走向钢琴,把手放在玛丽的书写柜上,说:"真是糟糕!"

"糟糕?"

"这样漂亮的镶嵌工艺!真是亵渎神物!"

盖子上的薄片已经弯曲、裂开,有一两片已经不见了。

"我是说,它必须得修了,"他继续道,"我有个人正好做这个。"

双胞胎不想书柜离开农场,但是一想到他们忽视了玛丽的遗物,他们就会更难过。

"我告诉你们怎么做,"他继续吧嗒吧嗒地说着,"我会带上它,然后给他看。假如他一个星期都不过来的话,我会直接拿回来。"

他从口袋里拿出一本收据本,在上面写了一些看不清楚的东西。

"多少……呃……应该要多少钱呢?一百英镑?……一百二十!最好还是安全一点!这里,签上这个,好吗?"

刘易斯签好。本杰明签好。那个男人撕掉底页，抓牢自己的"发现物"，祝福他们度过一个非常愉快的下午，然后走了。

在两个不眠之夜后，双胞胎决定让凯文去收回书柜。取而代之的却是一张支票——一百二十五英镑，是邮递员送来的。

他们感到一阵眩晕，因而不得不坐下来。

凯文借了辆车，答应开车送他们去罗斯，但是他们的勇气消失了。南希·比克顿说要去"扇那个男人的耳光"，但是她已经八十五岁了。他们去拜访劳埃德律师，他拿着收据辨认上面的字——"一只古代的谢拉顿书柜。出售或者归还。"他摇了摇头。

他确实寄了一份口气僵硬的律师函，但是科尔先生的律师回复了一份口气僵硬得多的信：他客户的职业素养受到了怀疑，他将会起诉。

没有什么可做的了。

双胞胎感到沮丧和被人侵犯，他们又重新躲回到自己的壳里。因为偷窃或者火烧而丢了柜子是他们可以承受的。但是因为他们自己的愚蠢而丢失了它，把它给了一个他们曾经邀请过的男人，那个曾经坐在玛丽的桌子边用她的杯子喝茶的男人——这种想法折磨着他们的脑子，令他们病倒了。

本杰明得了支气管炎。刘易斯的内耳里感染了，很长时间才好——假如，现在的他确实是原先那个自己的话。

从那以后，他们就害怕被抢劫。他们在晚上抵着大门；刘易斯买了一盒子弹放在老的十二口径枪边上。十二月的一个暴风雨的晚上,他们听到有人在门口砰砰地敲门。他们躺在被褥下面一动不动直到敲门声消失。第二天黎明,他们发现"岩石"梅格睡在门廊里的长筒雨靴间。

她冻僵了。他们把她带到火炉凳上,她坐在那里,手放在脸颊上,腿稍稍分开。

"吉姆走了!"她打破了沉默。

"是的,"她用低低的单调的声音继续说,"他的腿肿了,他的手跟火一样红。我把他放在床上,他睡了。晚上,我醒了,狗在叫。"吉姆不在床上,他躺在了地板上。他的头倒下去的那个地方都是血。但是他还活着,还在说话,注意,我把他的背扶了起来。

"哎,再见了!"他说。"给它们喂食!"他说,"喂那些母羊!假如有干草的话扔给它们一些!给它们喂食!给它们饲料!给矮马们一点蛋糕,假如你有的话。不要让萨拉卖了它们!假如给它们一点吃的,它们就会很好的……"

"告诉琼斯一家在公鸡屋上面有李子!告诉他们去采些李子!我看见它们了……漂亮的黄色李子!太阳升起来了!太阳正闪耀着光芒!我看见了他!太阳透过李子闪闪发光……"

"这是他说的——让你们采些李子!我摸了摸他的脚,它们是冷的。我摸了摸他身上,他浑身都冷了。狗儿们在长嚎、在号哭、在尖叫,它们的链条发出咔嗒咔嗒的声音……因此我知道吉姆走了……!"

四十六

在吉姆葬礼的一个小时后,四位主要的哀悼者挤在红龙的吸烟室里,点了汤和农家肉馅饼,变得暖和起来。天气湿冷,下着小雨。他们的鞋子因为站在满是雪泥的墓地里而湿透了。曼弗雷德和莉齐穿着黑色和灰色的衣服;萨拉穿着宽松长裤和一件蓝色的尼龙派克大衣;货运商弗兰克是个大块头,穿着一套尺码小太多的粗花呢套装,尴尬地垂着脑袋盯着他的裤裆看。

在酒吧里,一个喝苹果酒喝醉了的人啪的一声放下了杯子,打着嗝说:"啊!西方的酒!"一个男人和一个女孩子正在玩电脑游戏,它的电子轰鸣声充斥着整个房间。曼弗雷德绞尽脑汁要把他妻子和小姨子挡开。他靠过去问玩游戏的人:"这个游戏叫什么?"

"太空入侵者。"女孩阴沉着脸说,接着把一袋花生米倒进了喉咙。

莉齐噘起毫无血色的嘴唇一句话也不说。但是萨拉,她的脸已经被火烤得通红,拉开了她的派克大衣下定决心要说话了。

"洋葱汤不错。"她说。

"法国洋葱汤。"瘦一点的女人说。

接着是一片沉默。一队爬山者进来,把他们的背包堆成一堆。弗兰克拒绝喝他的汤,继续盯着他的裤裆。他的妻子再一次想要找话说。

她转向放在壁炉台上方的一个玻璃柜里巨大的棕色鲑鱼说:"我好奇谁抓了这条鱼。"

"我也好奇。"莉齐耸耸肩,接着吹了吹她的汤匙。

酒吧男侍的女朋友拿来了农家馅饼。"是的,"她用浓厚的兰开夏口音说,"那条鲑鱼是个热门话题。一个美国人在罗斯戈奇水库抓到的它。他是一个空军。假如他没有取出它的内脏的话,那他就可以夺得威尔士纪录。他放在这里制作标本。"

"真是条大鱼!"曼弗雷德点点头。

"这是条雌鱼,"那个女人继续说道,"你们可以从下巴那里看出来。真正的食人鱼!长到这么大!动物标本剥制师找那么大的眼睛真是费了不少工夫。"

"是的。"萨拉说。

"有一条,就会有另一条。渔民是这么说的。"

"另一条雌鱼?"萨拉问。

"一条雄鱼,我想。"

萨拉瞥了一下自己的腕表,发现差不多有两点钟了。半个小时后,他们跟劳埃德律师有个约会。她还有事情要讲,因此狠狠地看了莉齐一眼。

"梅格怎么办?"她说。

"什么怎么办?"

"接下去她住在哪里?"

"我怎么知道?"

"她必须得住在某个地方。"

"给她一辆货车和一些鸡鸭,她就会非常开心。"

"不,"曼弗雷德打断她们,脸颊通红地说,"她不会开心的。你们把她从岩石农场弄走的话她会疯的。"

"好吧,但是她不能继续在那个猪窝里生活下去了。"莉齐不耐烦地说。

"为什么不呢,她都在那里生活一辈子了。"

"因为这里要卖了!"

"你说什么?"萨拉转过头,争吵开始明朗化。

萨拉认为岩石农场应该是她的。二十年来,她不断资助吉姆;他曾发誓将财产留给她。一次又一次,她抓着他的胳膊:"你已经去过律师那里了,不是吗?""是的,萨拉,"他曾经说,"我见过劳埃德律师,你说的我都已经做好了。"

她曾期望在他死的时候变卖它。弗兰克的货运生意很糟糕,除此之外,岩石农场对于她十几岁的女儿艾琳是"漂亮的小留窝蛋①"。她的脑子里甚至有个买家——一位从伦敦来的生意人,想要在这里建造瑞典风格的小木屋。

对于莉齐来说,跟其他人一样,岩石农场是她的家,她理所当然应该享有它。争论不断地来来回回,萨拉变得眼泪汪汪和歇斯底里,唠叨着她作出的牺牲、她花的钱、她与风雪作的斗争、她救他们命的次数——"为了什么?被粗暴地对待,就这些?"

接着莉齐和萨拉开始尖叫和大喊,虽然曼弗雷德喊道:"请

---

① 指储备金。

不要吵了！请不要吵了！"弗兰克咆哮着说："呀！停下来，好不好？"酒吧的午饭几乎在互殴中结束。

酒吧侍者请他们离开。

弗兰克付了钱，他们沿着布老德街在雪泥中小心翼翼地行走，直到来到律师门前。当劳埃德律师抬起眼睛说"没有遗嘱"的时候，两个女人都脸色发白。另外，因为萨拉、莉齐或梅格都不是吉姆的血亲，他的财产会交给破产事务官处理。梅格，劳埃德律师补充道，对于这个地方有优先权——因为她现在居住在那里，并且在那里住了一辈子。

因此梅格独自一人继续在岩石农场生活。她说："我是不会为死了的人生活的。我有我的生活。"

有雾的早晨，她坐在翻转的桶上，在一罐热茶边暖和自己的双手，山雀和苍头燕雀栖息在她的肩头。当一只绿色的啄木鸟从她手里啄了一些碎片的时候，她把这只鸟想象成从上帝那里来的信使，整天用蹩脚的音调唱着赞美诗。

天黑之后，她会靠拢在火旁，油煎培根和土豆。接着，当蜡烛燃尽的时候，她蜷缩在箱形床上，一只黑猫当作她的陪伴，一件大衣当作毯子，一只填充着蕨类植物的袋子当作枕头。

能使她把现实跟梦境区分开来的东西太少了，她想象她和獾的幼崽一起玩，她跟老鹰一起在山上翱翔。一天晚上，她做梦被奇怪的男人攻击。

"我听到他们，"她告诉萨拉，"一个年轻人和一个老人。在屋顶上！是的！把瓦片扒开，进到房子里来。因此我点着了蜡烛，喊道：'你们两个蠢货！我有支枪。我会打掉你们的脑袋。'这是我说的，从那时起我就不再听到声音了！"——这些使萨拉坚信梅格"心智不正常了"。

萨拉跟普罗瑟罗商店约定将梅格的食物放在小路边一个废弃的油桶里。但是这个藏东西的地方很快被"货车"约翰尼，一个住在附近旧露天游乐场马车里的红眼睛无赖发现了。有几个星期梅格差一点就饿晕过去了；那些狗没有肉吃，整日整夜地吠叫。

春天到来的时候，萨拉和莉齐都开始拍梅格的马屁。每个人都带着一盒蛋糕或者巧克力过来，但是梅格看穿了她们的用意，说："真的非常感谢你们这些人，下个星期再见。"有时候她们想要让她签一份准备好的声明，她仅仅盯着铅笔，就好像它是有毒的。

一天，萨拉开着一辆拖车来拉一匹矮马，她说这匹马是她的。她带着笼头走向牲畜屋，但是梅格叉着手站在门边。

"是的，你可以带走它，"她说，"但是你们这些人准备拿这些狗怎么办？"

吉姆留下十三条牧羊犬，这些狗被锁在锡棚里，由于一天到晚吃面包和水已经变得又脏又饿，解开它们的链条会非常不安全。

"这些老狗已经疯了，"梅格说，"必须得用枪杀死它们。"

"也许我们可以把它们带到兽医诊所？"萨拉犹豫不决地提议。

"不，"梅格回嘴道，"我不想把狗放到灵车里！让你的弗兰克拿枪过来，我会挖一个坑然后把它们埋在泥土里。"

枪杀那天的早晨潮湿有雾。梅格让狗儿们吃了最后一餐,然后把它们两条两条地带出来,把它们用链条锁在牧场上的一棵海棠树上。十一点的时候,弗兰克咽下了一大口威士忌,拉紧了他的子弹带,走进了雾中,朝着树的方向走去。

梅格不再落泪,萨拉也不再落泪,她女儿艾琳坐在"路虎"里戴着耳机听她的盒式播放机里的摇滚音乐。一股火药的味道飘了下来。一阵最后的呜咽,一声孤零零的枪响,接着弗兰克回来了,从雾中走了出来,脸色很憔悴,马上要吐了。

"干得好,"梅格说,在肩上扛上一把锹,"真是太感谢你们这些人了。"

第二天早上,她看见刘易斯·琼斯沿着地平线开着他的红色"国际"收割机。她跑向树篱,他关了发动机。

"他们过来杀死了狗儿们,"她屏住呼吸说,"这些可怜的老狗从不伤害别人。不会追羊,也不会追人。但是它们一直这么饿着有什么好处呢?夏天马上要来了,热浪马上要来了,它们的笼子里的那股味道,链子都扣到了脖子里,我说……是的!流着血!然后苍蝇飞来产卵,然后它们的脖子上长出了蛆。可怜的老狗们!这就是为什么我射死了它们。"

她的眼睛闪耀着。"但是我得告诉你一件事,琼斯先生。得到惩罚的应该是人而不是狗!"

不久之后,萨拉在鲁伦的药店外碰到了莉齐。她们同意在海弗德茶室喝杯咖啡,每人都希望对方会澄清一个可怕的流言:梅格有了个情夫。

四十七

"帐篷"西奥是他的名字。他是那个刘易斯·琼斯在小路上碰到的红胡子巨人。他被称作"帐篷",是因为一个用白桦树苗和帆布做的圆顶建筑,建造在黑山上的小围场里,他独自一人和一头叫作马克斯的骡子和一头给马克斯作伴的驴一起生活。

他的真实名字叫特奥多尔。他来自一个顽强的南非白人家庭,在奥兰治自由邦有个水果农场。他跟他父亲为了驱逐几个工人的事情而争吵,离开南非来到了英国,以逃避现实社会。在格拉斯顿伯里附近的自由节日里碰到了一群佛教徒,然后就加入了他们。

在黑山的寺庙里跟从佛法让他有生以来第一次感到平静和快乐。他肩负起所有的重活;他享受着一个活佛的来访,他时不时地来讲一些层次更高的冥想课。

他的面貌有时候会把人吓走。只有意识到他是不会伤害一只苍蝇的时候,人们才会接受他的温和、值得人信赖的本性。他从他母亲那里得到些许钱,这个团体的领导者可以拿去自用。在一次金融危机中,他们让他把整个一年的收入都从银行里用现金的形式取出来。

在去鲁伦的路上,他在松树种植园边上停了下来,伸出四肢躺在草地上。天空万里无云。圆叶风铃草沙沙作响。一只孔雀蛱蝶在一块暖和的石头上眨着自己的眼睛——突然，寺庙的一切东西都令人讨厌。那些紫色的墙、香和广藿香水的味道，俗气的曼荼罗以及扭捏作态的人物，所有这些都看上去廉价而俗丽；他意识到：无论他怎么努力冥想或者学习佛法，他都不能以**那样的方式**得到启迪。

他把自己为数不多的财物打包离开了。很快，其他的佛教徒也变卖了东西去了美国。

他在一个能俯视瓦伊河的斜坡上买下了自己的小围场，在那里搭建了自己的帐篷——或者说他的蒙古包，这是一本关于"上亚洲"的书里的计划。

一年又一年，他在拉德诺山里游荡，对着杓鹬吹笛子，还背诵《道德经》的教义。在岩石、门柱以及树桩上，他都会刻下涌入他脑子里的三行俳句诗。

他记得在非洲看见喀拉哈里的布须曼人在沙漠中长途跋涉，母亲笑着，背上背着孩子。他开始相信：所有的男人都应该成为流浪者，比如像他们、像圣方济各；通过连接宇宙的内在方式，你可以在任何地方找到伟大精神——在雨后欧洲蕨的气味里，在毛地黄花穗里一只蜜蜂的嗡嗡声里，或者在一只充满爱意地看着主人粗笨动作的骡子的眼睛里。

有时候，他觉得即使是他那简单的居所都在阻挡他沿着这条路走下去。

三月的一个荒凉的日子，他站在克雷格伊伏德农场的碎石坡上往下望去，看见了梅格的小小身影，弯腰背着一大堆枯树枝。

他不知道梅格一直在观察着他,决定拜访她一下。

她曾看着他在灰色的冬雨中绕着山走。她曾看着他站在地平线上,身后是堆积着的云朵。当他把骡子拴好的时候,她站在门阶上,双手交叉着。某些东西告诉她,他不是那种应该提防的陌生人。

"我在想你什么时候过来,"她说,"茶已经在茶罐里了。进来坐坐吧。"

在那个烟雾腾腾的房间对面,他几乎看不清她的脸。

"我告诉你我做了什么,"她继续道,"我跟太阳一起起来。我喂羊。给马喂干草。对,给牛喂一点干草。我喂家禽。我去取一些木头。我刚刚在喝茶,想着把牲畜屋里的粪给清理掉。"

"我来帮你。"西奥说。

黑猫跳到她的腿上,抓住她的屁股,挠她大腿上露出的一块块皮肤。

"哎哟!哎呀!"她大喊:"你想去哪里,小黑人?你在追什么,小黑娃娃?"——她大笑着、尖叫着,直到猫咪安静下来开始打呼噜。

牲畜屋已经有好几年没有打扫了,粪的高度已经超出地板四英尺了,小母牛在屋顶梁上蹭它们的后背。梅格和西奥开始用叉和铲工作。到下午三点为止,院子里有了一大堆棕色的东西。

她根本没有显得累。时不时地,当她从门里叉出一坨粪,她的套衫上面的结就会松开。他可以看到,在那下面,她有着一个美好又整洁的身体。

他说:"你是个坚强的人。"

"没办法。"她咧着嘴笑,她的眼睛眯成一对眯缝眼。

三天后,西奥回来修理她的窗户,为她重新装上一扇门。她曾在吉姆的口袋里发现一些硬币,执意要付给他工资。事实上,无论何时他干了活,她都会取出一只打结的袜子,打开它,并递给他一个十便士的硬币。

"里头没有多少能给你。"她会说。

他就像她在提供一笔巨款一样拿着每一个硬币。

他借了一套杆帮她清理烟囱。伸到一半的时候,刷子被某些硬的东西钩住了。他用力推,一块块煤烟滚落到炉条上。

梅格看见他的黑脸和胡须咯咯大笑起来:"我还以为你是魔鬼呢。"

只要有这个温和的巨人在身边,她就会感到安全,来自萨拉、莉齐或者任何外界的威胁都不是问题。"我是不会让它发生的,"她会说,"我是不会让她们得到我的任何一只鸡的。"

假如他离开一个星期,她开始看上去非常沮丧,想象"来自政府的男人"正在过来抓她,或者谋杀她。"我知道,"她忧郁地说,"这个会登在报纸上。"

有时候连西奥都相信她能"看见东西"。

"我看见几只镇上的狗,"她说,"黑如罪恶!向下走向峡谷去兽奸和追逐小羊羔!我出去看见它们死了。我以为它们是死于寒冷,但它们是因为害怕镇上的狗才死的。"

她不愿意去想有一天他会离开。

他曾连续几个小时坐在火旁听着她尖锐而朴实的嗓音。她谈论天气、小鸟和动物、星星和月亮的盈亏。他感到她穿的破布里有一些可怕的东西,为了表达他的敬意,写了这首诗:

五件绿色的针织毛衫
一千个破洞
天堂的光线穿过这里闪闪发光。

他从鲁伦给她带来小小的奢侈品——一只巧克力蛋糕或者一包枣子,为了多挣一两磅钱,他去给人砌石墙。

他的第一份工作是到幻影,凯文已经把拖拉机倒到一个猪圈里。

凯文已经在舅公们面前失宠了。

他马上要在一年半后拥有这个农场了,但是并没有显示出对从事农业有一丁点儿的兴趣。

他跟"世家弟子"混在一起。他嗜酒。他欠债,当银行经理拒绝给他贷款时,他通过加入跳伞俱乐部来显示他对生命的鄙视。然后,为了丰富他的恶名的种类,他让一个姑娘怀孕了。

通常情况下,因为他的笑太有感染力了,双胞胎会原谅他的任何事情;这次,他自己都吓得脸色煞白。那个女孩,他承认,是萨拉的女儿艾琳;本杰明因此禁止他进入房子。

艾琳是个漂亮的、双唇抿紧的十九岁女孩,鼻子上长着雀斑,一头有弹性的赤褐色卷发。她最常见的表情是噘着嘴;但是,假如她想要什么东西,她就会显示出像圣徒一般的纯洁。她对马很痴迷,在赛马会上赢得过奖杯,因此,跟大多数爱马人士一样,她的费用所需是巨大的。

她第一次遇到凯文是在勒金霍普展览会上。

一看见他匀称的身材跨在马上,完美地平衡着猛然弓背跃起的矮马,使她的身上起了一层鸡皮疙瘩。当他去领奖杯的时候,她觉得自己的喉咙里有一块东西。在知道他是富有的或者将会富有后,她制定了详细的计划。

一周之后,经过在红龙的"乡村和西部"之夜上的调情,两人爬进了萨拉的路虎的后座。再经过一周,他发誓娶她。

他警告她要小心跟着他舅公们的步伐,并把她当作潜在的新娘带到幻影农场。尽管她的餐桌礼仪很棒,虽然她刻意地欣赏着房子里每一件小摆设,尽管刘易斯认为她"是个小可人儿",但是一想到她是沃特金斯家的一个成员就让本杰明很不高兴。

九月上旬一个闷热的天气,她穿着比基尼开车;当她经过他身边的时候,她送了他一个飞吻,这令他非常震惊。在十二月的时候,有意或者无意,她弄错了吃避孕药的时间。

本杰明躲开了婚礼,婚礼在萨拉的坚持下在英国国教圣公会的教堂举行。刘易斯一个人参加,并从喜宴上喝得微醉回来说:即使婚礼是个"闪电式婚礼"——一个他从同席嘉宾那里学来的词汇,但这依然是一个美好的婚礼,穿着一身白色的新娘看上去很可爱。

夫妇去加那利群岛度蜜月。他们回来的时候，晒成漂亮的棕色，本杰明终于作出让步。她吸引不了他，他对于她的那种魅力是免疫的。给他留下深刻印象的是她的常识、她对于钱财事务的理解力，还有她那让凯文安定下来的誓言。

双胞胎答应在下布雷克法为他们造一幢独座平房。

在这期间，凯文搬去和他的岳父母一起住，他们开始让他疲于奔命。弗兰克的卡车需要从赫里福德买一个零件，或者萨拉的超越障碍马扭伤了，或者艾琳突然想要吃烟熏鲱鱼让她丈夫到鱼贩子那里去一趟。

结果到了艾琳怀孕的最后一个星期，凯文已经抽不出时间去幻影农场了，他错过了赶羊、剪羊毛和割干草。因为双胞胎太缺人手了，他们就雇了西奥来帮忙。

西奥是个值得赞扬的工人，但是因为他是个严格的素食者，因此无论何时他们送一只动物去屠宰，他都会大吵大闹。他拒绝开拖拉机或者操纵最简单的机器，他关于二十世纪的观点让本杰明感到相当摩登。

一天，刘易斯表达了他对生活在帐篷里的智慧的怀疑。那个南非人变得非常烦恼，说以色列的神就曾住在一个帐篷里，假如帐篷对于神来说是足够好的，那么对于他来说也是足够好的。

"我猜，"刘易斯满腹怀疑地点点头，"以色列的天气非常暖和，是吗？"

尽管有着很多的不同之处，西奥和双胞胎互相帮助。在八月的第一个星期天，他让他们过去吃午饭。

"真的非常感谢你。"刘易斯说。

来到了高于克雷格伊伏德的山廊上,两位老绅士停下来喘口气,擦一下他们的额头。

一阵暖和的西面来的微风穿过草茎,云雀在他们头上盘旋,奶白色云朵从威尔士飘过来。沿着地平线,朦胧的蓝色山峰层峦叠嶂,他们想到自从跟爷爷在七十多年前到此散步到今天为止,这里几乎都没有变化。

两架喷气式战斗机呼啸着掠过瓦伊河,提醒着他们在另一边有着一个被毁坏的世界。当他们视力模糊的眼睛漫游在纵横交错、用红色或者黄色或者绿色标示的田野,以及他们的威尔士先人曾生活或死去的那些刷白过的农舍,他们发现凯文说的话令人难以置信(即使不是不可能)——那就是:不知道哪一天,这一切都会随着一次大爆炸一起消失。

通往西奥的小围场的大门是用一堆木棍、电线和绳子混合在一起的大杂烩。他正等着迎接他们,穿着编织的针织套衫和绑腿。他的帽子上插满金银花,他看上去像个古人。

刘易斯在他的口袋里装满了给骡子和驴吃的糖块。

西奥带着他们走下山,经过他的蔬菜地,来到了蒙古包的入口。

"你就住在这个东西里?"双胞胎异口同声地说。

"是的。"

"太奇妙了!"

他们还从来没有看到过这么奇怪的结构。

两块柏油帆布——一块绿色覆盖在一块黑色的上面,扣在一个环形的白桦树枝结构上面,用石头压住下面。一个金属烟囱从中间升起,火已经熄灭了。

西奥的一位诗人朋友正背对着风煮烧米饭的水,一些蔬菜在罐子里发出咝咝声。

"请进来。"西奥说。

双胞胎蹲着爬进这个入口,靠着靠垫坐在一条破烂的蓝色地毯上,地毯上面画着些中国人物。一束束光线从柏油帆布上面的洞里漏射下来。一只苍蝇嗡嗡着。一切都是那么宁静,有个地方放着所有的东西。

蒙古包,西奥试图解释,是宇宙形象的载体。在它的南面,你放"身体的东西"——食物、水、工具、衣服;在它的北面,放"思维的东西"。

他让他们看了天球仪、他的天文表、一只沙漏、一些芦苇笔和一支竹笛。在一只漆成红色的盒子上坐着一个镀金的人物。这个,他说,是观世音,大慈大悲菩萨。

"有趣的名字。"本杰明说。

盒子的四周雕刻着几行白色的诗句。

"它说什么?"刘易斯问,"不戴眼镜,我啥也看不见。"

西奥把脚轻轻放到莲花的位置,半闭着眼睛,背出全部诗句:

谁有雄心壮志,

爱在太阳下生活,

寻找他的吃食,

> 为他的所获欣欣鼓舞,
> 过来吧,过来吧,过来吧:
> 他将会看见,这里
> 没有敌人
> 只有冬天和狂风暴雨

"非常好。"刘易斯说。
"**皆大欢喜。**"西奥说。
"但是我不喜欢冬天住这里。"
西奥接着把手伸向书架,朗读他最喜欢的诗歌。这位诗人,他说,是个中国人,他也喜欢在山里游荡。他的名字叫李白。
"李白,"他们慢慢地重复,"就这些?"
"就这些。"
西奥说这首诗歌是关于两位很少见面的朋友,无论何时他读到这首诗的时候,他都会想起一位在南非的朋友。诗歌里还有很多更好笑的名字,双胞胎完全是丈二和尚摸不着头脑,直到他们读到了最后几行:

> 言亦不可尽,
> 情亦不可极。
> 呼儿长跪缄此辞,
> 寄君千里遥相忆。①

---

① 李白诗《忆旧游·寄谯郡元参军》。

当西奥叹气的时候,他们也叹气,好像他们也跟某一个人相隔几千里一样。

他们说午饭"非常好吃,谢谢你!",等到三点钟的时候,西奥主动提出跟他们一起散步到公鸡屋。三个人排成一行,沿着羊肠小道一起散步。没有人说一句话。

站在台阶上,本杰明朝着南非望去,不安地咬着自己的嘴唇说:"他不会忘了星期五,对吧?"

"凯文?"

星期五是他们八十岁的生日。

"不会,"西奥在他的帽檐下微笑,"我知道他没有忘记。"

四十八

八月八日星期五,双胞胎在音乐声中被惊醒。

他们穿着睡衣来到窗口,拉开了蕾丝窗帘,凝视着院子里的人们。太阳升起来了。凯文正在弹奏吉他。西奥吹着笛子。穿着孕妇装的艾琳,拉着一条杰克罗素猎犬;一头骡子在花园里大声咀嚼着一丛蔷薇灌木。停在谷仓外面的是一辆红色小轿车。

吃完早饭,西奥给了双胞胎礼物——一对威尔士爱之匙,用一个木头链条连接在一起,链条是他自己用一块紫杉木刻的。卡片上写着:"来自'帐篷'西奥的生日祝福!愿你们活三百年!"

"太感谢了。"刘易斯说。

凯文的礼物还没有到。它会在十点钟的时候准备好,并将会花一个小时的车程。

本杰明眨了眨眼睛:"那会是哪里呢?"

"一个惊喜,"凯文冲着西奥咧着嘴笑,"这是神秘之旅。"

"我们得喂好牲口之后才去。"

"牲口已经喂好了。"他说;西奥将留下来看着这里。

"神秘之旅"意味着去参观一座豪华宅第。因此双胞胎回到楼上,下来时戴着上过浆的白色领子,穿着最好的棕色套装。他们跟大本钟对了对时间,说他们已经准备好出发了。

"这辆车是谁的?"本杰明满腹怀疑地问。

"借的。"凯文说。

当刘易斯坐进后排的位子后,艾琳的猎犬就咬住了他的袖口。

他说:"小猎犬发火了,是吗?"车子突然向前开上了小路。

他们开车穿过鲁伦,然后爬上一些矮矮的山峰,在这里本杰明指了指通往布林德诺加的路标。凯文每到一个转弯的地方他都龇牙咧嘴的。接着山不再有很多岩石,橡树长得更大,有漆成黑白两色的半木结构的庄园。在金顿大街,他们被一辆运输货车挡住了去路,但是他们很快就开进了成群的红色赫里福德牛中间;每隔一个英里,他们都会经过一个红色砖砌的乡村大房子的门口。

"我们是不是去克罗夫特城堡?"本杰明问。

"可能。"凯文说。

"那么,很远吧?"

"很远很远。"他说,然后在半英里后驶离了主路。车子颠簸着开到一段坑洼不平的柏油碎石路上。刘易斯看到的第一样东西是一个橘色的风向袋。"天哪!这是个小型飞机场!"

一个黑色的飞机库映入眼帘,接着是一些半圆形活动营房,紧接着是跑道。

看见它,本杰明似乎有点畏缩。他看上去虚弱而苍老,他的下唇在颤抖:"不。不。我不想上飞机。"

"但是,舅公,这比开车要安全……"

"是的!比起你开车,可能!不,不……我是永远不会上飞机的。"

车还没停稳,刘易斯就跳了出来,站在柏油路上,目瞪口呆。

排列在草地上大约有三十架轻型飞机——大多数是赛斯纳,属于西米德兰飞行俱乐部。一些是白色的,一些是颜色亮丽的,一些有着条纹。所有的翼尖都颤抖着,好像它们恨不得马上升空。

风很宜人。一块块阴影和阳光在跑道上互相追逐。在控制塔上,一只风速表正旋转着自己小小的黑色杯子。飞机场的远处是一排摇曳着的杨树。

"微风。"凯文说,他的头发吹到了眼睛上。

一个穿着牛仔裤和绿色紧腰夹克衫的年轻人喊道:"你好,凯文!"并且踱了过来,在柏油马路上拖着他的鞋子后跟。

"我是你们的飞行员,"他抓住刘易斯的手,"亚历克斯·皮特。"

"非常感谢。"

"生日快乐!"他转向本杰明说,"多晚开始飞行都不算晚,对吧?"接着,他指着半圆形活动营房让他们跟着他。"一两个手续,"他说,"我们就可以起飞了!"

"是的,是的,先生!"刘易斯说,觉得这是对飞行员应该说的话。

第一个房间是餐厅。酒吧上面有一个第一次世界大战的木质螺旋桨,墙上挂满彩色打印的不列颠战役的图片。飞机场曾是跳伞训练中心——现在,从某种意义上来说,仍然是。

一队穿着为"降落"准备的服装的年轻人,正在喝咖啡。

看见凯文,一个高大的家伙站了起来,用手在他朋友的皮夹克上拍了拍,问他是否也参加。

"今天不了,"凯文说,"我跟我的舅公们一起飞行。"

飞行员领着他们进入一间指挥室,在那里刘易斯急切地查看着布告栏、标示着航空公司的地图,以及一个满是教练的潦草文字的黑板。

一只黑色的拉布拉多犬跳出了航空管制官办公室,把爪子放在本杰明的裤子上。在这只动物楚楚动人的凝视中,他似乎看到了不要去的警告。他感觉眩晕,不得不坐下来。

飞行员把三张打印的表格放在贴有福米卡贴面的蓝色桌子上:一……二……三……并请乘客们签名。

"保险!"他说,"以防我们停在了田地里把一些老农民的牛给杀害了。"

本杰明吓了一跳,几乎把圆珠笔给掉了。

"不要吓唬我的舅公们。"凯文逗趣道。

"没有什么可以吓到你的舅公们。"飞行员说,这时本杰明意识到自己已经签好了。

当飞行人员走过草地朝着赛斯纳走去的时候,艾琳和猎犬冲着他们挥手。沿着飞机的机身有一条棕色宽条纹,轮罩上还有一条窄得多的条纹。飞机的登记号码是 G-BCTK。

"TK 的意思是探戈基洛,"亚历克斯说,"这是它的名字。"

"有趣的名字。"刘易斯说。

亚历克斯开始他的外部检查,并逐一解释每一项。本杰明神情渺茫地站在翼尖边上,想着刘易斯剪贴簿里的各种飞机事故。

但是刘易斯似乎认为他是林德伯格先生。

他蹲下来。他踮着脚尖站着。他的眼睛追随着年轻人的每一个行动。他观察着怎样检查着陆轮，以确保襟翼和副翼的安全；怎样检测警报器，以确保飞机熄火时能发出嘟嘟声。

他注意到在直尾翼有一个微小的凹痕。

"可能是鸟。"亚历克斯说。

"哦！"本杰明说。

登机的时候他的脸拉得更长。他坐在后座上，当凯文为他系上安全带的时候，他觉得卡得难受，也觉得更加悲惨。

刘易斯坐在飞行员的右边，试图弄清楚各种表盘和测量仪。

"我猜，这个是，"他小心地问，"控制杆吧？"

飞机是架训练机，因此有双杆控制。

亚历克斯更正他："现在我们把它叫作操纵杆。一把是我的，一把是您的——假如我晕倒的话。"

从后座传来打嗝的声音，但是本杰明的声音被螺旋桨的咔嗒声淹没了。当飞机滑行到等待区的时候，他闭住了自己的眼睛。

"探戈基洛检查完毕。"飞行员通过无线电发送信息。接着，推了推油门，飞机已经在跑道上了。

"探戈基洛离开环路向西。估计四十五分钟后返航。重复，四十五分钟。"

"收到，探戈基洛。"内部通话系统里传来一个声音。

"我们在六十分钟的时候起飞！"亚历克斯冲着刘易斯的耳

朵大喊——咔嗒声变成了吼叫声。

当本杰明再次睁开眼睛的时候,飞机已经爬升到一千五百英尺了。

下面是一片开花的芥末。一座温室在阳光下闪闪发光。一道扬起的白色尘土是一位农夫在为田野施肥。飞机掠过树林、一个覆盖着浮萍的池塘和一个里面有一队黄色推土机的采石场。他觉得一辆黑色汽车看上去有点像一只甲壳虫。

他仍然感到有点恶心,但是他的拳头已经不再握紧了。前面就是黑山,云朵在山峰上低低地飘浮。亚历克斯又把飞机抬升了一千英尺,并警告他们会遇到一两次颠簸。

"涡流。"他说。

切夫尼的松树在不同光线的照射下呈现出蓝绿色和黑绿色。帚石楠是紫色的。羊看上去跟蛆一样大小,还有围绕着一排排芦苇的墨黑色水池。飞机的影子投射在一群吃草的矮马上,它们分散在各个方向。

在一个恐怖的时刻,克雷格伊伏德上面的峭壁几乎要冲上来跟他们相撞。但是亚历克斯猛然转向,减速开向山谷。

"看,"刘易斯大叫,"那是岩石农场!"

确实是——那生锈的栅栏、水池、破旧的屋顶以及梅格那些受了惊吓的白鹅。

还有那里,在左边,是幻影农场!还有西奥!

"是的!确实是西奥!"现在轮到本杰明兴奋了。他把鼻子压在玻璃窗上,凝视着那个小小的棕色身影;当飞机第二圈低飞并垂下它的翅膀时,他在果园里挥舞着帽子。

五分钟后,他们已经离开群山,本杰明显然享受着飞行的乐趣。

接着,亚历克斯越过肩膀瞥了一眼凯文,凯文眨了眨眼睛。他靠向刘易斯,大声喊道:"现在轮到你了。"

"轮到我了?"他皱起了眉。

"飞行。"

刘易斯小心翼翼地把手放在操纵杆上用力拉了一把,用他那只好的耳朵来听教练员的每一个单词。他朝着自己拉,机头就抬起来。他推,它就掉下去。他摁向左,地平线就倾斜。接着他拉直并摁向右方。

"现在您自己飞。"亚历克斯平静地说,刘易斯独自做了相同的操作。

突然他觉得——即使发动机故障了,即使飞机向下俯冲而他们的灵魂飞到了天堂,他局促、节俭的生活中出现的所有挫折都不值一提,在这辉煌的十分钟里,他做了他想做的事情。

"来个8字形,"亚历克斯建议道,"左边向下!……够了!……现在直飞!……现在右边向下!……小心点!……好!……现在再绕一大圈我们就结束了。"

直到他交还了操纵杆,刘易斯才意识到自己在空中写了数字8和0。

他们返航准备着陆。他们看见跑道接近,一开始像长方形,接着像一只吊架,然后像一座锯短的金字塔,当飞行员报告了他的"最终结果",飞机降落了。

"非常感谢。"刘易斯说,笑得很腼腆。

"非常荣幸。"亚历克斯说,并帮着双胞胎走下去。

他是个职业摄影师,仅仅十天前,凯文让他为幻影农场拍了一张彩色的航空照片。

裱好并装上相框,这是双胞胎的另一半生日礼物。他们在停车场把礼物打开,给了年轻夫妇一人一个吻。

最大的问题是挂在哪里?

很明显,它属于厨房里的照片墙。但是自从阿莫斯去世之后,这里没有增加过任何东西。虽然相框中间的墙纸已经褪色,但是相框后面的墙纸还像新的一样。

一整个星期,双胞胎都在争吵、篡改,把属于他们六十年的伯伯们和堂兄弟们钩下来。最后,刘易斯决定放弃,想把它挂在钢琴上面,跟《宽窄路径》挂在一起。这时,本杰明突然发现了解决方法:通过把埃迪伯伯和灰熊向上挪动一格,把汉娜和老萨姆往旁边挪动一格,这样就有了足够的位置把它装在他们父母亲婚礼照的旁边。

四十九

白昼越来越短。燕子在电缆上喋喋不休,都准备好了往南的漫长旅程。一阵大风在夜晚吹来,它们就飞走了。大概在第一次霜冻的时候,双胞胎接到了牧师艾萨克·刘易斯先生的电话。

他们现在公理会教堂去得非常少,但是他们一直将它放在心上,他们的拜访者令他们很紧张。

他从鲁伦一路走来,翻过了切夫尼山。他的裤管上都是泥巴,尽管在刮靴器上刮了刮自己的鞋底,他还是在厨房的地上留下了一条痕迹。一根长长的额发垂到双眉之间。他鼓出的棕色眼睛,虽然闪烁着忠诚的光芒,却被风刮得流着眼泪。他评论着不符合季节的天气:"这样的天气对于九月份来说太恶劣了,不是吗?"

"恶劣!"本杰明很赞同,"好像这是入冬的第一天一样。"

"主的房子被遗弃了,"牧师忧郁地说,"人们离他远了……不计成本地……!"

他是个意见偏激的威尔士民族主义者。但是他表达这些观点的时候用的语言是那么隐晦,他的听众很少能够明白他说的是什么。他说了二十分钟才让双胞胎意识到他是在要钱。

位于马埃斯费林的公理会教堂的经济状况现在一团糟。六月份的时候,因为修了几块瓦片,修屋顶工人发现了一块已经干了的腐烂物。战前埋的线路显然增加了火灾危险,然后内部也被重新油漆了一下,漆成蓝色。

牧师的脸很红,既是因为尴尬,也是因为炉火的热度。他从齿间吸入空气,就像他的整个生活都是由尴尬的会面组成的。他提到了实利主义,提到了一个不敬神的年代。慢慢地,他透露特兰特先生,一个承包商,正对他施压让他付钱。

"我难道没有从我自己的腰包里掏出五十镑付给他吗?但是五十英镑今天能干什么呢,请问您?"

"那份账单有多少?"本杰明打断说。

"五百八十镑。"他叹口气,就好像被祷告弄得筋疲力尽。

"我能不能直接付给特兰特先生?"

"给他。"牧师说,他惊讶地说不出其他话来。

他的眼睛看着本杰明的笔写出支票。他把它小心翼翼地折好并塞在他的皮夹里。

当他要走的时候,风吹动着落叶松。他在门廊边停下来,提醒双胞胎过收获节是星期五三点钟。

"是的,是一个感恩的节日!"他说,并把他的领子竖了起来。

星期五一大早,刘易斯把他的拖拉机开到小丘农场,问罗茜·法菲尔德是不是跟他们一起去。

"为了什么感谢谁呢?"她怒气冲冲地说,砰的一声关上了门。两点半的时候凯文过来用车子接双胞胎。他穿着绿色的套装，潇洒地走了出来。艾琳马上要生产了，所以她待在家里。本杰明因为有一点坐骨神经痛，一瘸一瘸的。

在公理会教堂外面，新近脸部饱受风霜的农民们正轻声地抱怨着撒切尔夫人的政府。里面，小孩子们在长椅中间玩捉迷藏。年轻的汤姆·格里菲思正在发收获赞美诗歌单，妇人们正在插大丽花和菊花。

希姆克琳林的贝蒂·格里菲思——他们都叫她"肥肥"，烤了一个麦穗形状的面包。在祭坛上堆着苹果和梨，一罐罐的蜂蜜和酸辣酱，熟西红柿和绿西红柿，绿葡萄和紫葡萄，西葫芦、洋葱、卷心菜和土豆，还有跟锯片一样大小的红花菜豆。

黛西·普罗瑟罗带来了一只篮子，上面贴着标签"田野上的水果"。在通道的柱子上还钉着禾杆娃娃，小讲坛上装饰着老人的胡子。

"另一个"琼斯一家过来了，萨拉小姐穿着麝鼠皮大衣，戴着帕尔马紫罗兰帽子，跟往常一样地炫耀自己。埃文·贝文斯来了，弗龙农场的杰克·威廉斯、号角农场的萨姆、所有在世的摩根家的人都来了；当红色达朗农场的杰克·海恩斯拄着根棍子蹒跚着进来的时候，刘易斯站起来跟他握手，这是自从马斯克夫人过世后他们第一次说话。

当西奥和梅格一起进来时，大家都突然安静了下来。

除了在医院里的那段时间，她在三十多年里头从来都没有离开过克雷格伊伏德农场，因此她在外界出现是一件大事。她穿着一件到脚踝的大衣，害羞地坐在了南非巨人边上。她害羞地抬起了眼睛，当她看见一排排微笑的脸蛋时，她的脸也笑成了一朵花。

艾萨克·刘易斯先生穿着鹅绿色套装,站在门口迎接着信众。他有个古怪的习惯,就是把两只手拢在嘴巴上,给人的印象是想把他先前的论述给拦住,并从牙齿间收回。

他手里拿着《圣经》走向西奥,让他念第二课——《启示录》第二十一章:"我建议您省略第十九和二十节。这些单词对您可能有难度。"

"不,"西奥抚摸着自己的胡子,"我知道新耶路撒冷的石头。"

第一首赞美诗——《美好世界》以歌唱者颤抖的声音开始,簧风琴演奏者的节奏和调子也在不断地变化着。只有几个坚定的声音坚持到了最后。接着传道者读了《传道书》的一章。

"生有时,死有时;栽种有时,拔出所栽种的也有时……"

刘易斯感到散热器的热量从他的裤子透进去。他闻到了一阵烧焦羊毛的臭味,捅了捅他的兄弟移到长椅边上去。

本杰明盯着凯文的领子后面的黑色卷毛。

"得有时,丢有时;保持有时,丢弃有时……"

他瞥了一眼收获赞美诗歌单,上面印着圣地的一些图片:拿着镰刀的妇女、播种种子的男人、加利利海边上的渔夫、以及一队围绕着一口井的骆驼。

他想起了他母亲玛丽,记得她也曾在加利利待过。明年,当农场属于凯文的时候,穿过针眼去跟她汇合将会成为一件容易得多的事情。

"爱有时,恨有时;斗争有时,和平有时……"

最后一页有一段说明文字"所有的都已收集无误",在它的下面是一张照片,几个微笑着的短发男孩,他们手上拿着小小的罐子,后面还有帐篷。

他知道这些是巴勒斯坦难民,想着如果能寄给他们一些圣诞礼物的话该多好啊——不是因为在他们那里也有圣诞节,而是因为他们也能得到礼物!

外面,天空已经开始变黑。一声雷鸣从山上传来。一阵狂风摇动着玻璃窗,雨点落在铅框上。

"第二首赞美诗,"传道士说道,"我们用犁耕地,在地上播散好的种子……"

会众站起来张开了嘴巴,但是所有纤细的声音都因为后排一个尖锐的声音而安静了下来。

房间里因为梅格的歌声而充满活力,当她唱到"在他身旁喂养小鸟",一滴眼泪从刘易斯的眼窝里掉了下来,沿着他脸颊上的皱纹淌了下来。

接着轮到西奥来抓住观众的眼球了。

"我看见了一个新的天堂和一个新的世界;因为第一个天堂和世界已经消失了;已经没有海洋了。约翰我看见了圣城……"

西奥在字里行间穿梭,列举着碧玉和茉莉花、绿玉髓和其他的玉髓,没有弄错一个音节。面向窗户的人们看见山谷上跨着一条彩虹,还有它下面的一群秃鼻乌鸦。

到了布道的时间,传道士站了起来,因为这段关于圣城的朗读是最值得记住的一次而感谢"信仰基督的兄弟"。在他的经验里圣城从没有这么真实、这么清晰过,连他都感到可以伸手触摸它了。

但这不是一座你可以触摸的城市!它不是一座砖石建造的城市。也不是一座像罗马或者伦敦或者巴比伦的城市!也不是一座迦南的城市,因为迦南城里存在着虚假。这是亚伯拉罕栖身野外时,在帐篷和会幕里看到的远处的城市,一个地平线上的海市蜃楼。

一听到"帐篷",本杰明就想到西奥。同时,刘易斯已经不再像平时那样沉默寡言。他的手伸向屋顶梁。

"这,"他发出雷鸣般的声音,"也不是一座有钱人的城市!记住亚伯拉罕!记住亚伯拉罕是怎样把自己的财富归还给索多玛王的!记住!没有从索多玛王那里拿走一根线、一根鞋带……!"

他停下来喘口气,用一种不怎么激动的语调继续:

他们在这个普通的公理会教堂里聚集来感谢主带来的丰衣足食。主曾喂养他们,为他们提供衣物,并提供生活的必需品。他不是一个严厉的监工。《传道书》里的信息不是一条艰难的信息。这里有着做一切事情的时间和地方——有时间去享受快乐、去笑、去跳舞、去享受地球的美丽,这些应季而开的美丽的花朵……

但是他们应该记住财富是一种负担,世俗的财产会阻止他们朝向"羔羊之城"前进的步伐。

"因为我们寻找的城市是一座永恒之城,在另一个国度的某个地方,我们要么安息,要么永远无法安宁。我们的生活是一个泡泡。我们生下来。我们向上飘浮。我们被风吹到这里和那里。我们在阳光下发光。接着,突然一下子,泡泡破了,我们就像一点点的水汽掉落到土地上。我们就像这些大丽花一样,在秋天的第一场霜冻时被剪下了……"

十一月十五日的早晨很明亮,天寒地冻。在饮水槽里有一英寸厚的冰。在山谷的远端,二十头阉牛正等着它们的喂食者。

早饭过后,西奥帮助刘易斯把关联框搭在"国际"牌收割机上,然后叉了一些干草捆到上面。拖拉机发动很慢。刘易斯戴着一条蓝色的针织围巾。又一阵寒风吹到了他的内耳里,他抱怨说感到头晕。当拖拉机突然向院子里开去的时候,西奥挥了挥手。然后,他走进门跟本杰明在后厨小声说着话。

本杰明卷起了他的袖子,正在冲刷盘子里的蛋黄。在石头水槽里,一圈圈的培根油漂在水面上。他对凯文生儿子的事感到很兴奋。

"是的,"他微笑着,"他是个快乐的小家伙。"

他挤出了洗碗刷里的水,把他的手擦干。一阵疼痛穿过他的胸口。他跌到地板上。

"是刘易斯。"当西奥把他扶到一张椅子上的时候,他用沙哑的声音说。

西奥冲了出去,他望着山谷里霜冻覆盖的田野。橡树在倾斜的阳光照耀下投下了长长的蓝色阴影。田鹬在根茎类植物中大声喊叫。一对鸭子朝着小河的下游飞去,一条水汽尾迹把天空一分为二。他听不到拖拉机的响声。

他能看到干草散落在田野上,但是阉牛已经四散开来,尽管有一两头开始朝着干草的方向走回来。

他看见沿着树篱的边上有一条泥泞的痕迹垂直地冲向山去。在下面,是某个红黑色的东西。那是拖拉机侧翻在那里。

本杰明从门廊走了出来,没有戴帽子,浑身颤抖着。"在那里等着!"西奥轻声地说,然后飞跑出去。

本杰明跟在后头,一拐一拐地走下小路来到峡谷里。拖拉机的齿轮滑脱了,在原地打转。他听到西奥跑在前面;他听到水溅起的声音;还有,他听到从树林里传来海鸥的尖叫声。

树叶从河边的白桦树上掉了下来。一点点的霜冻在紫色的嫩枝上闪闪发光。草硬挺挺的,水在扁平的棕色石头上轻快地流动。他站在岸边,一动都不能动。

西奥穿过被照亮的白桦树干,慢慢地朝着他走过来。"你不要去看他了。"他说。然后他用他的手臂搂着这位老人的肩膀,抱住了他。

五十

在马埃斯费林公理会教堂墓地的入口处有一棵紫杉树,它扭曲的根把铺路板都顶歪了。小路边上有一排排墓碑,一些刻着经典的文字,一些刻着哥特式文字;所有的墓碑都覆盖着青苔。石头是细腻的,在对着西风的那一面,字母都差不多磨损光了。很快就要读不出死者的姓名,坟墓自身也将坍塌成泥土。

与之相反,那些新的坟墓是用跟法老的石头一样硬的石头刻的。它们的表面都用机器进行抛光。在它们上面放的鲜花都是塑料的,它们的周围不是石子,而是绿色的玻璃碎片。最新的坟墓是一大块闪闪发亮的黑色花岗岩,一半刻着碑文,一半空着。

时不时地,一位偶然闯入教堂后面的旅行者会看见一位坐在墓石边上的年老的山区农民,穿着灯芯绒衣服系着绑腿,凝视着自己的倒影,头上有云朵飘过。

事故发生后,本杰明感到太困惑和无助了,他甚至都无法扣上自己的衬衫前襟。为了防止更多地打搅他,他被禁止走进墓地。当凯文把妻子和孩子搬到幻影农场时,他会直直地盯着他们,就好像他们是陌生人一样。

刚刚过去的五月,艾琳开始悄声说舅公"变得老糊涂了",最合适的地方就是养老院。

他看着她一件一件地卖家具。

她卖了钢琴去买洗衣机,卖了四柱床去买一套新的卧室家具。她把厨房重新装修成黄色,把家庭照片随便地扔在阁楼上,用一张安妮公主在马术障碍赛上的照片取而代之。大多数玛丽的亚麻织品去了买卖交易会上。斯塔福德郡史宾格犬不见了,接着是那座落地钟,那只旧的铁炉灶躺在院子里的酸模和荨麻中间生锈。

这个八月的一天,本杰明从房子里走了出去。黄昏时他没有回来,凯文不得不组织人员搜寻。

那是个暖和的夜晚。他们在第二天早晨找到他,他正坐在坟墓上用一根草茎平静地剔着牙齿。

从那以后,马埃斯费林成了本杰明的第二个家——或许是唯一的一个家。他似乎很开心,只要每天能在墓地里待上一个小时。有些下午,南希·比克顿派她的车去接他喝茶。

西奥把他的南非护照换成了一本英国护照,他卖了他的牧场去了印度。他希望能去爬喜马拉雅山。

对岩石还没有作出任何决定,因此梅格继续生活在那里,一个人。

罗茜·法菲尔德也继续生活在她的农舍里。她因为关节炎而成了个瘸子,她的房间变得很邋遢。但是当地区卫生官员建议她搬到救济院的时候,她怒气冲冲地说:"除非你把我拖去。"

她儿子送给她一副旧军用望远镜作为她八十二岁的生日礼物,周末的时候,她喜欢观察"比克顿的把手"山顶下来的悬挂式滑翔运动,她把它叫作"直升飞机运动"。一个个小小的针头一样的男人鱼贯而出,带着彩色的翅膀空降下来,俯冲,遇到上升气流时急升,接着像梣树的翅果一样旋转着着陆。

今年她已经目击了一场致命事故。